AVANT QU'IL NE CONVOITE

(UN MYSTÈRE MACKENZIE WHITE—VOLUME 3)

BLAKE PIERCE

ISBN : 978-1-64029-726-5

PROLOGUE

Pam s'assit sur le tronc d'arbre couché en bordure du camping et alluma une cigarette. Elle se sentait pleine d'énergie après l'amour. Derrière elle, la tente de Hunter était dressée en forme de dôme écorné. Elle l'entendait ronfler à l'intérieur. Même ici, dans les bois, c'était pareil ; elle, elle était là, éveillée et pleine d'énergie après leurs ébats sexuels, et lui dormait à poings fermés. Mais ici, dans les bois, ça n'avait pas autant d'importance.

Elle creusa un petit trou dans le sol pour y déposer ses cendres, bien consciente qu'il était vraiment imprudent de sa part de fumer en forêt durant un automne qui avait été jusqu'ici assez sec. Elle leva les yeux au ciel et fixa les étoiles du regard. C'était une nuit très fraîche. L'automne avait fini par s'installer sur la côte Est et les températures avaient chuté de manière significative. Elle appréciait cet instant et aurait aimé que la tente de Hunter soit équipée de l'une de ces bâches à mailles qui permettait de voir au travers mais ce n'était malheureusement pas le cas. Cette escapade avait néanmoins été romantique – loin de chez eux et seuls en forêt. C'était ainsi qu'elle envisageait une vie en commun, jusqu'à ce que cet idiot finisse par lui demander sa main. Avec ce beau ciel nocturne, ce climat parfait et leur incroyable alchimie, c'était l'une des plus belles nuits de sa vie.

Elle avait envie de retourner à l'intérieur de la tente et de se réchauffer contre lui mais elle devait d'abord aller aux toilettes. Elle pénétra dans la forêt et prit un instant pour prendre ses repères. Il lui était maintenant difficile de voir dans quelle direction se diriger. Il faisait sombre; les étoiles et la demi-lune projetaient un peu de lumière mais pas assez. Elle observa ce qui l'entourait, presque certaine qu'elle n'avait qu'à tourner à gauche pour trouver les toilettes.

Elle avança sans faire de bruit dans cette direction pendant une trentaine de secondes. Quand elle se retourna, elle ne parvint plus à distinguer la tente.

« Merde, » murmura-t-elle, en paniquant un peu.

Ressaisis-toi, se dit-elle, tout en continuant à avancer. *La tente est juste là et...*

Son pied gauche heurta quelque chose et avant qu'elle n'ait eu le temps de réaliser ce qui lui arrivait, elle trébucha. Elle parvint à tendre les bras au dernier moment, afin d'empêcher que son visage ne heurte le sol. Elle eut le souffle coupé et se remit directement sur pied, d'un air gêné.

Elle se retourna pour regarder le tronc sur lequel elle venait de trébucher, d'un air contrarié. Dans l'obscurité, la forme avait l'air étrange, presqu'abstraite. Mais il y avait une chose dont elle était certaine : c'était qu'il ne s'agissait pas d'un tronc d'arbre.

Elle voulut croire que c'était l'obscurité qui lui jouait des tours. Ça *devait* être le résultat de jeux d'ombres dans le noir.

Mais avec des sueurs froides lui traversant le dos, elle dut se rendre à l'évidence : c'était bien ce qu'elle croyait être.

Une jambe humaine.

Et d'après ce qu'elle pouvait en discerner, c'était *tout* ce qu'il y avait. Il n'y avait aucun corps qui l'accompagnait. Elle gisait là, sur le sol, partiellement dissimulée par le feuillage et des branches d'arbres. Le pied était recouvert d'une chaussure de sport et d'une chaussette trempée de sang.

Pam laissa échapper un cri. Elle se retourna et se mit à courir dans la nuit noire, sans cesser de hurler un seul instant.

CHAPITRE UN

Mackenzie était assise dans le siège passager d'une sedan appartenant au FBI et tenait en main un Glock de service – une arme qui était devenue une sorte de seconde peau pour elle. Mais aujourd'hui, le Glock lui donnait une sensation différente. En fait, après aujourd'hui, *tout* serait différent.

La voix de Bryers la fit sortir de son état de rêvasserie. Il était assis derrière le volant et la regardait avec l'air d'un père déçu par sa fille.

« Tu sais… tu n'es pas obligée de le faire, » dit Bryers. « Personne ne te regardera de travers si tu n'y vas pas. »

« En fait, je me *sens* obligée de le faire. Je me le dois à moi-même. »

Bryers soupira et regarda à travers le pare-brise. Devant eux, un grand parking était éclairé par de faibles réverbères placés sur les bords et au centre de l'espace. Trois voitures y étaient garées et Mackenzie pouvait distinguer la silhouette de trois hommes qui faisaient les cent pas d'un air anxieux.

Mackenzie tendit la main et ouvrit la portière de la voiture.

« Tout va bien se passer, » dit-elle.

« Je sais, » dit Bryers. « Mais… fais quand même attention à toi. Si quelque chose t'arrive ce soir et que certaines personnes apprennent que j'étais ici avec toi… »

Elle n'attendit pas la fin de sa phrase. Elle sortit de la voiture et ferma la portière derrière elle. Elle tenait le Glock avec le canon baissé et s'avança lentement en direction des trois hommes qui se tenaient près des voitures. Elle savait qu'il n'y avait aucune raison d'être nerveuse mais elle ne parvenait pas à s'en empêcher. Même en voyant le visage d'Harry Dougan parmi eux, elle restait sur les nerfs.

« Il fallait *vraiment* que ce soit Bryers qui t'amène ? » demanda l'un des hommes.

« Il garde un œil sur moi, » dit-elle. « Il n'apprécie guère aucun d'entre vous. »

Les trois hommes se mirent à rire, puis regardèrent en direction de la voiture que Mackenzie venait de quitter. Ils firent tous un signe à Bryers d'une manière parfaitement synchronisée. Bryers leur décocha un faux sourire et leur montra le majeur de sa main droite en guise de réponse.

« Même moi, il ne m'aime toujours pas, hein ? » demanda Harry.

« Non, désolée. »

Les deux autres hommes regardérent Harry et Mackenzie du même air résigné qu'ils avaient eu l'habitude d'adopter ces dernières semaines. Bien qu'ils ne soient pas vraiment en *couple*, ils étaient maitenant assez proches que pour créer de légères tensions parmi leurs condisciples. Le plus petit des hommes s'appelait Shawn Roberts et l'autre, un homme robuste de deux mètres de haut, était Trent Cousins.

Cousins désigna de la tête le Glock que Mackenzie tenait en main et dégaina le sien.

« Alors, on y va ? »

« On y va ! Nous n'avons probablement pas beaucoup de temps devant nous, » dit Harry.

Ils regardèrent autour d'eux avec un air de conspiration. Un sentiment d'exaltation commença à remplir l'air et Mackenzie se rendit soudain compte que ça l'amusait beaucoup. C'était la première fois depuis son enfance qu'elle était vraiment enthousiaste au sujet de quelque chose.

« À trois, » dit Shawn Roberts.

Ils frétillaient et ne tenaient plus en place au moment où Harry commença le compte à rebours.

« Un… deux… trois ! »

En une fraction de seconde, ils avaient tous les quatre disparu. Mackenzie fonça vers la gauche, en direction de l'une des trois voitures. Derrière elle, elle entendit le bruit assourdi de coups de feu tirés par les autres. Les armes qu'ils utilisaient étaient bien entendu fictives… des armes de paintball créées et conçues afin de donner l'impression d'être de vraies armes. Ce n'était pas la première fois que Mackenzie se retrouvait dans un environnement de munitions à blanc mais *c'était* la première fois qu'elle le faisait sans la présence d'un instructeur – et sans aucune protection.

Une traînée de peinture rouge explosa au sol, à seulement quinze centimètres de son pied droit. Elle se baissa davantage pour mieux se cacher derrière la voiture et se faufila rapidement vers l'avant du véhicule. Elle se mit à quatre pattes et vit deux paires de pieds plus loin devant elle. L'une de ces paires se dirigeait derrière une autre voiture pour s'y cacher.

Mackenzie avait analysé la disposition du terrain au moment où ils s'étaient tous retrouvés et elle savait que le meilleur endroit où se tenir était la base du pilier en pierre qui soutenait le réverbère au centre du parking. Comme le reste de la ruelle Hogan, la disposition de ce parking était aussi aléatoire que possible mais avait toujours pour but la formation de stagiaires de l'académie. C'est pourquoi Mackenzie savait qu'il y avait toujours un endroit idéal dans chaque site, qui permettait de réussir sa mission avec succès. Dans le cas de ce parking, il s'agissait de la colonne du réverbère. Elle n'était pas parvenue à s'y rendre tout de suite car deux des autres types se tenaient déjà devant au moment où Harry avait compté jusqu'à trois. Mais maintenant, il fallait qu'elle se débrouille pour y arriver sans se faire descendre.

Elle serait éliminée si elle était touchée. Et il y avait cinq cents dollars en jeu. Elle se demanda depuis combien de temps ce petit rituel de pré-graduation avait été mis en place par les stagiaires et comment c'était devenu une sorte de légende cachée parmi les premiers de chaque classe.

Alors qu'elle était absorbée par ces pensées, elle remarqua qu'Harry et Cousins avait entamé un échange de tirs de l'autre côté du parking. Cousins se tenait derrière l'une des voitures et Harry était collé sur le côté d'une benne à ordures.

Avec un sourire aux lèvres, Mackenzie visa en direction de Cousins. Il était bien caché et elle ne pourrait pas l'atteindre de là où elle se trouvait mais elle pouvait l'effrayer un peu. Elle visa le coin supérieur de la voiture et tira. Une traînée de peinture bleue explosa au moment où le coup atteignit le véhicule. Elle vit Cousins reculer brusquement, son attention détournée d'Harry. Ce dernier tira avantage de la situation et tira à deux reprises.

Elle espérait qu'il comptait ses balles. Le but de leur petit exercice nocturne non autorisé était de s'en sortir sans être touché. Chaque joueur avait la même arme à sa disposition – un pistolet qui tirait des billes de peinture – et ils avaient reçu le nombre de cartouches correspondant au type de Glock que leur arme était destinée à copier. Ils avaient donc reçu quinze cartouches chacun. Il en restait maintenant quatorze à Mackenzie et elle était presque sûre que les trois autres hommes avaient tiré au moins trois ou quatre balles chacun.

Maintenant qu'Harry et Cousins étaient occupés, il ne restait que Shawn. Mais elle n'avait aucune idée de l'endroit où il se trouvait. Malgré sa stature, il était doué pour se déplacer de manière furtive.

Elle se mit prudemment à genoux et leva la tête sur le côté de la voiture, cherchant Shawn des yeux. Elle ne le vit pas mais elle entendit le petit bruit étouffé d'une arme qui tirait à proximité. Elle se jeta rapidement en arrière au moment où une bille de peinture heurta le bord du parechoc de la voiture. Un peu de peinture verte éclaboussa sa main lorsqu'elle recula mais ça ne comptait pas.

Pour être éliminé, il fallait être touché au bras, à la jambe, dans le dos ou au torse. Les tirs à la tête n'étaient pas permis. Bien que les billes soient petites et fabriquée en plastique fin, elles pouvaient provoquer des commotions cérébrales. Et en recevoir une dans l'œil pouvait vous rendre aveugle à vie. C'était l'une des raisons pour laquelle ce petit exercice n'était pas vu d'un bon oeil au sein du Bureau. Ils savaient néanmoins qu'il avait lieu tous les ans et ils regardaient généralement ailleurs pour laisser aux stagiaires leur petit moment d'amusement.

Par contre, ce tir permit à Mackenzie de deviner où se cachait Shawn. Il s'était retranché derrière le pilier en béton et, comme elle l'avait envisagé pour elle-même, il avait maintenant tout le monde dans sa ligne de mire. Il détourna son attention de Mackenzie et tira en direction d'Harry. Il le rata de peu, atteignant le haut de la benne à ordures, à seulement quelques centimètres de la tête d'Harry qui se jeta au sol au moment où Cousins et Shawn se mirent à tirer sur lui.

Mackenzie tira en direction de Shawn et le coup faillit l'atteindre à l'épaule. Mais il se baissa promptement au moment où elle tira, évitant ainsi d'être touché. Pendant ce temps, elle entendit Cousins hurler de frustration et de douleur.

« C'est fini pour moi, » dit Cousins, en se dirigeant lentement vers le bord du parking. Il s'assit sur un banc, là où ceux qui étaient éliminés devaient attendre en silence. Mackenzie vit une tache de peinture jaune au niveau de sa cheville, à l'endroit où Harry l'avait touché.

Harry profita de cette distraction pour sortir précipitamment de sa cachette derrière la benne à ordures. Il se rua rapidement en direction de la troisième voiture garée.

Au moment où il se mit à courir, Shawn sortit de sa cachette. Il tira d'abord en direction de Mackenzie pour qu'elle reste planquée, puis porta son attention vers Harry. Il tira dans sa direction et le coup atteignit le sol à seulement cinq centimètres du pied gauche d'Harry au moment où il bondissait derrière la voiture.

Mackenzie en profita pour se diriger vers l'arrière de la voiture, pensant pouvoir faire sortir Shawn de son retranchement. Elle tira sur le côté gauche du pilier en béton, au même endroit où elle avait tiré lorsqu'elle était planquée derrière l'avant de la voiture. Au moment où la bille de peinture explosa, Shawn attendit un moment avant de sortir de sa cachette et se retrouva face à l'avant de la voiture. Au moment où elle le vit, Mackenzie bondit de l'arrière de la voiture et avança rapidement et calmement. Lorsque son angle de tir le lui permit, elle tira et le coup atteignit Shawn directement à la hanche. De la peinture verte explosa sur son pantalon et son t-shirt. Il était tellement abasourdi par l'attaque qu'il en tomba assis sur ses fesses.

« C'est fini pour moi aussi, » hurla Shawn, en regardant Mackenzie d'un air renfrogné.

Au moment où il se dirigeait vers le bord du parking pour y rejoindre Cousins, Mackenzie perçut un mouvement furtif sur sa gauche.

Petit salopard, pensa-t-elle.

Elle se jeta au sol et se retrancha derrière le pilier en béton. La lumière du réverbère brillait de manière vive au-dessus d'elle, tel un spot. Mais elle savait que ça pouvait jouer en sa faveur lorsque son attaquant se trouverait dans l'ombre. La lumière pouvait être *trop* vive, déstabilisant légèrement son tir.

Au moment où elle se colla contre le béton, elle entendit une bille de peinture atteindre l'arrière du pilier. Dans le silence qui s'ensuivit, elle entendit Cousins et Shawn ricaner sur le banc.

« Ça va être amusant à regarder, » dit Cousins.

« *Amusant* ? » dit Shawn. « Je dirais plutôt douloureux. »

À travers leurs rires, Mackenzie ne put pas s'empêcher de sourire à la situation. Elle savait qu'Harry lui tirerait dessus. Ils n'avaient pas le genre de relation où il lui lècherait les bottes et aurait envie de la flatter au point de la laisser gagner. Ils étaient tous les deux dans le même bateau – ils allaient tous deux être diplômés demain et nommés agents.

Ils avaient par contre passé beaucoup de temps ensemble, tant dans le contexte de l'académie que dans d'autres situations plus amicales. Mackenzie le connaissait bien et elle savait ce qu'elle devait faire pour l'avoir. Se sentant presque mal à l'aise pour ce qu'elle allait faire, Mackenzie se pencha lentement vers l'extérieur et tira. Le coup atteignit la roue de la voiture derrière laquelle il se cachait.

Il sortit tout de suite de son retranchement et sa tête surgit au-dessus du capot. Elle fit semblant de se diriger vers la droite, comme si elle retournait se cacher derrière le pilier. Et comme prévu, c'est là où il tira. Mais Mackenzie changea de direction et roula sur la gauche. Elle se redressa sur son ventre, leva son arme et tira.

Le coup atteignit Harry sur le côté droit du torse. Dans l'obscurité où il se tenait, la couleur jaune de la peinture était presqu'aussi vive que la couleur du soleil.

Harry baissa les épaules et jeta son arme dans le parking. Il sortit de sa cachette derrière la voiture et secoua la tête, d'un air surpris.

« C'est fini pour moi. »

Mackenzie se mit sur pieds et pencha la tête en fronçant les sourcils.

« Tu es fâché ? » demanda-t-elle, en le taquinant.

« Pas du tout. C'était bien joué. »

Derrière eux, Cousins et Shawn applaudissaient. Encore plus loin derrière, Bryers sortait de sa voiture et se dirigeait vers eux. Mackenzie savait qu'il avait été inquiet pour elle mais qu'il avait également été honoré de l'avoir accompagnée. En effet, la tradition voulait qu'un agent expérimenté soit présent lors de ce petit exercice, au cas où quelque chose irait mal. Ça arrivait de temps en temps. Mackenzie avait entendu parler de ce type qui avait été touché à l'arrière du genou en 1999 et qui avait dû recevoir son diplôme en béquilles.

Bryers les rejoignit au moment où ils se retrouvèrent tous près du banc. Il glissa la main dans sa poche et en sortit les cinq cents dollars qu'il avait gardés pour eux – c'était l'argent qu'ils avaient tous versés dans le pot commun. Il les tendit à Mackenzie et dit :

« On savait tous qui allait gagner, n'est-ce pas ? »

« Bon boulot, Mac, » dit Cousins. « Je préfère que ce soit toi qui m'aies éliminé plutôt que l'un de ces bouffons. »

« Merci pour le compliment, » dit Mackenzie.

« Je déteste l'idée de passer pour un vieux con, » dit Bryers, « mais il est presqu'une heure du matin. Rentrez chez vous et reposez-vous. Ne venez pas à la remise des diplômes sans avoir dormi et sans vous être reposés. »

Un sentiment étrange de joie envahit à nouveau Mackenzie. C'était son groupe d'amis – un groupe d'amis qu'elle avait appris à bien connaître depuis qu'elle était retournée à un semblant de vie normale après la petite expérience que McGrath avait faite avec elle neuf semaines plus tôt.

Demain, ils allaient tous être diplômés de l'académie et, si tout se déroulait comme prévu, ils seraient tous nommés agents la semaine prochaine. Pendant qu'Harry, Cousins et Shawn ne s'attendaient pas forcément à débuter leurs carrières sur des affaires prestigieuses, Mackenzie quant à elle, était bien plus impatiente de passer à l'étape suivante… c'est-à-dire, le groupe spécial d'agents dont McGrath lui avait parlé quelques jours après sa dernière affaire. Elle ne savait toujours pas ce que ça impliquait mais elle était impatiente d'en savoir plus.

Au moment où leur petit groupe se dispersa et que chacun partit de son côté, Mackenzie ressentit autre chose qu'elle n'avait plus ressenti depuis longtemps. Elle eut le sentiment que le futur se trouvait devant elle, qu'il était sur le point de se dévoiler et qu'il était à portée de main. Et pour la première fois depuis bien longtemps, elle sentit que c'était elle qui choisissait la direction à lui donner.

*

Mackenzie regarda l'hématome sur le torse d'Harry et bien qu'elle sache qu'elle aurait dû ressentir de la compassion pour lui, elle ne pouvait pas s'empêcher de rire. L'endroit où elle l'avait touché était enflammé et la rougeur se répandait sur un diamètre de cinq centimètres tout autour. Ça ressemblait beaucoup à une piqûre d'abeille mais, elle le savait, ça faisait beaucoup plus mal.

Ils étaient debout dans sa cuisine et elle était occupée à envelopper un glaçon dans une lavette pour le lui donner. Elle le lui tendit et il l'appliqua sur l'endroit enflammé, d'un air un peu gauche. Il était clair qu'il était mal à l'aise mais il était également touché par le fait qu'elle l'ait invité chez elle pour s'assurer qu'il allait bien.

« Je suis désolée, » dit-elle, d'un ton sincère. « Mais tu sais, je peux peut-être t'inviter à un café avec ce que j'ai gagné. »

« Ça devra être un sacrément bon café, » dit Harry. Il éloigna le glaçon de son torse et plissa le nez en regardant vers l'endroit de l'inflammation.

Pendant que Mackenzie le regardait, elle se rendit compte que, bien qu'il soit venu à son appartement plus d'une dizaine de fois et qu'ils se soient embrassés à quelques reprises, c'était la première fois qu'il était torse nu chez elle. C'était aussi la première fois depuis Zack qu'elle voyait d'aussi près un homme partiellement dénudé. C'était peut-être l'adrénaline d'avoir gagné la compétition ou peut-être l'approche de la remise des diplômes demain, mais elle aimait ça.

Elle s'avança et plaça une main sur le côté indemne de son torse, au niveau de son cœur. « Est-ce que tu as encore mal ? » demanda-t-elle, en se rapprochant encore davantage de lui.

« Pas à l'instant présent, » dit-il, en souriant nerveusement.

Elle fit lentement glisser sa main vers la zone enflammée et la toucha délicatement. Puis, sous l'effet d'instincts féminins qu'elle avait enterrés depuis longtemps et remplacés par un sentiment d'obligation et d'ennui, elle se pencha et embrassa l'endroit où elle l'avait touché. Elle sentit qu'il se contracta aussitôt. Sa main glissa le long de ses hanches et elle l'attira plus près d'elle. Elle embrassa sa clavicule, la naissance de son épaule et son cou. Il soupira et l'attira plus près de lui.

Comme c'était généralement le cas avec eux, ils s'embrassaient avant même de se rendre compte de ce qui se passait. C'était arrivé à quatre reprises auparavant et à chaque fois, c'était comme si c'était naturel, quelque chose d'imprévu et sans aucune attente d'aucune sorte.

En moins de dix secondes, elle se retrouva légèrement plaquée contre le plan de travail de la cuisine. Ses mains à elle parcouraient sa poitrine pendant que sa main à lui remontait le long de son t-shirt. Son cœur battait à tout rompre et chaque partie de son corps lui disait qu'elle le désirait, qu'elle était prête.

Ils avaient déjà failli passer le cap auparavant – à deux reprises, en fait. Mais à chaque fois, ils s'étaient interrompus. En fait, c'était *elle* qui avait arrêté. La première fois, elle l'avait interrompu au moment où il cherchait à ouvrir le bouton de son pantalon. La deuxième fois, il était assez saoûl et elle était bien trop sobre. Ils ne se l'étaient jamais dit aussi clairement, mais leur hésitation à coucher ensemble venait surtout du respect mutuel qu'ils avaient l'un pour l'autre et d'une incertitude quant au futur. Elle avait une bien trop haute opinion d'Harry pour l'utiliser simplement pour satisfaire un besoin sexuel. Elle se sentait de plus en plus attirée par lui mais le sexe avait toujours été pour elle un sujet très privé. Avant Zack, il n'y avait eu que deux hommes et l'un d'entre eux avait été plutôt un cas d'agression qu'un cas de sexe consenti mutuellement.

Alors que toutes ces pensées lui traversaient l'esprit au moment où elle embrassait Harry, elle réalisa que ses mains étaient maintenant posées bien plus bas que son torse. Il l'avait apparemment également remarqué, car il se contracta et prit une profonde inspiration.

Elle retira précipitamment ses mains et s'éloigna de lui. Elle fixait le sol du regard car elle avait peur de voir de la déception dans ses yeux.

« Attends, » dit-elle. « Harry… Je suis désolée… Je ne peux pas… »

« Je sais, » dit-il, sur un ton légèrement frustré. « Je sais que c'est… »

Mackenzie prit une profonde inspiration et s'éloigna de lui. Elle détourna son regard, incapable de supporter la confusion et la douleur qu'elle pouvait lire dans ses yeux. « On ne peut pas. Je ne peux pas. Je suis désolée. »

« Ce n'est pas grave, » dit-il, sur un ton toujours clairement perturbé. « Demain est un grand jour et il est tard. Alors je vais m'en aller avant que le fait d'être abattu une seconde fois prenne trop d'importance. »

Elle se retourna pour lui faire face et hocha la tête. Son commentaire acéré ne la dérangeait pas, car elle le méritait en quelque sorte.

« C'est sûrement ce qu'il y a de mieux à faire, » dit-elle.

Harry enfila son t-shirt taché de peinture et se dirigea lentement vers la porte. « Tu as fait du bon boulot ce soir, » dit-il au moment de partir. « J'étais sûr que tu allais gagner. »

« Merci, » dit Mackenzie, sans aucune expression. « Et Harry… vraiment, je suis désolée. Je ne sais pas ce qui m'arrête. »

Il haussa les épaules au moment d'ouvrir la porte. « Ce n'est pas grave, » dit-il. « C'est juste… je ne pourrai pas faire ça encore pendant longtemps. »

« Je sais, » dit-elle, sur un ton triste.

« Bonne nuit, Mac »

Il ferma la porte derrière lui et Mackenzie se retrouva seule. Elle se tenait debout dans sa cuisine et regardait l'heure. Il était une heure et quart et elle n'était pas du tout fatiguée. Peut-être que le petit exercice dans la ruelle Hogan avait pompé trop d'adrénaline dans ses veines.

Elle essaya néanmoins d'aller dormir mais elle passa la plupart de la nuit à se retourner dans son lit. Dans un état de demi-sommeil, elle eut toute une série de rêves dont elle ne se rappela pas vraiment mais l'une des constantes dans chacun d'entre eux était le visage de son père, souriant, fier qu'elle soit arrivée aussi loin – que demain, elle soit diplômée de l'académie.

Mais malgré ce sourire, il y avait une autre constante dans tous ces rêves, quelque chose à laquelle elle s'était habituée depuis longtemps, une image qui la tourmentait souvent lorsque les lumières s'éteignaient et qu'il était l'heure de dormir : le regard fixe de son père mort et le sang qui l'entourait.

CHAPITRE DEUX

Bien que Mackenzie ait programmé son réveil pour qu'il sonne à huit heures, elle fut réveillée en sursaut par la vibration de son téléphone à six heures quarante-cinq. Elle se réveilla en grommelant. *Si c'est Harry qui appelle pour s'excuser de quelque chose dont il n'est même pas responsable, je vais l'étrangler,* pensa-t-elle. Encore à moitié endormie, elle attrapa son téléphone et y jeta un coup d'œil, la vue brouillée.

Elle fut soulagée de voir que ce n'était pas Harry, mais Colby.

Perplexe, elle décrocha. Colby n'était pas du genre à se lever tôt et elles ne s'étaient pas parlé depuis plus d'une semaine. Maniaque au possible, Colby était probablement stressée à mort concernant la remise des diplômes et les incertitudes quant à leur futur. Colby était la seule amie femme que Mackenzie s'était faite ici à Quantico. C'est pourquoi elle faisait tout son possible pour entretenir cette amitié, même si ça signifiait répondre à un appel tôt le matin du jour même de la remise de leurs diplômes, après n'avoir dormi que quatre heures et demie d'un sommeil très agité.

« Salut, Colby, » dit-elle. « Tout va bien ? »

« Tu dormais ? » demanda Colby.

« Oui. »

« Oh, je suis vraiment désolée. Je pensais que tu serais debout dès les premières lueurs de l'aube, avec l'excitation de tout ce qui nous attend. »

« C'est juste une remise de diplômes, » dit Mackenzie.

« J'aimerais bien que ce ne soit que ça, » dit Colby, d'une voix légèrement hystérique.

« Tout va bien ? » demanda Mackenzie, en s'asseyant lentement sur son lit.

« Ça finira par aller, » dit Colby. « Dis… tu penses que tu pourrais me retrouver au Starbucks de la cinquième rue ? »

« Quand ? »

« Dès que possible. Je pars maintenant de chez moi. »

Mackenzie n'avait *pas* envie d'y aller – en fait elle n'avait même pas envie de sortir de son lit. Mais elle n'avait jamais entendu Colby dans un tel état. Et vu l'importance de cette journée, elle se dit qu'elle devrait faire de son mieux pour être présente pour son amie.

« Je serai là dans une vingtaine de minutes, » dit Mackenzie.

En soupirant, Mackenzie sortit de son lit et fit le strict minimum pour se préparer à sortir de chez elle. Elle se brossa les dents, enfila un sweat et un pantalon de training, attacha ses cheveux en queue de cheval et sortit.

En parcourant les six pâtés de maisons qui la séparaient de la cinquième rue, elle commença à sentir le poids de cette journée s'abattre sur ses épaules. Elle terminait aujourd'hui sa formation à l'académie du FBI, allait recevoir son diplôme un peu avant midi et se trouvait parmi les cinq premiers de sa classe. À la différence de la plupart des stagiaires qu'elle avait appris à connaître durant les vingt dernières semaines, aucun membre de sa famille ne viendrait assister à la remise de son diplôme et célébrer avec elle sa réussite. Elle serait toute seule, comme elle l'avait été durant la majeure partie de sa vie, depuis l'âge de seize ans. Elle faisait des efforts pour se persuader que ça n'avait pas vraiment d'importance mais en fait, ça l'affectait. Ça ne la rendait pas triste mais provoquait plutôt en elle une sorte de sentiment d'angoisse auquel elle s'était habituée au fil du temps.

Alors qu'elle s'approchait du Starbucks, elle remarqua même que le traffic était un peu plus dense que normal – probablement dû à l'arrivée des amis et de la famille des autres stagiaires. Mais cette idée ne l'affecta pas vraiment. Elle avait passé les dix dernières années de sa vie à s'efforcer de ne pas se préoccuper de ce que sa mère et sa soeur pensaient d'elle, alors pourquoi commencer aujourd'hui ?

Quand elle entra dans le Starbucks, elle vit que Colby était déjà arrivée. Elle sirotait une tasse de café et regardait d'un air absent à travers la vitre. Une autre tasse était posée devant elle. Mackenzie supposa que c'était pour elle. Elle prit place en face de Colby tout en lui montrant bien qu'elle était complètement crevée : ses yeux se rétrécirent avec un air maussade au moment où elle s'assit.

« C'est pour moi ? » demanda Mackenzie, en prenant la tasse de café en main.

« Oui, » dit Colby. Elle avait l'air fatiguée, triste et d'humeur assez maussade.

« Alors, que se passe-t-il ? » demanda Mackenzie, afin d'éviter que Colby ne cherche à tourner autour du pot.

« Je ne vais pas au FBI, » dit Colby.

« Quoi ? » demanda Mackenzie, sur un ton réellement surpris. « Je pensais que tu avais tout réussi haut la main. »

« Oui, c'est vrai. Mais c'est juste que… je ne sais pas. Être à l'académie m'a épuisée. »

« Colby… tu n'es pas sérieuse, là. »

Elle avait dit ça sur un ton insistant mais elle s'en fichait. Ça ne ressemblait pas du tout à Colby. Une telle décision était le résultat d'une remise en question totale. Ça n'avait rien à voir avec un caprice ou le stress d'une femme au bord de la crise de nerfs.

Comment pouvait-elle abandonner ?

« Mais je suis sérieuse, » dit Colby. « Ça ne m'intéresse plus vraiment depuis au moins trois semaines. Parfois, je rentre chez moi et je pleure sur mon sort car je me sens piégée. Je n'ai plus du tout envie de ça. »

Mackenzie était stupéfaite. Elle ne savait pas vraiment quoi dire.

« Et tu prends cette décision le jour de la remise des diplômes ? »

Colby haussa les épaules et se mit à nouveau à regarder d'un air absent à travers la vitre. Elle avait l'air crevée et démoralisée.

« Colby… tu ne peux pas laisser tomber. Ne fais pas ça. » Ce qu'elle avait sur le bout de la langue mais qu'elle évita de dire, c'était : *Si tu arrêtes maintenant, ces vingt dernières semaines ne signifient plus rien. Et ça fait aussi de toi une dégonflée.*

« Ah, mais je n'abandonne pas vraiment du tout au tout, » dit Colby. « J'irai à la remise des diplômes aujourd'hui. En fait, il faut que j'y aille, je n'ai pas le choix. Mes parents sont venus de Floride pour l'occasion et je n'ai pas vraiment d'autre alternative que d'y aller. Mais après ça, ce sera fini. »

Quand Mackenzie avait commencé son entraînement à l'académie, les instructeurs les avaient prévenus que le taux d'abandon parmi les stagiaires durant les vingt semaines de formation était d'environ vingt pourcents – et qu'il était même arrivé jusqu'à trente pourcents dans le passé. Mais penser que Colby ferait partie de ces chiffres n'avait aucun sens.

Colby avait une forte personnalité et faisait preuve d'obstination. Comment pouvait-elle prendre une telle décision avec autant de désinvolture ?

« Qu'est-ce que tu vas faire, alors ? » demanda Mackenzie. « Si tu laisses vraiment tout ça derrière toi, tu penses te diriger vers quoi ? »

« Je ne sais pas, » dit-elle. « Peut-être quelque chose en rapport avec la prévention du trafic d'êtres humains. Quelque chose dans le domaine de la recherche ou des ressources, je ne sais pas. Je veux dire par là qu'être agent du FBI n'est pas ma *seule* option, n'est-ce pas ? Il y a des tonnes d'autres options. Mais je ne veux pas être un agent. »

« Tu parles vraiment sérieusement en fait, » dit Mackenzie, sur un ton sec.

« Oui. Je voulais juste t'en informer maintenant parce qu'après la remise des diplômes, mes parents vont vouloir toute mon attention. »

Oh, ma pauvre petite, pensa Mackenzie, sur un ton sarcastique. *Ça doit vraiment être horrible.*

« Je ne comprends toujours pas pourquoi, » dit Mackenzie.

« Et je ne m'attends pas à ce que tu le comprennes. C'est vraiment ton truc, tu es douée et tu adores ce que tu fais. Je pense que tu as été faite pour être agent, tu sais ? Quant à moi… je ne sais pas. Un effondrement soudain et inattendu, j'imagine. »

« Oh, Colby… je suis désolée. »

« Pas besoin de l'être, » dit-elle. « Une fois que j'aurai remis papa et maman dans l'avion pour la Floride, je me sentirai soulagée. Je leur dirai que je ne me sentais pas de taille à faire face à une affaire qui m'aurait été assignée d'emblée. Et après ça, j'imagine que je ferai autre chose qui me plaira davantage. »

« Et bien… bonne chance, j'imagine, » dit Mackenzie.

« Mais pas question que ça t'affecte, » dit Colby. « Aujourd'hui, tu finis dans les cinq premiers de la classe et il est hors de question que mes drames personnels ne t'affectent. Tu as été une très bonne amie, Mac. Je voulais que ce soit moi qui te l'apprenne maintenant plutôt que de remarquer mon absence dans quelques semaines. »

Mackenzie ne fit aucun effort pour dissimuler sa déception. Elle n'aimait pas l'idée de recourir à des tactiques infantiles mais elle resta silencieuse durant un instant, à siroter son café.

« Et toi ? » demanda Colby. « Tu as des amis ou de la famille qui viennent ? »

« Non, personne, » dit Mackenzie.

« Oh, » dit Colby, sur un ton mal à l'aise. « Je suis désolée. Je ne savais pas… »

« Pas besoin de t'excuser, » dit Mackenzie. C'était maintenant à elle de regarder d'un air absent à travers la vitre, en disant : « Je préfère encore que ce soit comme ça. »

***

Mackenzie ne fut pas du tout impressionnée par la cérémonie de remise des diplômes. Ce ne fut rien de plus qu'une version formalisée de sa remise de diplôme du lycée, sans être aussi élégante et formelle que sa remise de diplôme à l'université. En attendant que son nom soit appelé, elle eut le temps de repenser à ces remises de diplôme et au fait que sa famille avait disparu progressivement du paysage avec chacune d'entre elles.

Elle se rappela qu'elle était au bord des larmes au moment où elle était montée sur l'estrade pour recevoir son diplôme du lycée. Elle était triste de savoir que son père ne la verrait jamais grandir. C'était quelque chose qu'elle avait toujours su durant toute son adolescence mais qui l'avait frappée de plein fouet le jour où elle avait reçu son diplôme. Ça l'avait moins affectée à l'université. Au moment de monter sur l'estrade pour recevoir son diplôme d'université, sa famille n'était pas présente dans la foule. Elle réalisa durant cette cérémonie que c'était là un moment clé dans sa vie, où elle décida une fois pour toutes qu'elle préférait affronter sa vie toute seule. Si sa famille ne s'intéressait pas à elle, alors elle ne s'intéresserait pas à sa famille.

La cérémonie se clôtura sans fanfare. Une fois qu'elle fut terminée, Mackenzie vit Colby prendre des photos en compagnie de son père et de sa mère de l'autre côté du grand vestibule où les diplômés et leurs invités s'étaient dirigés après la cérémonie. D'après ce que Mackenzie pouvait en voir, Colby faisait du bon boulot pour avoir l'air heureuse devant ses parents. Et durant tout ce temps, ses parents rayonnaient de fierté.

Se sentant un peu mal à l'aise et sans but précis, Mackenzie se demanda si elle parviendrait rapidement à s'en aller, quitter la foule, rentrer chez elle, enlever sa robe de cérémonie et ouvrir la première des nombreuses bières qu'elle envisageait de boire cet après-midi. Au moment où elle se dirigeait vers la porte, elle entendit une voix familière derrière elle, qui l'appelait par son prénom.

« Hé, Mackenzie, » dit la voix de l'homme. Elle sut tout de suite de qui il s'agissait – non seulement par la voix elle-même mais aussi car il y avait très peu de personnes ici qui l'appelaient *Mackenzie* au lieu de *White*.

C'était Ellington. Il portait un costume et avait l'air aussi mal à l'aise que Mackenzie. Cependant, le sourire qu'il lui décocha fut un peu *trop* à l'aise. Mais à cet instant précis, ça ne la dérangea pas vraiment.

« Salut, agent Ellington. »

« Je pense que dans une telle situation, tu peux m'appeler Jared. »

« Je préfère Ellington, » dit-elle, avec un léger sourire.

« Comment te sens-tu ? » demanda-t-il.

Elle haussa les épaules et réalisa combien elle avait envie de partir d'ici. Elle pouvait se mentir à elle-même autant qu'elle le voulait mais le fait qu'aucun membre de sa famille, ami ou amant ne soit présent commençait à lui peser.

« Seulement un haussement d'épaule ? » demanda Ellington.

« Je ne sais pas, comment *devrais*-je me sentir ? »

« Fière, enthousiaste, accomplie… pour ne citer que quelques adjectifs. »

« Je ressens tout ça, » dit-elle. « C'est juste que… je ne sais pas. Tout l'aspect de la cérémonie, c'est un peu de trop. »

« Je comprends bien, » dit Ellington. « J'ai vraiment horreur de porter un costume. »

Mackenzie était sur le point de faire un commentaire sur le fait que le costume lui allait assez bien quand elle vit McGrath s'approcher derrière Ellington. Il lui sourit aussi mais à la différence du sourire d'Ellington, le sien avait l'air un peu forcé. Il lui tendit la main et elle la prit, un peu surprise que sa poigne soit aussi molle.

« Je suis content que vous ayez réussi, » dit McGrath. « Je sais que vous avez une belle carrière prometteuse devant vous. »

« Sans vouloir mettre la pression, n'est-ce pas ? » dit Ellington.

« Dans les cinq premiers de votre classe, » dit McGrath, ne laissant pas le temps à Mackenzie de placer un mot. « Du très bon boulot, White. »

« Merci, monsieur, » fut tout ce qu'elle parvint à trouver à dire.

McGrath se pencha pour se rapprocher d'elle, sur un mode maintenant très professionnel. « J'aimerais que vous veniez à mon bureau lundi matin à huit heures. J'aimerais que vous preniez rapidement connaissance du fonctionnement interne. Votre contrat est déjà prêt. Je l'avais préparé il y a longtemps pour qu'il soit prêt quand ce jour arriverait. C'est pour dire la confiance que j'ai en vous. Alors… n'attendons pas. Lundi à huit heures. C'est bon pour vous ? »

« Bien sûr, » dit-elle, surprise par cet élan inattendu de soutien.

Il sourit, lui serra à nouveau la main et disparut rapidement dans la foule.

Une fois que McGrath fut parti, Ellington la regarda d'un air perplexe, avec un large sourire.

« Et bien, il est de bonne humeur. Et je peux te dire que ça n'arrive pas très souvent. »

« J'imagine que c'est un grand jour pour lui, » dit Mackenzie. « Une toute nouvelle recrue de talents où il peut venir choisir ce qui lui convient. »

« C'est vrai, » dit Ellington. « Mais blague à part, il est très clairvoyant dans sa manière d'utiliser de nouveaux agents. Garde ça en tête quand tu le verras lundi matin. »

Un silence dérangeant s'installa entre eux. C'était un silence qu'ils rencontraient souvent et qui était devenu une sorte de composante de leur amitié – ou, en tout cas, de ce qu'il y avait entre eux.

« Dis, écoute, » dit Ellington. « Je voulais juste te féliciter. Et je voulais que tu saches que tu pouvais toujours m'appeler si tu en ressens le besoin. Je sais que ça peut avoir l'air stupide mais à un moment – même pour la célèbre Mackenzie White – il se peut que tu aies besoin de quelqu'un pour vider ton sac. Ça peut être rapidement prenant ce job. »

« Merci, » dit-elle.

Elle eut soudain envie de lui demander de venir avec elle – pas dans une optique romantique mais juste pour être accompagnée de quelqu'un qui lui était familier. Elle le connaissait assez bien et bien qu'elle ait des sentiments contradictoires à son sujet, elle avait envie qu'il soit à ses côtés. Elle n'aimait pas l'admettre mais elle commençait à penser qu'elle devait faire *quelque chose* pour célébrer ce jour et cet instant dans sa vie. Et même s'il s'agissait de passer quelques heures gênantes avec Ellington, ce serait toujours mieux (et probablement plus productif) que de boire toute seule à s'apitoyer sur son sort.

Mais elle ne dit rien. Et même si elle était parvenue à rassembler son courage, ça n'aurait pas eu beaucoup d'importance. Ellington hocha rapidement de la tête en signe d'au revoir et, tout comme McGrath, disparut dans la foule.

Mackenzie resta immobile durant un instant, s'efforçant de faire disparaître le sentiment grandissant d'être absolument seule.

CHAPITRE TROIS

Lorsque Mackenzie arriva le lundi pour son premier jour de travail, elle ne parvenait pas à oublier ce que lui avait dit Ellington, aux mots qui tournaient dans sa tête tel un mantra : *il est très clairvoyant dans sa manière d'utiliser de nouveaux agents. Garde ça en tête quand tu le verras lundi matin.*

Elle pensait à ces mots afin de se calmer car pour dire vrai, elle était vraiment très nerveuse. Et ça n'alla pas en s'améliorant quand l'un des hommes de McGrath, Walter Hasbrook, maintenant son responsable de département, la prit en charge dès le matin et l'accompagna jusqu'aux ascenseurs comme si elle était une enfant. Walter avait l'air d'avoir la soixantaine et avait une quinzaine de kilos en trop. Il n'avait aucune personnalité et bien que Mackenzie n'ait rien contre lui, elle n'aimait pas la manière dont il lui expliquait chaque chose comme si elle était à moitié stupide.

Et il continua ainsi tout en l'accompagnant jusqu'au troisième étage, où un dédale de box s'étalait tel un zoo. Des agents se tenaient à chaque box, certains parlaient au téléphone pendant que d'autres tapaient à leur ordinateur.

« Et voici le tien, » dit Hasbrook, en désignant d'un geste un box au centre d'une des rangées latérales. « C'est la centrale pour la recherche et la surveillance. Il y a quelques emails qui t'attendent, pour te donner accès aux serveurs et à la liste de contacts du Bureau. »

Elle pénétra dans son box et se sentit un peu désenchantée mais toujours nerveuse. Non, ça n'avait rien à voir avec l'affaire passionnante sur laquelle elle avait espéré travailler pour débuter sa carrière mais c'était quand même la première étape vers tout ce qu'elle avait cherché à obtenir depuis qu'elle était sortie du lycée. Elle tira sur son fauteuil à roulettes et s'assit.

L'ordinateur portable qui se trouvait devant elle était maintenant à elle. C'était l'un des points sur lesquels Hasbrook avait insisté. Le bureau était à elle, le box, tout l'espace. Ce n'était pas vraiment glamour mais c'était *son* espace.

« Dans tes emails, tu trouveras des informations concernant ta première affectation, » dit Hasbrook. « Si j'étais toi, je m'y mettrais tout de suite. Ce serait bien que tu appelles l'agent en charge de l'affaire afin de vous organiser, mais il faudrait que tu sois bien au courant de toute l'affaire à la fin de la journée. »

« OK, » dit-elle, en allumant l'ordinateur. Une partie d'elle était encore fâchée d'avoir été reléguée à un travail de bureau. Elle voulait être active sur le terrain. Après tout ce que McGrath lui avait dit, c'était ce à quoi elle s'attendait.

Peu importe que tu aies déjà de l'expérience, se dit-elle, *tu ne peux pas t'attendre à débuter sur une grosse affaire. C'est peut-être une façon de payer ton dû – ou peut-être que McGrath cherche à te montrer qui est le chef et te remettre à ta place.*

Avant que Mackenzie n'ait eu le temps de répondre à ses instructions énoncées sur un ton morne et monotone, Hasbrook avait déjà disparu. Il se dirigeait rapidement en direction des ascenseurs, comme s'il était heureux d'en avoir fini avec sa tâche du jour.

Quand il fut parti et qu'elle se retrouva seule dans son box, elle se connecta à son ordinateur en se demandant pourquoi elle était toujours aussi nerveuse.

C'est sûrement parce que c'est le grand jour, pensa-t-elle. *J'ai travaillé dur pour arriver jusqu'ici et j'y suis finalement parvenue. Tous les yeux sont maintenant rivés sur moi, alors je ne peux pas rater mon coup – même s'il s'agit d'un bête travail de bureau.*

Elle consulta ses emails et envoya les réponses nécessaires afin de pouvoir commencer à travailler sur son affectation. En une heure, elle avait tous les documents et toutes les ressources dont elle avait besoin. Elle était déterminée à faire de son mieux, afin de montrer à McGrath qu'il gâchait son talent en la reléguant à un travail de bureau.

Elle examina de près des cartes, des enregistrements téléphoniques et des données GPS, afin de déterminer la position de deux suspects potentiels, impliqués dans un réseau de trafic sexuel. Après une heure de profonde concentration, elle se sentit entièrement impliquée dans l'affaire. Le fait qu'elle ne soit pas actuellement sur le terrain, à rechercher activement ce genre de types, ne la dérangeait pas pour l'instant. Elle était concentrée et elle avait un objectif en vue. C'était tout ce dont elle avait besoin.

Oui, bien sûr, c'était une tâche subalterne et limite ennuyeuse, mais elle refusait de laisser ça entraver son travail. Elle fit une pause pour déjeuner et se remit sur l'affaire, travaillant avec ferveur et obtenant des résultats. Quand la journée se termina, elle envoya ses observations par email à son responsable de département et s'en alla. Elle n'avait jamais eu un travail de bureau auparavant mais ça ressemblait fortement à ce qu'elle s'en imaginait. Il ne manquait que le compteur pour pointer sa carte.

Au moment où elle atteignit sa voiture, elle se laissa envahir à nouveau par un sentiment de déception. Un travail de bureau. Coincée derrière un ordinateur et entre les murs d'un box. Ce n'était pas du tout ce qu'elle avait imaginé.

Malgré ça, elle était fière d'être arrivée là où elle était. Elle ne laisserait pas son ego ni ses attentes lui faire oublier qu'elle était aujourd'hui un agent du FBI. Mais elle ne put tout de même pas s'empêcher de penser à Colby. Elle se demanda où elle se trouvait à l'instant présent et ce qu'elle aurait à dire si elle apprenait qu'on lui avait assigné un travail de bureau pour débuter sa carrière.

Et une petite partie de Mackenzie ne put s'empêcher de se demander si Colby n'avait pas été la plus clairvoyante en prenant la décision de partir.

Est-ce qu'elle allait travailler à ce bureau durant des années ?

***

Mackenzie arriva le lendemain matin, bien décidée à passer une bonne journée. Hier, elle avait fait de grandes avancées sur son affaire et elle avait le sentiment que si elle parvenait à fournir rapidement des résultats efficaces, McGrath s'en rendrait compte.

Tout de suite, elle se rendit compte qu'on lui avait attribué une autre affaire. Celle-ci concernait une fraude à la carte verte. Les documents annexés aux emails lui fournissaient plus de trois cents pages de témoignages, de dossiers et documents gouvernementaux et le jargon juridique en tant que ressource. Ça avait l'air d'une tâche incroyablement fastidieuse et ennuyeuse.

Enragée, Mackenzie jeta un coup d'œil en direction du téléphone. Elle avait accès aux serveurs et donc au numéro de téléphone de McGrath. Elle se demanda ce qu'il répondrait si elle l'appelait pour lui demander pourquoi elle était punie d'une telle façon.

Mais elle se ravisa et au lieu de céder à la tentation, elle imprima chaque document et les empila sur son bureau.

Ça faisait une vingtaine de minutes qu'elle était occupée à cette tâche abrutissante lorsqu'elle entendit que quelqu'un frappait légèrement à l'entrée de son box. Elle se retourna et lorsqu'elle vit qu'il s'agissait de McGrath, elle resta immobile durant un instant.

McGrath lui souriait de la même manière qu'il l'avait fait lorsqu'il était venu lui parler lors de la remise de son diplôme. Il y avait quelque chose dans ce sourire qui lui faisait penser qu'il n'avait vraiment aucune idée qu'elle puisse se sentir rabaissée par le fait d'être coincée dans un box.

« Désolé que ça m'ait pris autant de temps avant de venir vous voir, » dit McGrath. « Mais je voulais vous saluer et voir comment ça allait. »

Elle ravala la première réponse qui lui vint en tête. Elle haussa les épaules d'une manière peu enthousiaste et dit : « Ça va. C'est juste que… et bien, je suis un peu surprise et déconcertée. »

« Ah bon ? En quoi ? »

« Et bien, à plusieurs reprises, vous m'avez dit être impatient de m'avoir en tant qu'agent actif. J'imagine que je ne pensais pas que ça impliquerait de me retrouver assise derrière un bureau à imprimer des documents concernant la carte verte. »

« Oui, je sais, je sais. Mais faites-moi confiance. Il y a une raison valable à tout ça. Continuez à faire votre boulot. Votre heure arrivera, White. »

Elle entendit à nouveau la voix d'Ellington résonner à ses oreilles. *Il est très clairvoyant dans sa manière d'utiliser de nouveaux agents.*

Si vous le dites, pensa-t-elle.

« On se reparle très bientôt, » dit McGrath. « D'ici là, prenez soin de vous. »

Et comme Hasbrook le jour précédent, McGrath eut l'air pressé de s'éloigner des box. Elle le regarda partir, se demandant quel type de leçon ou d'aptitude particulière elle était sensée apprendre. Elle détestait l'idée de se sentir supérieure à la tâche qui lui était assignée mais bon, il y avait des limites…

Ce qu'Ellington avait dit concernant McGrath… était-elle vraiment sensée le croire ? En pensant à Ellington, elle se demanda s'il avait une idée du genre de tâche à laquelle on l'avait reléguée. Puis elle pensa à Harry et se sentit coupable de ne pas l'avoir appelé ces derniers jours. Harry était resté silencieux dans son coin car il savait qu'elle avait horreur de se sentir sous pression. C'était une des raisons pour laquelle elle continuait à le voir. Aucun homme n'avait vraiment jamais été aussi patient avec elle. Même Zack avait ses limites et la seule raison pour laquelle ils étaient restés aussi longtemps ensemble, c'était parce que leur relation était devenue confortable et qu'ils n'avaient aucune envie d'être confrontés au changement.

Il était presque midi quand Mackenzie fit une dernière pile de paperasseries sur son bureau. Avant de se plonger dans la tonne de formulaires et de paperasses qui l'attendaient, elle se dit qu'elle ferait mieux d'aller grignoter quelque chose et de prendre un grand café.

Elle traversa le corridor en direction des ascenseurs. Lorsque l'ascenseur arriva et que les portes s'ouvrirent, elle fut surprise d'y voir Bryers de l'autre côté. Il avait également l'air étonné de la voir mais il lui décocha un large sourire.

« Hé, qu'est-ce que tu viens faire ici ? » demanda-t-elle.

« En fait, je venais te voir. J'ai pensé que tu aurais peut-être envie d'aller déjeuner. »

« C'est exactement ce que j'allais faire. Très bonne idée. »

Ils descendirent en ascenseur et s'assirent à une table dans une petite épicerie à proximité. Lorsqu'ils furent assis devant leurs sandwiches, Bryers alla directement au but en lui posant une question lourde de sens.

« Comment ça se passe ? » demanda-t-il.

« Et bien… ça se passe. Coincée derrière un bureau, piégée dans un box, à lire des tonnes de paperasseries, ce n'est pas exactement ce que j'avais imaginé. »

« Venant de n'importe quel autre nouvel agent, ça aurait l'air d'un commentaire d'enfant gâté, » dit Bryers. « Mais en l'occurrence, je suis d'accord avec toi. Tes capacités ne sont pas utilisées à bon escient. C'est pour ça que je suis là. Je suis venu à ta rescousse. »

Elle leva les yeux vers lui, d'un air interrogateur.

« Quel genre de rescousse ? »

« Une autre affaire, » répondit Bryers. « Enfin, maintenant, si tu as envie de rester à travailler sur ce qui t'occupe actuellement et continuer à éplucher des cas de fraude à l'immigration, je comprends. Mais je pense que j'ai quelque chose à te proposer qui t'intéressera davantage. »

Elle sentit son cœur battre à tout rompre.

« Tu as l'autorité nécessaire pour me changer d'affaire ? » demanda-t-elle, sur un ton suspicieux.

« Oui, de fait. À la différence de la dernière fois, aujourd'hui tu as le soutien de tout le monde. J'ai reçu l'appel de McGrath il y a une demi-heure. Il n'est pas *vraiment* fan à l'idée de t'envoyer au cœur de l'action, mais j'ai réussi à lui forcer un peu la main. »

« Vraiment ? » demanda-t-elle, se sentant soulagée et, comme Bryers l'avait mentionné, légèrement gâtée.

« Je peux te montrer l'historique de mes appels, si tu veux. Il allait t'appeler et te le dire lui-même mais je lui ai demandé de pouvoir te l'annoncer. Je pense qu'il savait depuis hier que tu allais finir par travailler là-dessus mais nous voulions nous assurer d'avoir une affaire solide. »

« Et c'est le cas ? » demanda-t-elle. Elle sentit une boule d'excitation se former dans son estomac.

« Oui, c'est le cas. Nous avons trouvé un cadavre dans un parc à Strasburg, en Virginie. Ça ressemble très fort à un autre corps que nous avons trouvé dans la même zone il y a environ deux ans. »

« Et tu penses que les deux affaires sont liées ? »

Il écarta la question d'un geste de la main et prit une bouchée de son sandwich.

« Je t'en parlerai lorsqu'on sera en route. Pour l'instant, mangeons. Profite du silence tant que tu le peux. »

Elle hocha la tête et se mit à grignoter son sandwich bien qu'elle n'ait soudain plus vraiment faim du tout.

Elle ressentait une forme d'excitation, mais également d'effroi et de tristesse. Quelqu'un avait été assassiné.

Et ça allait être à elle de rectifier les choses.

CHAPITRE QUATRE

Ils partirent de Quantico directement après le déjeuner. Alors que Bryers conduisait en direction du Sud-ouest, Mackenzie avait l'impression d'être sauvée de l'ennui total, uniquement pour être emportée vers un danger certain.

« Alors que peux-tu me dire au sujet de l'affaire ? » finit-elle par demander.

« Un cadavre a été découvert à Strasburg, en Virginie. Le corps a été retrouvé dans un parc naturel, dans un état très semblable à celui d'un autre corps qui avait été découvert dans la même zone il y a environ deux ans. »

« Tu penses que les deux affaires sont liées ? »

« À mon avis, oui. Même emplacement et même type de meurtre brutal. Les dossiers sont dans mon sac sur le siège arrière, si tu veux y jeter un coup d'œil. »

Elle tendit le bras vers le siège arrière et attrapa le porte-documents que Bryers emportait en général avec lui lorsque des recherches allaient être nécessaires. Elle en sortit un dossier, tout en continuant à lui poser des questions.

« Quand est-ce que ce deuxième corps a-t-il été découvert ? » demanda-t-elle.

« Dimanche. Et pour l'instant il n'y a aucune trace nous permettant de nous diriger dans une direction ou l'autre. Il n'y a *pas* de piste, cette fois-ci. Nous avons besoin de toi. »

« Pourquoi moi ? » demanda-t-elle, sur un ton curieux.

Il la regarda, d'un air curieux également.

« Tu es un agent maintenant – et sacrément douée pour ce genre d'affaire, » dit-il. « Les gens parlent déjà à ton sujet, des personnes qui ne savaient pas vraiment qui tu étais lorsque tu es arrivée à Quantico. Bien qu'il ne soit pas normal qu'un nouvel agent se retrouve sur une affaire telle que celle-ci, et bien, tu n'es pas non plus vraiment un agent ordinaire, n'est-ce pas ? »

« Est-ce une bonne ou une mauvaise chose ? » demanda Mackenzie.

« Ça va dépendre de tes performances, j'imagine, » dit-il.

Elle décida d'en rester là et concentra son attention sur le dossier. Bryers lui jetait des coups d'œil furtifs pendant qu'elle en survolait le contenu – soit pour évaluer sa réaction ou peut-être pour voir où elle en était. Pendant qu'elle prenait connaissance du dossier, Bryers se mit à parler de l'affaire.

« Ça ne prit que quelques heures avant d'être presque certains que ce meurtre était lié à un autre corps qui avait été découvert il y a presque deux ans, à environ cinquante-cinq kilomètres de là. Les photos qui se trouvent dans le dossier concernent ce premier cadavre. »

« Il y a deux ans, » dit Mackenzie, sur un ton méfiant. Sur la photo, elle vit un corps salement mutilé. C'était tellement insupportable à voir qu'elle dut regarder ailleurs durant un instant. « Comment peux-tu relier aussi facilement les deux meurtres entre eux avec un tel laps de temps entre les deux ? »

« Parce que les deux corps ont été retrouvés dans le même parc naturel et qu'ils ont été charcutés de la même manière. Et tu sais ce qu'on pense des coïncidences au Bureau, n'est-ce pas ? »

« Qu'elles n'existent pas ? »

« Exactement. »

« Strasburg, » dit Mackenzie. « Je ne connais pas du tout. C'est une petite ville, c'est ça ? »

« Plutôt de taille moyenne. Population d'environ six mille habitants. Une de ces villes typiques du Sud qui se raccroche encore à la Guerre de Sécession. »

« Et il y a un parc naturel là-bas ? »

« Et bien oui, » dit Bryers. « Je ne le savais pas non plus. Et un parc d'assez grande taille, en plus. Le parc naturel Little Hill. Environ cent quinze kilomètres de terre, en tout. Il s'étend presque jusqu'au Kentucky. Beaucoup de gens y vont pour y pêcher, y faire du camping ou de la randonnée. Beaucoup d'espace inexploré de forêt. Ce genre de parc naturel. »

« Comment les corps ont-ils été découverts ? » demanda Mackenzie.

« Un campeur a trouvé le deuxième corps samedi soir, » dit Bryers. « Quant au cadavre qui a été découvert il y a deux ans, c'était une scène assez horrible. Le corps a été retrouvé des semaines après le meurtre. Il était en décomposition et des animaux sauvages s'en étaient nourri, comme tu peux le voir sur les photos. »

« Des indications précises sur la manière dont ils ont été tués ? »

« Aucune que nous soyons à même d'identifier. Les corps étaient salement mutilés. Le premier cadavre d'il y a deux ans – la tête avait pratiquement été tranchée, les dix doigts avaient été coupés et n'ont jamais été retrouvés et la jambe droite avait disparu. Quant au cadavre plus récent, les morceaux étaient en quelque sorte éparpillés un peu partout. La jambe gauche a été trouvée à deux cents mètres du reste du corps. La main droite a été coupée et n'a pas encore été retrouvée. »

Mackenzie soupira, submergée durant un instant par tout le mal qui sévissait dans le monde.

« Quelle brutalité, » dit-elle doucement.

Il hocha de la tête.

« Oui, de fait. »

« Tu as raison, » dit-elle. « Il y a trop de similarités pour les ignorer. »

Il s'interrompit et laissa échapper une toux qu'il couvrit avec l'intérieur de son coude. C'était une toux profonde, longue et sèche, du style de celles qui venaient juste après un gros rhume.

« Ça va ? » demanda-t-elle.

« Oui, ça va. C'est le début de l'automne et mes stupides allergies resurgissent toujours à cette période de l'année. Mais… et *toi* ? Est-ce que ça va ? La remise des diplômes est terminée, tu es maintenant officiellement un agent du FBI et le monde est à toi. C'est une idée stimulante ou plutôt terrifiante pour toi ? »

« Un peu des deux, » dit-elle honnêtement.

« Des membres de ta famille sont venus te voir pour ta remise de diplôme de samedi ? »

« Non, » dit-elle. Et avant qu'il n'ait le temps de prendre un air triste ou d'exprimer ses regrets, elle ajouta : « Mais c'est bien comme ça. Je n'ai jamais été vraiment proche de ma famille. »

« Je vois ce que tu veux dire, » dit-il. « Même chose pour moi. Mes parents étaient des gens biens mais quand je suis devenu un adolescent et que j'ai commencé à me *comporter* comme tel, ils m'ont en quelque sorte tourné le dos. Je n'étais pas assez chrétien pour eux. Et j'aimais un peu trop les filles. Ce genre de choses. »

Mackenzie ne dit rien car elle était un peu sous le choc. Il n'avait jamais autant parlé de lui depuis qu'ils se connaissaient – et c'était sorti comme ça, soudainement, naturellement et de manière très inattendue.

Et alors, avant même de se rendre compte de ce qu'elle faisait, elle se mit de nouveau à parler. Et lorsque les mots sortirent de sa bouche, ce fut un peu comme si elle les vomissait.

« C'est un peu ce que ma mère m'a fait, » dit-elle. « J'ai grandi et elle s'est rendue compte qu'elle ne pouvait plus vraiment me contrôler. Et si elle ne pouvait plus me contrôler, alors elle n'avait plus envie d'avoir affaire à moi. Mais lorsqu'elle perdit ce contrôle sur moi, elle perdit également le contrôle sur presque tout le reste. »

« Les parents peuvent être merveilleux, n'est-ce pas ? » dit Bryers.

« À leur manière. »

« Et ton père ? » demanda Bryers.

La question lui fit l'effet d'une piqûre douloureuse au cœur mais elle se surprit à nouveau en répondant. « Il est mort, » dit-elle, sur un ton clair et net. Mais une partie d'elle avait tout de même envie de lui parler de la mort de son père et de comment elle avait découvert son cadavre.

La période où ils avaient été séparés semblait avoir amélioré leur relation professionnelle mais elle n'était toujours pas vraiment prête à partager ces blessures avec Bryers. Mais malgré sa réponse assez froide, Bryers avait néanmoins l'air beaucoup plus ouvert à la conversation et désireux de continuer à parler. Elle se demanda si ça avait à voir avec le fait qu'il travaillait maintenant avec elle avec la bénédiction et l'accord de sa hiérarchie.

« Je suis désolé de l'entendre, » dit-il. Puis il changea tout de suite de sujet, laissant comprendre par là à Mackenzie qu'il avait saisi son manque d'envie de parler davantage du sujet. « Mes parents... ils ne comprenaient pas pourquoi j'avais envie de faire ce boulot. Bien entendu, ils étaient très chrétiens. Quand je leur ai dit, à l'âge de dix-sept ans, que je ne croyais pas en Dieu, ils m'ont tout simplement laissé tomber. Depuis lors, mes parents sont tous les deux décédés. Mon père a encore tenu le coup six ans après la mort de ma mère et on a fini par faire un peu la paix après qu'elle soit décédée. Nous étions de nouveau en de bons termes lorsqu'il est mort d'un cancer des poumons en 2013. »

« Au moins, vous avez eu l'occasion de vous réconcilier, » dit Mackenzie.

« Oui, en effet, » dit-il.

« Tu ne t'es jamais marié ? Tu as des enfants ? »

« J'ai été marié pendant sept ans et j'ai eu deux filles. L'une d'entre elles fait aujourd'hui ses études universitaires au Texas, l'autre est quelque part en Californie. Elle ne me parle plus depuis dix ans, juste après qu'elle ait abandonné le lycée, soit tombée enceinte et se soit fiancée à un type de vingt-six ans. »

Elle hocha de la tête. La conversation lui paraissait trop étrange pour la continuer. C'était bizarre qu'il s'ouvre à elle de cette manière, mais elle lui en était reconnaissante. Les choses dont il lui avait parlées lui permettaient de mieux le comprendre. Bryers était un homme assez solitaire et ça tenait la route avec le fait d'avoir eu des relations difficiles avec ses parents.

Mais quant au fait qu'il avait deux filles avec lesquelles il parlait rarement, c'était une totale découverte. Ça expliquait un peu pourquoi il s'était ouvert à elle et pourquoi il avait l'air d'apprécier de travailler en sa compagnie.

Les deux heures suivantes furent remplies de conversations assez superficielles, principalement au sujet de l'affaire qui les occupait et de la formation de Mackenzie à l'académie. C'était agréable de pouvoir parler de ce genre de choses à quelqu'un et elle se sentit un peu coupable d'avoir écourté la conversation lorsqu'il lui avait posé des questions au sujet de son père.

Il fallut attendre encore une heure et quart avant que Mackenzie commence à voir des indications annonçant la sortie pour Strasburg. Elle sentit l'atmosphère changer dans la voiture, au moment où tous les deux commencèrent à mettre de côté leurs histoires personnelles et se concentrer uniquement sur le boulot qui les attendait.

Six minutes plus tard, Bryers prit la bretelle de sortie pour Strasburg. Lorsqu'ils entrèrent dans la ville, Mackenzie sentit son corps se contracter. Mais c'était une tension positive – le même genre de tension qu'elle avait ressentie au moment où elle était arrivée sur le parking avec l'arme de paintball en main, la veille de la remise des diplômes.

Elle était arrivée. Pas seulement à Strasburg mais surtout à cette étape dans sa vie à laquelle elle avait rêvée depuis le jour où elle avait été affectée à son premier travail inintéressant de bureau au Nebraska, avant qu'on ne lui donne vraiment sa chance.

Mon dieu, pensa-t-elle. *C'était vraiment il y a seulement cinq ans et demi ?*

Oui, de fait. Et maintenant qu'elle se trouvait littéralement amenée vers la réalisation de tous ces rêves, les cinq années qui séparaient ce travail de bureau de cet instant précis où elle se trouvait dans le siège passager de la voiture de Bryers, avaient plutôt l'air d'une course d'obstacles qui maintenait ces deux parties de sa vie bien séparées. Et ce n'était pas plus mal comme ça. Son passé ne lui avait jamais servi à rien d'autre qu'à la freiner et maintenant qu'elle avait enfin fini par le surmonter, elle était heureuse de le laisser pourrir derrière elle dans l'oubli.

Elle vit le panneau indiquant le parc naturel Little Hill et son cœur se mit à battre plus vite au moment où Bryers ralentit. Elle y était. Sa première affaire en tant qu'agent officiel du FBI. Elle savait que tous les yeux seraient dirigés sur elle.

Le moment était arrivé.

CHAPITRE CINQ

Quand Mackenzie sortit de la voiture dans le parking pour visiteurs du parc naturel Little Hill, elle se prépara à ce qui allait venir, sentant tout de suite la tension du meurtre flotter dans l'air. Elle ne savait pas pourquoi elle ressentait ce genre de choses, mais elle les ressentait. C'était une sorte de sixième sens qu'elle avait et qu'elle aurait parfois aimé ne pas avoir. Aucun autre de ses collègues avec lesquels elle avait travaillé n'avait ce genre de pressentiment.

Elle réalisa que d'une certaine manière ils avaient de la chance. C'était une bénédiction et, en même temps, une malédiction.

Ils traversèrent le parking en direction du centre d'information. Bien que l'automne ne se soit pas encore totalement installé en Virginie, sa présence se faisait sentir plus tôt que prévu. Autour d'eux, les feuilles des arbres commençaient à changer de couleur, tendant vers des nuances de rouge, de jaune et de doré. Un poste de sécurité se trouvait derrière le centre d'information où se tenait une femme qui avait l'air de beaucoup s'ennuyer et qui leur faisait signe en les regardant s'approcher.

Le centre d'information était une sorte de piège à touristes un peu terne. Des t-shirts et des gourdes étaient alignés sur des étagères et des cartes de la région, ainsi que des brochures avec des conseils de pêche, étaient étalées sur une petite étagère le long du côté droit. Au centre de la pièce, se trouvait une dame d'un âge dépassant certainement celui de la retraite. Elle leur souriait derrière son comptoir.

« Vous êtes avec le FBI, n'est-ce pas ? » demanda la femme.

« C'est ça, » dit Mackenzie.

La femme hocha légèrement de la tête et prit le téléphone qui se trouvait derrière le comptoir. Elle composa un numéro qui était noté sur un petit morceau de papier, près du téléphone. En attendant, Mackenzie s'éloigna un peu, suivie par Bryers.

« Tu as dit que tu n'avais pas encore parlé directement avec la police de Strasburg, c'est ça ? » demanda-t-elle.

Bryers acquiesça de la tête.

« On va nous considérer comme des amis ou comme un obstacle ? »

« On va voir, j'imagine. »

Mackenzie hocha de la tête et ils se retournèrent de nouveau vers le comptoir. La femme venait juste de raccrocher et levait les yeux vers eux.

« Le shérif Clements arrivera dans une dizaine de minutes. Il vous retrouvera au poste de garde qui se trouve à l'extérieur. »

Ils sortirent du centre d'information et se dirigèrent vers le poste de garde. À nouveau, Mackenzie se sentit presqu'hypnotisée par les couleurs resplendissantes des arbres. Elle marchait lentement, cherchant à s'imprégner de ce qui l'entourait.

« Hé, White ? » dit Bryers. « Ça va ? »

« Oui, ça va. Pourquoi tu poses la question ? »

« Parce que tu trembles et que tu es un peu pâle. En tant qu'agent expérimenté du FBI, je dirais que tu es nerveuse – *très* nerveuse, même. »

Elle serra fermement les poings et se rendit compte qu'un léger tremblement secouait ses mains. Oui, elle *était* nerveuse mais elle pensait qu'elle était parvenue à le dissimuler. Apparement, ce n'était pas le cas.

« Écoute, tu es en plein dedans maintenant. Tu as le droit d'être nerveuse. Mais gère-le à ton *avantage.* Ne te bats pas contre et n'essaie pas de le dissimuler. Je sais que ça a l'air paradoxal, mais il faut que tu me fasses confiance sur ce coup-là. »

Elle hocha la tête, un peu gênée.

Ils continuèrent en silence. Les couleurs des arbres autour d'eux semblaient les oppresser. Mackenzie regarda le poste de garde qui se trouvait devant eux et vit la barrière suspendue au poste et qui barrait la route. Bien que ça ait l'air stupide, elle ne pouvait pas s'empêcher de penser que son futur l'attendait de l'autre côté de cette barrière. Elle se sentait intimidée mais également anxieuse, de la traverser.

Quelques secondes plus tard, ils entendirent le bruit d'un petit moteur. Presque tout de suite après, ils virent une voiturette de golf déboucher du tournant. Elle roulait apparemment à plein régime et l'homme qui se trouvait derrière le volant était pratiquement recroquevillé derrière, comme s'il souhaitait que la voiturette aille plus vite.

La voiturette s'avança et Mackenzie put apercevoir l'homme qu'elle supposait être le shérif Clements. Il avait l'air d'un dur d'une quarantaine d'années. Il avait le regard vitreux d'un homme qui avait eu une vie difficile. Ses cheveux noirs commençaient à grisonner sur les tempes et il arborait une barbe d'un jour qui faisait apparemment toujours partie de son look.

Clements gara la voiturette, jeta à peine un regard au gardien qui se tenait dans le poste de garde et contourna la barrière pour rejoindre Mackenzie et Bryers.

« Agents White et Bryers, » dit Mackenzie en tendant la main.

Clements prit sa main et la serra de manière passive. Il fit de même avec Bryers, avant de rediriger son attention vers le sentier asphalté par lequel il était venu.

« Pour être tout à fait honnête, » dit Clements, « bien que j'apprécie fortement l'intérêt porté par le FBI, je ne suis pas vraiment sûr que nous ayons besoin de votre aide. »

« Et bien, maintenant que nous sommes ici, voyons si on peut vous donner un coup de main d'une manière ou d'une autre, » dit Bryers, sur un ton aussi amical que possible.

« OK alors, montez en voiture et allons jeter un œil, » dit Clements. Mackenzie faisait de son mieux pour le jauger au moment où ils montèrent dans la voiturette. Sa préoccupation principale depuis le début était de déterminer si Clements était seulement sous un stress immense ou si c'était juste un connard de par nature.

Elle était assise à l'avant avec Clements et Bryers avait pris place à l'arrière. Clements resta silencieux. En fait, on aurait dit qu'il faisait un effort spécial afin de leur faire savoir que ça le dérangeait fortement de les trimbaler avec lui.

Après environ une minute, Clements fit une embardée sur la droite, à l'endroit où la route présentait une bifurcation. C'était la fin de la route asphaltée et le chemin se rétrécit en un sentier étroit qui permettait à peine le passage de la voiturette.

« Quelles sont les instructions qui ont été données au gardien du poste de garde ? » demanda Mackenzie.

« Personne n'a le droit d'entrer, » dit Clements. « Ni même les garde-forestiers, ni la police, à moins que j'en aie donné la permission. Il y a déjà assez de gens qui glandent par ici, rendant les choses plus difficiles qu'elles ne devraient l'être. »

Mackenzie prit note du commentaire et de l'attaque pas très subtile de Clements. Mais elle décida de l'ignorer. Elle n'allait pas se lancer dans une discussion avec lui sur ce sujet avant qu'ils n'aient eu l'occasion de voir la scène du crime.

Environ cinq minutes plus tard, Clements appuya sur les freins. Il descendit de la voiturette avant même qu'elle n'ait eut le temps de s'arrêter complètement. « Venez, » dit-il, comme s'il parlait à un enfant. « Par ici. »

Mackenzie et Bryers descendirent de la voiturette. La forêt les entourait de ses hauts arbres. C'était superbe mais également rempli d'une sorte de silence épais, que Mackenzie avait appris à reconnaître comme un présage – un signe qu'il y avait du sang et de mauvaises nouvelles dans l'air.

Clements les guida à travers bois, en marchant rapidement devant eux. Il n'y avait pas vraiment de sentier à proprement parler. Ici et là, Mackenzie pouvait voir des signes de traces de pas autour des arbres et à travers les feuillages mais c'était tout. Sans même s'en rendre compte, elle passa devant Bryers en essayant de suivre Clements. De temps à autre, elle devait écarter des branchages ou retirer des fils de toiles d'araignée de son visage.

Après deux ou trois minutes, elle commença à entendre le son de plusieurs voix. Le bruit de mouvements se fit de plus en plus fort et elle commença à comprendre ce dont avait parlé Clements. Sans même voir la scène du crime, Mackenzie pouvait déjà dire qu'elle devait être bondée de gens.

Elle put s'en rendre compte moins d'une minute plus tard lorsque la scène fut en vue. Le ruban et les petits drapeaux délimitant la zone dessinaient une grande forme triangulaire au sein de la forêt. À l'intérieur du ruban jaune et des drapeaux rouges, Mackenzie compta huit personnes, y compris Clements. Avec elle et Bryers, ça en ferait dix.

« Vous voyez ce que je veux dire ? » demanda Clements.

Bryers arriva à hauteur de Mackenzie et soupira. « Et bien, c'est un beau bordel. »

Avant de continuer à avancer, Mackenzie fit de son mieux pour analyser la scène. Parmi les huit hommes, quatre faisaient partie de la police locale. Ils étaient facilement identifiables par leurs uniformes. Deux autres portaient également un uniforme mais d'un autre style – probablement la police d'état, pensa Mackenzie. Elle fit de son mieux pour analyser la scène en elle-même et éviter d'être déconcentrée par les chamailleries alentour.

L'endroit semblait être totalement choisi au hasard. Il n'y avait aucun élément d'intérêt, rien qui puisse être considéré comme symbolique. L'endroit était semblable à n'importe quelle autre partie de cette forêt. Elle estima qu'ils se trouvaient à environ deux kilomètres du sentier principal. Le feuillage n'était pas particulièrement dense ici mais il y avait une sorte d'isolement tout autour d'eux.

Une fois qu'elle eut terminé d'analyser minutieusement la scène, elle regarda en direction des hommes qui se chamaillaient.

Quelques-un semblaient agités et d'autres avaient l'air fâché. Deux d'entre eux ne portaient aucun uniforme ni signe distinctif de leur profession.

« Qui sont les types sans uniforme ? » demanda Mackenzie.

« Je ne sais pas, » dit Bryers.

Clements se tourna vers eux, avec un air renfrogné. « Des garde-forestiers, » dit-il. « Joe Andrews et Charlie Holt. Un truc du style arrive et voilà qu'ils se prennent pour des policiers. »

L'un des garde-forestiers jeta un regard foudroyant dans leur direction. Mackenzie était presque certaine que Clements avait fait un signe de tête en direction de cet homme lorsqu'il avait dit *Joe Andrews.* « Fais attention à toi, Clements. C'est un parc naturel d'État, » dit Andrews. « Tu as autant d'autorité ici qu'un moucheron. »

« C'est peut-être vrai, » dit Clements. « Mais tu sais aussi bien que moi que tout ce que j'ai à faire, c'est de passer un coup de fil au commissariat. Je peux te faire sortir d'ici en moins d'une heure, alors fais ce que tu as à faire et casse-toi. »

« Espèce de petit connard d'hypocrite… »

« Allons, » dit un troisième homme. C'était l'un des policiers d'État. Il était bâti comme une armoire à glace et portait des lunettes de soleil qui lui donnaient l'allure d'un méchant tout droit sorti d'un mauvais film d'action des années quatre-vingt. « J'ai l'autorité de vous jeter tous les deux d'ici. Alors, arrêtez de vous comporter comme des enfants et faites votre boulot. »

L'homme remarqua soudain la présence de Mackenzie et de Bryers. Il s'avança vers eux en secouant la tête d'un air désolé.

« Désolé que vous ayez à entendre toutes ces sottises, » dit-il, au moment où il s'approcha. « Je suis Roger Smith, de la police d'État. Une drôle de scène qu'on a là, n'est-ce pas ? »

« C'est ce qu'on est venu essayer de comprendre, » dit Bryers.

Smith se retourna en direction des sept autres hommes et dit d'une voix retentissante : « Écartez-vous un peu et laissez les fédéraux faire leur travail. »

« Et qu'en est-il de *notre* travail ? » demanda l'autre garde-forestier. *Charlie Holt,* se rappela Mackenzie. Il regardait Mackenzie et Bryers d'un air méfiant. Mackenzie trouva même qu'il avait l'air un peu intimidé et effrayé par leur présence. Lorsque Mackenzie regarda dans sa direction, il baissa les yeux au sol et se pencha pour ramasser un gland qui y traînait. Il passa le gland d'une main à l'autre, puis se mit à chipoter avec lui.

« Vous avez eu assez de temps, » dit Smith. « Écartez-vous durant un instant. »

Tout le monde obtempéra. Les garde-forestiers en particulier avaient l'air très mécontents. Faisant tout son possible afin de détendre l'atmosphère, Mackenzie se dit qu'il pourrait être utile d'essayer d'impliquer autant que possible les garde-forestiers afin d'éviter d'heurter toute sensibilité.

« Quel genre d'informations les garde-forestiers ont généralement besoin de retirer d'une situation telle que celle-là ? » demanda-t-elle aux garde-forestiers, au moment où elle se baissait pour passer en-dessous du ruban entourant la scène du crime et qu'elle commençait à observer ce qui l'entourait. Elle vit un jalon à l'endroit où la jambe avait été retrouvée et, à une bonne distance de là, elle vit un autre jalon où le reste du corps avait été découvert.

« D'une part, nous avons besoin de savoir pour combien de temps le parc devra être fermé, » dit Andrews. « Aussi égoïste que ça puisse paraître, ce parc ramène pas mal de revenus en terme de tourisme. »

« Tu as raison, » dit Clements. « C'est *vraiment* de l'égoïsme. »

« Et bien, je considère qu'on a bien le droit d'être égoïste de temps à autre, » dit Charlie Holt, sur un ton défensif. Puis il regarda fixement Mackenzie et Bryers d'un air dédaigneux.

« Pour quelle raison ? » demanda Mackenzie.

« Est-ce que l'un d'entre vous a une idée du genre de merde à laquelle nous devons faire face ici ? » demanda Holt.

« Non, pas vraiment, » répondit Bryers.

« Des adolescents qui tirent un coup, » dit Holt. « Parfois, de véritables orgies. Des pratiques religieuses bizarres liées à la Wicca. J'ai même déjà attrapé un ivrogne qui se tapait une souche d'arbre – et je parle avec le pantalon baissé et tout ce qui s'en suit. Ça, c'est le genre d'histoire qui fait rire la police d'État et que la police locale utilise pour raconter des blagues durant le weekend. » Il se baissa et ramassa un autre gland, le chipotant de la même manière qu'il l'avait fait avec le premier.

« Oh, » ajouta Joe Andrews. « Il y a eu aussi cette fois où j'ai pris sur le fait un père qui agressait sexuellement sa fillette de huit ans. Ça se passait à quelques mètres d'un chemin de pêche et j'ai dû intervenir. Et quel genre de remerciement j'en reçois ? La fille qui me hurle de laisser son père tranquille et un avertissement de la part de la police locale et d'État me notifiant d'y aller un peu plus doucement la prochaine fois. Alors oui… ça nous arrive parfois d'être égoïste concernant notre autorité. »

Le silence envahit la forêt, seulement interrompu par l'un des policiers locaux qui laissa échapper un rire dédaigneux en disant : « Oui. Autorité. Bien sûr. »

Les deux garde-forestiers regardèrent l'homme avec une profonde haine dans les yeux. Andrews fit un pas en avant. On aurait dit qu'il allait exploser de rage. « Va te faire foutre, » dit-il simplement.

« Je vous ai dit de *cesser ces idioties*, » dit l'officier Smith. « Je dois encore vous faire une seule fois la remarque et je vous expulse tous d'ici. Vous m'avez bien compris ? »

Apparemment, ils avaient bien compris. Le silence envahit de nouveau la forêt. Bryers passa derrière le ruban qui délimitait la scène de crime et s'approcha de Mackenzie. Quand les hommes furent tous retournés à leurs occupations, il se pencha vers elle. Elle pouvait sentir le regard de Charlie Holt fixé sur elle et ça lui donna envie de le frapper.

« Ça pourrait mal tourner, » dit Bryers à voix basse. « Faisons en sorte de sortir d'ici le plus rapidement possible. Qu'est-ce que tu en penses ? »

Elle se mit au travail et passa l'endroit au peigne fin tout en prenant mentalement des notes. Bryers était ressorti de la scène de crime. Il était appuyé contre un arbre et toussait dans son bras. Mais elle fit de son mieux pour que ça ne la distraie pas. Elle garda les yeux rivés au sol, observant attentivement le feuillage, la terre et les arbres. La chose qui n'avait pas vraiment de sens à ses yeux, c'était comment un corps en si mauvais état avait été découvert ici. Il était difficile de savoir quand le meurtre avait été commis ou quand le cadavre avait été déposé car il n'y avait aucun signe au sol trahissant un acte brutal ou violent.

Elle concentra son attention sur les emplacements où se trouvaient les pancartes indiquant les endroits où les différentes parties du corps avaient été retrouvées. Elles étaient trop éloignées l'une de l'autre pour que ce soit accidentel. Celui qui a déposé ce corps mutilé en plaçant les différentes parties si loin l'une de l'autre, avait l'intention de le faire de cette manière.

« Officier Smith, savez-vous s'il y avait des marques de morsures d'animaux sauvages présentes sur le corps ? » demanda-t-elle.

« S'il y en avait, elles étaient tellement minuscules qu'un examen à l'oeil nu n'a pas permis de les remarquer. Bien entendu, nous en saurons davantage dès que l'autopsie sera terminée. »

« Et aucun membre de votre équipe ou de la police locale n'a bougé le corps ou les membres sectionnés ? »

« Non. »

« Même chose de mon côté, » dit Clements. « Et vous, les garde-forestiers ? »

« Non, » dit Holt, en ricanant sur un ton méchant. On aurait dit qu'il allait maintenant se vexer pour un tout ou pour un rien.

« Puis-je vous demander en quoi ça pourrait aider à trouver le responsable de ce carnage ? » lui demanda Smith.

« Et bien, si l'assassin avait agi ici, il y aurait du sang partout, » expliqua Mackenzie. « Même si ça s'était passé il y a longtemps, il y aurait au moins des traces aux alentours. Et je n'en vois aucune. L'autre possibilité est qu'il ait déposé le corps ici. Mais si c'est le cas, pourquoi une jambe tranchée se retrouverait-elle aussi éloignée du reste du corps ? »

« Je ne vous suis pas, » dit Smith. Derrière lui, elle vit que Clements écoutait également d'une oreille attentive, tout en essayant que ça ne se voie pas.

« Ça me mène à penser que le tueur a *effectivement* déposé le corps ici mais qu'il a intentionnellement séparé les différents morceaux du corps. »

« Pourquoi ? » demanda Clements, incapable de feindre plus longtemps qu'il n'écoutait pas.

« Il pourrait y avoir plusieurs raisons, » dit-elle. « Ça pourrait être pour une raison aussi morbide que le fait de s'amuser avec le corps, de l'éparpiller comme s'il ne représentait rien de plus que des jouets pour s'amuser. Ou l'envie d'avoir toute notre attention. Ou il pourrait y avoir une sorte de raison calculée – la distance, le fait que ce soit une jambe, etc. »

« Je vois, » dit Smith. « Et bien, certains de mes hommes ont déjà rédigé un rapport reprenant la distance entre le corps et la jambe et toutes les autres mesures qui pourraient vous être utiles. »

Mackenzie jeta de nouveau un oeil autour d'elle – en direction du groupe d'hommes rassemblés et de l'apparemment paisible forêt – et elle fit une pause. Il n'y avait pas de raison évidente au choix de cet emplacement. Ce qui lui faisait penser que cet endroit était un hasard. Mais le fait d'être si éloigné des sentiers battus lui indiquait également autre chose. Ça voulait dire que l'assassin connaissait assez bien cette forêt – et même peut-être le parc en entier.

Elle se mit à marcher autour de la scène de crime, cherchant attentivement toute trace de sang séché. Mais il n'y avait rien. Plus le temps passait, plus elle était convaincue que sa théorie était la bonne.

« Garde-forestiers, » dit-elle. « Il y a-t-il un moyen d'obtenir le nom des gens qui fréquentent ce parc ? Je pense surtout à des personnes qui viennent souvent ici et qui connaissent très bien la région. »

« Pas vraiment, » dit Joe Andrews. « Le mieux qu'on puisse faire, c'est vous fournir une liste de donateurs. »

« Ce n'est pas nécessaire, » dit-elle.

« Vous avez une théorie à mettre à l'épreuve ? » demanda Smith.

« Le meurtre en soi a eu lieu ailleurs et le corps a été déposé ici, » dit-elle, en se parlant à moitié à elle-même. « Mais pourquoi ici ? Nous sommes à environ deux kilomètres du sentier principal et il n'y a rien de spécial à cet endroit. Ce qui me fait penser que le responsable de tout ça connait très bien le parc. »

Pendant qu'elle parlait, quelques-uns hochèrent de la tête mais elle sentit qu'ils doutaient d'elle ou qu'ils s'en fichaient royalement.

Mackenzie se retourna vers Bryers.

« Pour toi, c'est bon ? » demanda-t-elle.

Il hocha de la tête.

« Merci, messieurs. »

Ils la regardèrent tous en silence. Clements avait l'air d'essayer de la jauger.

« OK, on y va alors, » dit finalement Clements. « Je vous ramène jusqu'à votre voiture. »

« Non, pas besoin, » dit Mackenzie, sur un ton légèrement rude. « Je crois que je préfère marcher. »

Mackenzie et Bryers prirent congé et se dirigèrent à travers bois en direction du sentier par lequel Clements les avait amenés.

Alors qu'ils s'enfonçaient dans la forêt, en laissant derrière eux la police d'État, les garde-forestiers, Clements et ses hommes, Mackenzie ne put s'empêcher d'apprécier la grandeur de la forêt. Il y avait quelque chose d'inquiétant dans le fait de penser aux possibilités infinies qu'elle offrait. Elle pensa à ce que le garde-forestier avait raconté au sujet des innombrables crimes qui avaient lieu dans ces bois et un frisson glacé lui traversa le dos.

Pour quelqu'un qui prenait son pied en charcutant des gens à la manière de la personne qui avait été retrouvée dans ce triangle dans les bois *et* qui connaissait bien cette forêt, il n'y avait littéralement aucune limite à la menace que cette personne pourrait représenter.

Et elle était sûre qu'elle frapperait à nouveau.

CHAPITRE SIX

Mackenzie s'intalla à son bureau un peu après dix-huit heures. Elle était épuisée après une longue journée de travail et elle se mit à ranger ses notes afin de se préparer pour la réunion qu'elle avait demandée à leur retour de Strasburg.

On frappa à sa porte et quand elle leva les yeux, elle vit Bryers qui avait l'air aussi fatigué qu'elle et qui tenait en main un dossier et une tasse de café. On aurait dit qu'il faisait de son mieux afin de dissimuler sa fatigue. Elle se rappela tout d'un coup qu'il était resté en retrait lors de leur visite au parc naturel, lui laissant gérer la situation avec Clements, Smith, Holt et les autres égocentriques au milieu des bois. Ça, ajouté à sa toux, lui fit se demander s'il ne s'était pas chopé quelque chose.

« La réunion est sur le point de commencer, » dit-il.

Mackenzie se leva et le suivit jusqu'à la salle de conférence qui se trouvait au fond du couloir. Au moment où elle entra, elle jeta un oeil autour d'elle. Plusieurs agents et experts étaient présents et constituaient l'équipe travaillant sur l'affaire du parc naturel Little Hill. Ils étaient sept en tout et bien qu'elle pense que c'était une équipe bien trop nombreuse pour un début d'affaire, ce n'était pas à elle de le mentionner. C'était Bryers qui décidait et elle était déjà juste contente d'être incluse dans l'équipe. C'était bien plus intéressant que de potasser les lois concernant l'immigration ou d'être noyée sous une tonne de paperasserie.

« Nous avons une journée bien remplie aujourd'hui, » dit Bryers. « Alors commençons par une rapide récapitulation. »

S'il *avait* été épuisé au moment d'entrer dans la salle, il était parvenu à se débarrasser de la fatigue. Mackenzie observait et écoutait avec attention pendant que Bryers informait les sept autres personnes présentes sur ce qu'ils avaient découvert aujourd'hui dans les bois du parc naturel Little Hill. Ils prenaient tous des notes, certains gribouillant sur des bloc-notes, d'autres tapant sur leur tablette ou smartphone.

« Une chose à ajouter, » dit l'un des agents. « Je viens de l'apprendre il y a environ un quart d'heure mais les médias locaux sont officiellement au courant de l'affaire. Ils ont déjà rebaptisé ce type comme le tueur du camping. »

Le silence envahit la pièce durant un instant et Mackenzie soupira dans son for intérieur. Ça leur rendrait la tâche bien plus difficile à tous.

« Et bien, ça a été rapide, » dit Bryers. « Fait chier. Comment ont-ils fait pour être aussi vite au courant ? »

Personne ne répondit mais Mackenzie pensait connaître la réponse. Une petite ville comme Strasburg était peuplée de gens qui adoraient voir le nom de leur ville apparaître aux actualités - même si c'était pour annoncer de mauvaises nouvelles. Quelques-uns des garde-forestiers ou des policiers locaux pourraient très bien rentrer dans cette catégorie.

« Bon, pour continuer, » dit Bryers, sans se décourager, « les dernières informations reçues proviennent de la police d'État. Ils ont transmis certains détails concernant la scène du crime à la police scientifique. Nous savons maintenant que la jambe coupée et que le corps auquel elle était auparavant rattachée se trouvaient à exactement un mètre de distance. Nous n'avons absolument aucune idée de si ce fait est important ou pas, mais nous allons nous pencher là-dessus. Il y a aussi… »

Un coup frappé à la porte l'interrompit. Un autre agent pénétra dans la salle et tendit un dossier à Bryers. Il lui murmura rapidement quelque chose à l'oreille, puis sortit aussi vit qu'il n'était entré.

« Le rapport du médecin légiste concernant le deuxième corps, » dit Bryers, en ouvrant le dossier et en y jetant un coup d'œil. Il le survola rapidement du regard puis fit passer les trois feuilles au reste de l'équipe. « Comme vous pourrez le constater, il n'y a aucune trace laissée sur le corps par des prédateurs affamés, bien qu'il y ait de légers hématomes le long du dos et des épaules. Apparemment, la jambe et la main droite ont été tranchées avec un couteau plutôt émoussé ou une sorte de grande lame. On dirait que les os ont été plutôt brisés que sciés. C'est une différence par rapport à l'affaire d'il y a deux ans mais, bien sûr, c'est peut-être seulement dû au fait que le tueur n'entretient pas spécialement ses outils et ses armes. »

Bryers leur laissa un moment pour lire le rapport. Mackenzie le regarda à peine, se fiant totalement au compte-rendu que Bryers leur avait fourni. Elle commençait déjà à lui faire confiance et bien qu'elle connaisse l'importance des rapports et des dossiers, elle préférait un rapport verbal direct.

« Nous connaissons maintenant aussi le nom de la victime : Jon Torrence, vingt-deux ans. Il a disparu il y a environ quatre semaines. Le dernier endroit où il a été aperçu était un bar à Strasburg. Certains d'entre vous auront la tâche pas très agréable d'aller parler à sa famille aujourd'hui. Nous avons également récupéré des informations concernant la victime d'il y a deux ans. Agent White, pourriez-vous faire un compte-rendu à l'équipe concernant cette victime ? »

Mackenzie avait lu ces informations lors de leur trajet retour entre Strasburg et Quantico. Elles étaient contenues dans un document qui avait été envoyé par l'officier Smith et son équipe de la police d'État. Elle en avait mémorisé les détails en moins de dix minutes et elle pouvait les réciter à toute l'équipe sans craindre de se tromper.

« Le premier corps retrouvé est celui de Marjorie Leinhart. Sa tête était presque complètement tranchée de son corps. Le tueur lui avait coupé tous les doigts de ses mains et sa jambe droite à partir du genou. Aucune des parties tranchées de son corps n'a été retrouvée. Au moment de sa mort, elle avait vingt-sept ans. Sa mère était sa seule famille vu que Marjorie était fille unique et que son père était mort en 2006, durant son service en Afghanistan. Mais madame Leinhart s'est suicidée une semaine après la découverte du cadavre de sa fille. Des recherches approfondies ont permis de retrouver un seul membre de la famille – un oncle éloigné qui vit à Londres et qui ne connaît absolument rien au sujet de la famille. Elle n'avait aucun petit ami et les quelques amis proches qui avaient été interrogés sont tous partis. Alors il n'y a littéralement personne ici à qui poser des questions. »

« Merci, agent White. Alors maintenant, vous avez toutes les infos. C'est tout ce qu'on a pour l'instant. Alors je veux certains d'entre vous sur les aspects familiaux, d'autres pour aider la police scientifique et quelqu'un qui s'occupe de faire des recherches concernant tout crime violent à proximité ou dans le parc naturel Little Hill durant les vingt-cinq dernières années. Quelqu'un a quelque chose à ajouter ? »

« Ça pourrait être rituel, » dit l'un des agents plus âgés. « Un tel démembrement pourrait être révélateur de meurtres rituels. J'aimerais vérifier si la présence de cultes sataniques ou de rassemblements liés à des cultes ont été rapportés dans les environs de Strasburg. »

« Remarque très intéressante, » dit Bryers, en prenant rapidement note sur l'un de ses papiers.

Mackenzie leva la main. Quelques-uns des agents présents – tous expérimentés et décorés – levèrent les yeux au ciel. *Bien entendu, il faut que tu aies quelque chose à ajouter,* avaient-ils l'air de penser.

« Oui, agent White ? » demanda Bryers. Il lui adressa un petit sourire complice au moment où tout le monde tourna les yeux dans sa direction.

« En consultant les dossiers sur de vieilles affaires, envoyés par la police d'État, j'ai trouvé un cas documenté d'enlèvement d'enfant dans les environs de Little Hill il y a dix-neuf ans. Un petit garçon appelé Will Albrecht. Il fut enlevé sous le nez de ses parents. Quand ces derniers furent interrogés, ils ont déclaré que leur fils adorait rouler en vélo sur les sentiers du parc naturel Little Hill. La connexion est ténue mais je pense que ça vaut la peine d'y jeter un coup d'œil. »

« Absolument, » dit Bryers. « Peux-tu t'assurer que tous les membres de l'équipe reçoivent le dossier ? »

« Je m'en occupe tout de suite, » dit-elle, en se mettant déjà à chercher l'email sur son téléphone.

« Et en quoi cette affaire serait liée ? » demanda un autre agent.

Toujours prête à relever les défis, Mackenzie répondit du tac au tac. « Je pense que celui qui a fait ça connaît très bien la région. Le fait de se débarrasser d'un corps dans un tel endroit au hasard indique une connaissance des ces bois. Et si on y ajoute le meurtre de Marjorie Leinhart il y a deux ans, ce sentiment ne fait que se renforcer. »

« Je ne vois toujours pas ce que ça a à voir avec un kidnapping, » dit cependant un autre agent. .

« Enlever un enfant alors que ses parents se trouvent à proximité et s'en tirer sans se faire pincer… il faut vraiment bien connaître le terrain. Le kidnappeur n'a *jamais* été retrouvé, loin de là. »

Ils eurent apparemment assez de matière à réflexion. Elle vit quelques hochements de tête appréciatifs mais pour la plupart, ils étaient plutôt occupés à consulter leur téléphone ou à regarder la table devant eux.

« Autre chose ? » demanda Bryers. En attendant de savoir s'il y avait une réponse, il étouffa une quinte de toux dans son coude.

« Alors, c'est tout pour maintenant, » dit Bryers après un instant de silence. « On se met au travail et on ramène ce tueur. »

L'équipe murmurait sur un ton enthousiaste en sortant de la pièce. Mackenzie resta en arrière, cherchant à savoir si Bryers avait besoin de quoi que ce soit d'autre avant que cette journée ne se termine.

« Tu sais, » dit Bryers. « Je vais mettre quelqu'un sur cette affaire d'enlèvement dont tu as parlée. Mais s'il s'avère que ça ne mène nulle part, tu vas te faire un ennemi ou deux. »

« Comme d'habitude, quoi. »

« J'imagine, » dit-il en souriant. « Mais tu sais… peut-être qu'on devrait s'occuper de ce détail nous-même. On ira jusqu'à Strasbourg demain et on fera d'une pierre deux coups. On parlera également avec la famille de Jon Torrence. Tu es prête pour une autre excursion à la campagne ? »

CHAPITRE SEPT

Le lendemain matin, ils arrivèrent à Strasburg un peu après neuf heures et au moment où ils entrèrent dans la ville, Mackenzie songea qu'elle pouvait comprendre le charme d'un tel endroit. Être profondément enraciné dans l'histoire lui avait d'abord paru un peu stupide. Mais il y avait aussi quelque chose de rustique et de respectable dans tout ça. Des drapeaux américains pendaient presque partout (avec de temps en temps, le drapeau des Confédérés, un élément incontournable d'une petite ville de Virginie pensa-t-elle) et de nombreux commerces locaux portaient le nom de troupes de la guerre de sécession.

Mackenzie savait qu'il serait erroné de penser que les tueurs les plus dérangés proviennent de ce genre de villes dont on se méfiait à peine. Les statistiques démontraient qu'un tueur fou furieux pouvait tout aussi bien provenir de New York ou de Los Angeles que d'un petit patelin rural de Virginie. Mais il y avait tout de même quelque chose de silencieux et d'un peu morose dans une ville comme celle-ci – un endroit qui avait l'air parfait au moment de le traverser, permettant d'oublier facilement qu'il y avait de noirs secrets probablement cachés derrière les portes de chacune de ces maisons.

Ils arrivèrent finalement devant la maison des Torrences et Mackenzie sentit son estomac se nouer. Elle avait appelé à l'avance pendant qu'ils étaient en route et elle avait parlé avec Pamela Torrence, la mère de Jon. Elle avait eu l'air contente de parler avec quelqu'un qui pourrait l'aider à comprendre ce qui s'était passé, ce dont Mackenzie se rendit encore plus compte quand elle vit la porte d'entrée s'ouvrir et Pamela sortir de la maison, avant même que Bryers n'ait eu le temps de garer la voiture.

Ils se retrouvèrent sur le porche et firent de rapides présentations. Il était clair que Pamela Torrence n'avait pas beaucoup dormi ces derniers jours. Elle avait le regard hagard et des poches rouges en-dessous des yeux. Elle fit cependant de son mieux pour accueillir Mackenzie et Bryers de la manière la plus normale possible.

Alors qu'elle les guidait vers un petit salon, Mackenzie remarqua la présence d'autres stéréotypes de la famille américaine typique des petites villes. Il y avait des photos d'enfants accrochées aux murs et posées sur des tables basses. Sur l'une des photos, Mackenzie vit un Jon Torrence adolescent, souriant dans son uniforme de football du lycée.

« Merci d'être venu, » dit Pamela.

« C'est normal, » répondit Mackenzie. « Quand je vous ai parlé au téléphone, vous m'avez dit que votre mari était là. Est-ce qu'il est toujours là ? »

« Non, » dit-elle. « Ray a beaucoup de mal avec la situation. Quand il a su que vous alliez venir, il s'est mis à pleurer. Quand ça a été mieux, il a attrapé son fusil et il est parti chasser. »

Mackenzie pensa que ce n'était peut-être pas la meilleure idée mais elle ne dit rien. Qui était-elle pour juger de la manière dont les parents d'un jeune homme récémment décédé choisissaient de faire leur deuil ?

« Alors, que pouvez-vous nous dire au sujet de Jon ? » demanda Mackenzie.

Pamela haussa les épaules et essaya de sourire mais c'était comme si ce sourire n'appartenait pas à son visage fatigué. « C'était un garcon bien, un garcon calme. Il travaillait à mi temps chez Gino's Pizza et il prenait des cours au collège du coin. Il n'en était qu'à sa deuxième année. Il avait commencé tard. Il avait toujours eu peur de faire des études supérieures. Il avait finalement décidé de prendre des cours après que la fille avec laquelle il sortait depuis trois ans ait fini par déménager après avoir terminé ses études à l'université de Virginie.

« Quels étaient ses hobbies ? » demanda Bryers.

« Il s'était mis à la course à pied. Il participait à des événements de temps à autre – des courses de cinq kilomètres pour la lutte contre le cancer du sein, pour des collectes de fonds pour l'église, des trucs dans le genre. Il envisageait de participer à l'un de ces marathons de montagne au début de l'année prochaine. Il s'entraînait pour ça. »

« Il allait souvent courir au parc de Little Hill ? » demanda Mackenzie.

« Oh, oui, » dit Pamela. « C'était son endroit favori. Il adorait s'y entraîner. Il y allait au moins deux fois par semaine. »

« Que pouvez-vous nous dire au sujet de la fille qui a rompu avec lui ? » demanda Mackenzie. « Étaient-ils toujours amis après la rupture ? »

« Je ne pense pas, » dit Pamela. « Et si c'était le cas, il ne m'en parlait pas. »

« Pensez-vous que c'est quelque chose au sujet duquel il aurait pu parler avec votre mari ? » demanda Bryers.

« Probablement pas, » dit Pamela. « Jon et Ray n'ont jamais été proches. Je pense que c'est une des raisons pour laquelle Ray est aussi affecté par sa mort. Trop de regrets… »

« Vous avez dit que Jon travaillait à mi-temps et qu'il faisait des études au collège, » dit Mackenzie. « Vivait-il toujours ici avec vous ou est-ce qu'il avait loué un endroit à lui ? »

« Il vivait ici, » dit-elle. « Il avait tellement honte. Nous ne lui avons jamais demandé un loyer mais il nous donnait tout ce qu'il pouvait tous les mois. »

« Pouvons-nous jeter un œil à sa chambre ? »

« Bien sûr. »

Pamela les guida à l'étage en-dessous, dans un sous-sol partiellement rénové. La partie qui était terminée comprenait une salle de bains et une chambre à coucher assez spacieuse. Mackenzie et Bryers entrèrent dans ce qui était clairement la chambre d'un jeune homme qui venait de se faire larguer. Un iPod et des magazines sur des armes de chasse traînaient au sol. Des vêtements sales étaient éparpillés un peu partout et le lit était défait.

Une télé était posée sur une petite commode. Une Xbox, quelques jeux et des films se trouvaient à proximité. Elle remarqua quelques titres de comédies romantiques à côté de jeux comme *Halo* ou *Call of Duty*. Elle vit également quelques cahiers de croquis. Elle les feuilleta et y vit des dessins de nus, des évocations de cerfs et de fusils de chasse et quelques tentatives de croquis du visage d'une femme. Mackenzie se demanda s'il s'agissait là du visage de l'ex-petite amie.

« Est-ce qu'il aimait autant la chasse que votre mari ? » demanda Mackenzie, en désignant les magazines d'un geste de la tête.

« Il y eut un temps où il aimait. C'était la seule chose qu'ils essayaient de faire ensemble. Mais ils n'ont jamais accroché, vous savez ? Ray et quelques-uns de ses amis de chasse se moquaient toujours de lui, du fait qu'il aille au collège, d'aimer l'art au lycée, d'être fidèle à une seule fille. Ce genre de conneries de macho. En début d'année, une grosse bagarre a éclaté entre Jon et l'un des autres gars du groupe de chasse. »

« Quel type de bagarre ? »

« Ils se sont frappés à coups de poing, » dit Pamela. « Je pense que Ray a senti qu'il devait choisir entre ses amis ou un fils avec lequel il n'avait jamais vaiment été d'accord. Et il a choisi ses amis. C'est ce qui le mine le plus aujourd'hui. »

« Vous connaissez le nom du type avec lequel Jon s'est battu ? » demanda Mackenzie.

Pamela leva les yeux au ciel. « Curtis Palmer, » dit-elle, à travers ses dents serrées. « Un connard de première. Il a déjà fait de la prison dans le passé. Il battait sa femme et son gosse. Ce genre de choses. »

Mackenzie et Bryers échangèrent un regard que Pamela sembla remarquer. « Je peux vous donner son adresse si vous voulez, » dit-elle.

« Oui, je pense que ça pourrait être utile, » dit Mackenzie.

« Je vais aller à l'étage et vous l'écrire sur un bout de papier. Prenez votre temps ici en-bas. »

Quand Pamela fut remontée à l'étage, Bryers se mit à farfouiller dans les jeux et les films. « Qu'est-ce que tu en penses ? » demanda-t-il.

« Je pense que Jon Torrence a eu la vie dure et qu'il se trouvait au mauvais endroit au mauvais moment. Je pense qu'on pourrait faire quelques vérifications pour voir s'il y a des connexions – peut-être entre l'ex-petite amie et la première victime – mais je doute que ça donne des résultats. Je pense que Jon était purement et simplement une victime. »

« Tu sais ce qui me titille dans tout ça ? » demanda Bryers.

« Non, quoi ? »

« L'enlèvement de Will Albrecht il y a dix-neuf ans. Je pense que c'est la partie dont on en sait le moins. »

« J'ai le même sentiment. On devrait peut-être faire des recoupements entre les proches de Will et l'affaire qui nous occupe. »

Ils remontèrent à l'étage où Pamela les attendait avec un post-it. Elle tenait également son téléphone en main. Elle fronçait les sourcils en le consultant au moment où elle tendit le post-it où était indiquée l'adresse de Curtis Palmer.

« Voici pour vous, » dit-elle.

« Tout va bien, madame Torrence ? » demanda Bryers.

« J'imagine que oui, » dit-elle. Puis elle leur montra son téléphone. Son appli Facebook était ouverte et quelqu'un avait partagé avec elle le gros titre d'un journal local. La manchette titrait **Y a-t-il un tueur sur le camping de Strasburg ?** Une vidéo se trouvait juste en-dessous mais Mackenzie n'avait aucune envie de la voir. Le gros titre était déjà bien plus qu'assez.

Les médias étaient à fond sur l'histoire maintenant. Ce qui voulait dire qu'elle devait travailler rapidement afin de clôturer cette affaire avant que leur scène de crime au fin fond d'un parc naturel ne devienne un show médiatisé.

« Jusqu'à quel point êtes-vous confiants de pouvoir trouver celui qui a fait ça à Jon ? » demanda Pamela.

« Je ne peux pas donner de certitudes, » dit Mackenzie.

Pamela hocha la tête. « Je comprends, enfin, je crois. Mais si vous pouviez clôturer cette affaire avant que ça fasse la une de tout le pays et que le visage de mon fils se retrouve sur toutes les chaînes de télé, je vous en serais vraiment reconnaissante. »

Ce fut les derniers mots qu'elle prononça avant que Mackenzie et Bryers ne s'en aillent. Au moment où ils se dirigeaient vers leur voiture, Mackenzie s'immobilisa un instant pour regarder une camionnette qui descendait la rue. Sur le côté, les lettres d'une station locale d'information étaient bien lisibles.

Mackenzie secoua la tête alors qu'ils entraient dans leur voiture et roulaient dans la même direction qu'avait prise la fourgonnette.

CHAPITRE HUIT

L'adresse que Pamela Torrence leur avait donnée les amena dans la périphérie de Strasburg. Quelques routes secondaires les éloignèrent de la ville et ils finirent sur une série de routes communales, sans aucun marquage au sol. Elles se limitaient à des bandes d'asphalte qui s'enfonçaient profondément dans les bois qui entouraient la ville. Le long de la route, Mackenzie remarqua toute une série de grilles fermées protégeant l'accès à des sentiers de terre battue qui s'enfonçaient encore plus profondément dans les bois. Une pancarte était placée à l'entrée de la plupart de ces grilles, et il y était inscrit **INTERDICTION D'ENTRER ! PROPRIÉTÉ DE**, suivi du nom de l'un des nombreux clubs de chasse.

« Et bien, ça diminue considérablement le charme de la vie à la campagne, non ? » demanda Bryers.

Mackenzie n'en était pas aussi sûre. À la manière des couleurs chatoyantes des feuilles du parc national de Little Hill, cette petite excursion rurale avait également capté son attention. C'était un peu comme contempler l'océan – sa beauté et sa majesté étaient telles qu'on en oubliait parfois son immensité.

« Ça va ? » lui demanda Bryers.

« Oui, » dit-elle. « J'étais seulement perdue dans mes pensées. Et toi, comment ça va ? On dirait que tu t'es chopé quelque chose. »

« Oh, c'est seulement un rhume de cerveau ou un truc dans le genre. Je n'en attrape pas souvent mais quand ça m'arrive, ils ne me font pas de cadeau. »

Cinq minutes plus tard, ils arrivèrent à ce qui ressemblait vaguement à l'entrée d'une maison. Mackenzie y vit des traces de gravier mais c'était surtout de la terre battue. Sur la boîte aux lettres qui se trouvait de l'autre côté de la route, de vieux chiffres étaient peints, identifiant l'endroit comme étant l'adresse de Curtis Palmer. L'allée en terre n'était pas très longue et il était difficile de déterminer où s'arrêtait l'allée et où débutait le gazon sec de la pelouse. Ils se garèrent à côté d'une vieille camionnette. Une maison délabrée se tenait devant eux. Elle avait besoin d'un sérieux coup de peinture et on aurait dit que le porche allait s'effondrer au moindre coup de vent. La carcasse d'un vieux pickup Ford se trouvait sur le côté de la propriété, à proximité de plusieurs vieux outils rouillés et de quelques cannettes de bière écrasées.

Au moment où Mackenzie et Bryers sortirent de leur voiture, un vieux chien de chasse apparut sur le côté de la maison. Il avait l'air mal nourri et il laissa échapper un faible aboiement en direction des agents. Il se mit à renifler le sol puis se coucha en tas sous le bord du porche.

« *Ça*, par contre, » dit Mackenzie, « ça diminue le charme de la vie à la campagne. »

« Bien d'accord, » dit Bryers.

Ils se dirigèrent vers le porche et le chien se mit de nouveau à aboyer, mais ça ressemblait davantage à un hurlement de douleur cette fois. Il avait cependant l'air peu tracassé par leur présence puisqu'il resta à les observer avec peu d'intérêt de là où il se trouvait, perché sur le côté du porche.

Au moment où Mackenzie atteignit la première marche menant au porche, la porte d'entrée s'ouvrit. Curtis Palmer apparut sur le porche. Il était la personification même de sa maison. Il portait une paire de jeans en lambeaux, avec des trous aux genoux, et rien d'autre. Sa poitrine avait l'air concave, comparée à son proéminent ventre à bière. Son visage était recouvert en partie par de la broussaille qui pouvait difficilement être appelée barbe. Ses cheveux gris étaient collés sur son crâne et tombaient devant ses yeux. Il tenait une cannette de bière dans sa main gauche et le pouce de sa main droite était accroché à l'un des passants de la ceinture de son jeans.

« Vous êtes qui, vous ? » demanda-t-il.

Ce n'était pas un accueil très chaleureux et Mackenzie fut sur le point de mentionner qu'il n'était pas encore midi et qu'il était pourtant là, une bière à la main. En regardant la propriété et son ventre à bière, ça devait être quelque chose d'assez normal en fait.

Bryers prit apparemment mal la manière dont ils étaient accueillis et peut-être même qu'il sentait le besoin d'être protecteur vis-à-vis de Mackenzie. Elle supposa que ce fut la raison pour laquelle il fit un grand pas en avant pour se placer devant elle et tendit son badge en direction de Curtis Palmer.

« Je suis l'agent Bryers et voici l'agent White. Nous sommes du FBI, » dit-il. « Nous aimerions vous poser quelques questions. »

« Le FBI ? » dit Curtis, en prononçant lentement chaque lettre. « Vous vous foutez de moi ? »

« Pas du tout, monsieur, » dit Bryers.

Curtis ne fit absolument aucun effort pour dissimuler le fait qu'il matait Mackenzie. Il eut un rictus lorsqu'il eut terminé et Mackenzie fit un pas en avant pour s'approcher du porche et se mettre à la hauteur de Bryers.

« Non, on ne se fout pas de vous, » dit Mackenzie. « Nous aimerions vous poser quelques questions au sujet de la mort de Jon Torrence. »

« C'est le gosse de Ray, c'est ça ? » demanda Curtis.

« C'est ça. J'imagine que vous entendu ce qui s'est passé ? »

« Oui, » dit Curtis. « Je suis désolé pour ce qui arrive à Ray et à sa femme. Mais je ne comprends pas pourquoi vous perdez votre temps à venir me poser des questions. »

« Nous avons appris de source sûre que vous vous êtes battus avec Jon il n'y a pas si longtemps que ça, » dit Mackenzie.

« Oui, c'est vrai. Mais ça ne veut pas dire que je l'ai tué. »

« Ce n'est pas non plus ce qu'on insinue, » dit Mackenzie, espérant trouver une ouverture permettant une conversation en toute courtoisie.

« Alors, c'est quoi que vous insinuez ? » demanda-t-il, cherchant clairement à provoquer une réaction chez elle. Mackenzie le dévisagea et sut que, si elle le voyait mater sa poitrine à travers son t-shirt, elle allait frapper ce salopard.

« Nous insinuons seulement qu'un homme qui en est venu aux poings avec le jeune fils d'un pote de chasse *et* qui a fini son mariage en battant sa femme et son gosse, valait la peine d'être interrogé dans le cadre de notre enquête. »

« Allez vous faire foutre, » dit Curtis. Il engloutit une large gorgée de bière, écrasa la cannette dans sa main et la jeta aux pieds de Mackenzie.

« Vous êtes au courant qu'on peut vous arrêter, n'est-ce pas ? » demanda Bryers.

« Et pour quel motif ? »

« Refus de coopérer avec une enquête, » lui répondit Bryers.

Mackenzie savait que c'était un peu exagéré mais elle douta que Curtis Palmer le sache. Il leur jeta un regard noir avant de demander : « Qu'est-ce que vous avez besoin de savoir ? »

« Pour commencer, » demanda Mackenzie, « est-ce que vous chassiez souvent avec Jon et Ray Torrence ? »

« Pas vraiment. Peut-être deux à trois fois durant toute la saison de la chasse. En général, je préfère chasser tout seul. Je participe au club de chasse uniquement pour pouvoir chasser sur les terres de certaines personnes. Je ne suis pas vraiment un fan des groupes. »

Ce n'est pas vraiment une surprise, ça, pensa Mackenzie. Elle continua en lui demandant : « Est-ce que vous vous rappelez la raison pour laquelle vous vous êtes battus avec Jon ? »

« Pas vraiment. Mais… pour être totalement honnête, je n'aimais pas beaucoup ce gosse. Je sais que ce n'est pas très sympa de dire ça maintenant qu'il est mort, mais c'est la vérité. Il me tapait sur les nerfs. Il n'avait rien à faire dans les bois, armé d'un fusil. »

« Et pourquoi, ça ? » demanda Mackenzie.

« Il n'était jamais très attentif. Il était toujours distrait et ne prenait rien au sérieux. Je ne pense pas qu'il n'ait jamais abattu le moindre cerf. Il était juste là pour faire semblant. Il m'a fait un jour une remarque – sur le fait que je sois tout le temps occupé à boire, je crois. Ça ne m'a pas plu et je lui ai mis mon poing sur la gueule. Je suis presque certain que vous ne pouvez pas m'arrêter aujourd'hui pour quelque chose qui s'est passé il y a neuf ou dix mois, n'est-ce pas ? »

« Vous connaissiez bien Ray ? » demanda Bryers. « Vous l'appréciez davantage que Jon ? »

« Ray est un type bien. Comme je vous le disais, je suis désolé qu'il ait perdu son fils mais ce n'est pas vraiment mes oignons. »

« Vous allez parfois dans le parc naturel de Little Hill ? » demanda Bryers.

À la manière qu'il eut de les regarder, Mackenzie sut sans aucun doute possible que Curtis Palmer était probablement coupable de beaucoup de choses, mais que le meurtre de Jon Torrence n'en faisait pas partie.

« Pourquoi j'irais ? » demanda-t-il. « Il y a pas mal de bonnes terres par là mais ces connards de garde-forestiers se prennent pour des GI Joe. Interdiction de chasser. Défense d'entrer. Des terres inutiles à mes yeux. »

Mackenzie hocha la tête et détourna son regard. « Merci pour le temps que vous nous avez consacré, monsieur Palmer, » dit-elle en s'éloignant.

Curtis Palmer laissa échapper un rire sarcastique pour toute réponse. Mackenzie ne prit pas la peine de se retourner une seule fois pour le regarder alors qu'elle se dirigeait vers la voiture. Au moment où elle ouvrit la portière du côté passager, Bryers s'approcha d'elle et la dévisagea d'un air un peu déçu.

« C'est tout ? » demanda-t-il.

« Oui. C'est une ordure, mais ce n'est pas un tueur. Impossible que ce soit le cas. »

Bryers haussa les épaules et se retourna pour regarder en direction du porche d'où Curtis avait déjà disparu. « Oui, je suis assez d'accord. Mais ça valait tout de même la peine de venir jeter un coup d'œil. »

Sur ces mots, Bryers se remit derrière le volant. Lorsqu'il démarra, le vieux chien se remit à hurler mais ne jugea pas nécessaire de se mettre debout. Au moment où Bryers reculait dans l'allée, Mackenzie sortit son téléphone et chercha un numéro qu'elle avait récemment enregistré.

Le téléphone sonna deux fois avant que quelqu'un ne décroche.

« Bonjour, shérif Clements ? C'est Mackenzie White. Est-ce que vous auriez un instant à me consacrer ? »

« Oui, bien sûr. Qu'est-ce que je peux faire pour vous aider ? »

« On est venu en ville pour parler avec Pamela Torrence mais on aimerait également faire le suivi sur un autre dossier que la police d'État nous a envoyé hier soir. »

« De quel dossier s'agit-il ? » demanda Clements.

« L'enlèvement de Will Albrecht, » dit Mackenzie. « Nous avions envisagé de parler avec des membres de sa famille lors de notre passage en ville aujourd'hui, mais on dirait qu'il n'y en a plus aucun. »

« Oui, c'est vrai, » dit Clements. « Après que Will ait disparu et que l'affaire ait fini sur une impasse, les Albrechts ont quitté la ville. Je pense qu'ils vivent aujourd'hui quelque part en Californie, avec de la famille du côté paternel. »

« Est-ce que la police d'État était fort impliquée dans l'enquête ? »

« Non, pas de trop, » dit Clements. « Uniquement à partir du moment où les médias ont commencé à en parler. Mais n'oubliez pas que… je n'étais pas très haut placé dans la hiérarchie au moment des faits. Je pense que je n'étais policier que depuis deux ou trois ans quand Will Albrecht a disparu. Je me rappelle quelques détails mais rien de vraiment solide. »

« Et à votre connaissance, il n'a jamais été retrouvé ? » demanda Mackenzie. « Mort *ou* vivant ? »

« Pas que je sache. »

« Pensez-vous que sa disparition puisse être liée à ces meurtres ? »

« Probablement pas, » répondit-il après avoir réfléchi un instant. « Pourquoi ? Vous pensez que c'est le cas ? »

« Je n'en ai aucune idée, » dit Mackenzie. « Mais au vu du peu que j'en sache concernant l'affaire, c'est une option qui doit être prise en compte. »

« Si vous restez encore un peu dans le coin, je peux passer un coup de fil aux archives et demander à recevoir tout ce qu'on a au sujet de cette affaire. Passez par le commissariat et je veillerai à ce que vous receviez tous les dossiers. »

Ils raccrochèrent et Mackenzie eut l'impression qu'elle avait gagné la confiance de Clements. C'était soit ça, soit il était beaucoup plus serviable et moins énervé au téléphone qu'il ne l'était dans la vie réelle.

L'après-midi était sur le point de se terminer lorsqu'ils se dirigèrent vers le commissariat de police de Strasburg, espérant qu'un dossier datant de vingt ans puisse leur révéler quelques indices permettant d'avancer dans cette enquête que les médias appelaient déjà l'affaire du tueur du camping.

CHAPITRE NEUF

Mackenzie avait l'impression que les évenements se répétaient – un peu à l'image de Bill Murray dans le film *Un jour sans fin.* Il était presque dix-neuf heures quand elle arriva enfin chez elle. Bien que le trajet jusqu'à Strasburg ne soit pas si long que ça, les quatre heures de route au total aller-retour semblaient non seulement être une perte de temps, mais étaient également très fatigantes.

Elle ne prit que vingt minutes pour se doucher, se préparer un sandwich et prendre une bière dans le frigo avant d'ouvrir le dossier qu'elle avait reçu de la police de Strasburg. Clements avait eu l'air très fier de le lui remettre – un peu comme s'il lui donnait les clés d'accès à une sorte de royaume dont elle ne soupçonnait même pas l'existence.

Le dossier contenait plus de vingt pages détaillant la disparition de Will Albrecht il y a dix-neuf ans. Elle en avait survolé le contenu lors du trajet retour avec Bryers, mais elle n'était pas parvenue à bien se concentrer. Elle pouvait maintenant l'examiner de près dans le calme de sa cuisine, en mangeant son maigre repas et en se familiarisant avec tous les aspects de l'affaire.

Les documents repris dans le dossier racontaient une histoire simple et triste.

Will Albrecht avait disparu à l'âge de sept ans. Ses parents vivaient alors à moins d'un kilomètre du parc naturel de Little Hill. Presque tous les weekends, ils faisaient une ballade jusqu'au parc pour y faire de la randonnée, aller à la pêche ou faire un pique-nique. Dès que Will sut monter à vélo, il le prenait avec lui et pédalait sur les pistes asphaltées ou faisait des essais sur les chemins plus cahoteux de randonnée.

Un jour, alors que la famille Albrecht était partie au parc pour y faire un pique-nique et aller à la pêche, Will avait pris un peu d'avance sur eux. Selon Mary Albrecht, Will avait passé un tournant en bas d'une descente. Elle le vit disparaître en un instant, dans un cri de joie au moment où le vélo accéléra. Elle l'appela pour qu'il revienne mais Stan, son mari, secoua la tête et estima qu'ils devraient le laisser s'amuser un peu.

Vingt secondes plus tard, lorsqu'ils arrivèrent en bas de la descente où Will venait de disparaître, ils ne le virent nulle part. Ils continuèrent à chercher sur quelques mètres (les rapports de police indiquent que cette distance est d'exactement vingt-quatre mètres) avant de retrouver le vélo de Will. Il était renversé et le guidon était complètement retourné.

Ils pensèrent d'abord qu'il avait dû perdre le contrôle de son vélo mais ils ne trouvèrent aucune trace de lui en cherchant dans les bois entourant le sentier. Ils continuèrent encore à chercher durant une quinzaine de minutes avant de retourner au centre d'accueil afin d'y utiliser leur téléphone. Il fallut vingt-cinq minutes pour que le premier policier n'arrive. En une heure de temps, cinq autres policiers étaient sur les lieux.

En huit heures de temps, une battue était organisée sur toute la ville, à la recherche de Will Albrecht.

Son corps ne fut jamais retrouvé et bien que les recherches se soient poursuivies durant une bonne partie de l'année, pas l'ombre d'une preuve ne fut retrouvée afin de découvrir ce qui s'était passé. Aucune trace de sang ni de crime. Aucun indice qu'il ait pu faire un accident, se cogner la tête et qu'il erre tout simplement quelque part dans les bois. Selon toute vraisemblance, Will Albrecht avait tout simplement disparu.

Il n'y avait rien dans ces rapports que Mackenzie puisse vraiment utiliser, excepté le nom des policiers qui avaient mené l'enquête. Elle les avait soigneusement recopiés et envisageait de les utiliser si elle continuait à avoir l'impression que cet enlèvement avait quelque chose à voir avec ces meurtres.

Elle fit de son mieux pour se mettre dans la peau de quelqu'un capable d'enlever un enfant mais également de tuer des gens, de les charcuter et d'en éparpiller les morceaux dans un parc naturel. Se débarrasser des cadavres sur une propriété du gouvernement était une manoeuvre risquée. Ça renforçait d'autant plus sa théorie selon laquelle le tueur connaissait bien la région – c'était quelqu'un de local ou qui connaissait intimement le parc.

Vingt secondes, pensa-t-elle. *C'est tout le temps qu'il a fallu au ravisseur pour enlever Will et s'enfoncer assez profondément dans les bois pour pouvoir s'y cacher.*

Il y avait quelque chose dans ce scénario qui la troublait. Vingt secondes… ça indiquait une planification. Ça voulait dire qu'il savait exactement où enlever Will et comment parvenir à s'éloigner sans faire de bruit.

Ce qui l'amena à conclure qu'ils ne recherchaient pas un tueur quelconque. Ils cherchaient quelqu'un qui prenait le temps de planifier et qui faisait preuve d'intelligence.

Ce qui lui fit également penser que, si Will Albrecht *était* lié aux meurtres récents, il n'était plus vivant. Il était probablement mort dans les heures qui avaient suivies son enlèvement. Mackenzie se demanda si des morceaux de son corps étaient restés dans les bois, quelque part au-delà du périmètre des recherches. Elle se demanda si ses os étaient toujours là, nettoyés de la chair et des muscles par des animaux sauvages.

C'était une manière morbide de penser mais si elle allait essayer de se mettre dans la peau d'un tueur aussi violent que celui-là, elle allait devoir faire basculer un peu sa manière de penser. Pour trancher des doigts, des têtes et des jambes… il devait y avoir une forme de déséquilibre mental mais également une sorte de patience et de ténacité.

Elle essaya d'établir mentalement une ébauche de profil. Probablement un homme. Pas vraiment fort physiquement mais assez rigide en termes d'endurance psychique. Pour l'instant, il ne semblait pas y avoir de connexion entre Jon Torrence et Marjorie Leinhart. Il est dès lors possible que le tueur choisisse ses victimes au hasard. Le seul lien qu'elle voyait était le parc naturel de Little Hill – et c'était une cible très large.

Elle soupira profondément et s'éloigna de la table de la cuisine. Après avoir lu tous ces dossiers durant plus d'une heure à la recherche d'indices, elle réalisa qu'il commençait à être tard. Mais elle n'était pas du tout fatiguée. Elle ressentait au contraire une petite poussée d'adrénaline.

Il fallait qu'elle s'éloigne un peu de toute cette paperasserie. Il fallait qu'elle fasse une pause. Elle avait besoin de faire quelque chose de normal. Elle s'était rapidement rendue compte qu'elle devait faire des efforts pour ne pas oublier qu'elle *avait* une vie normale à côté de son identité d'agent du FBI. Bien entendu, une partie de cette vie normale était connectée au Bureau.

Bien qu'elle ait envie d'appeler Harry et de lui proposer d'aller boire un verre, elle décida de ne pas le faire. Elle n'avait pas envie de le troubler davantage et elle n'avait certainement pas envie d'être déconcentrée de l'enquête par ses innombrables questions et ses sous-entendus pas vraiment subtils sur le fait qu'il avait vraiment envie de coucher avec elle.

Elle alluma la télé et mit les actualités locales et nationales. Elle resta assise devant la télé durant une heure en zappant sur différentes chaînes d'informations et elle fut soulagée de se rendre compte qu'on ne mentionnait nulle part le tueur du camping. Elle se demanda cependant si les choses seraient différentes demain matin. Elle savait que les médias agissaient très vite et que les mauvaises nouvelles avaient tendance à se répandre plus rapidement que les bonnes.

Se sentant pressée par le temps, elle finit par se décider à aller au lit. Lorsqu'elle ferma les yeux, elle vit la forêt du parc naturel de Little Hill. Elle vit un petit garçon à vélo dans un tournant, puis imagina l'espace vide de vingt secondes depuis la perspective des parents.

C'était cette image déchirante qui lui occupait l'esprit au moment où elle s'endormit.

***

Mackenzie se tenait dans une grande prairie. L'herbe ondulait telle des vagues et lui arrivait à hauteur de ses genoux de sept ans. Ses parents étaient assis dans l'herbe à côté d'elle. Son père déroulait lentement un cerf-volant qui semblait nager dans le vent au-dessus de leurs têtes. Il était très haut dans le ciel, tellement haut que Mackenzie pensa qu'il pourraît toucher le soleil.

« Est-ce qu'il peut aller encore plus haut, papa ? » demanda-t-elle en riant.

« Je ne sais pas, Mac, » dit-il. « On est presque au bout de la ficelle. Mais tu peux venir près de moi et tu peux le tenir si tu veux. »

Elle hocha de la tête et se précipita près de son père. Elle prit le moulinet et sourit en sentant le vent tirer sur le cerf-volant. Elle se mit à rire.

« Regarde, papa ! J'y arrive ! »

Elle se mit à danser et, ce faisant, le moulinet lui glissa des mains. Il roula parmi les hautes herbes, emporté par le cerf-volant que le vent tirait de manière incontrôlée.

« Oups ! »

Elle courut après le moulinet, sans cesser de rire. Mais quand elle le rattrapa et plaça sa main dessus, elle eut tellement peur de laisser le cerf-volant s'échapper qu'elle faillit écraser un lapin étendu dans l'herbe.

Elle laissa échapper un petit cri en bondissant en arrière.

« Que se passe-t-il ? » demanda son père. Sa mère se tenait juste derrière lui, préoccupée par son cri.

Ils baissèrent tous les trois les yeux en direction du lapin. Il était tout petit, même si ce n'était plus un bébé. Une large entaille occupait la place de son estomac. On pouvait y voir du sang et des muscles. L'herbe autour de lui était tachée de sang. Ses pattes arrières tressaillaient de manière incontrôlée et il regardait les trois humains avec effroi.

« Qu'est-ce qu'il lui arrive ? » demanda Mackenzie.

« Oh, chérie… » dit sa mère.

« On dirait qu'un animal l'a mordu, Peut-être un renard. »

« Oh, c'est dégueulasse, » dit Mackenzie. Elle regarda le lapin de plus près. « On dirait qu'il a mal, non ? »

« Oui, on dirait bien. » Il eut l'air de réfléchir durant un instant, puis il lui dit, « C'est peut-être mieux que tu regardes ailleurs, chérie. Je peux l'aider. »

« Comment ? »

Sa mère passa un bras autour d'elle et l'éloigna du lapin. « Viens, » dit-elle. « On va chercher le cerf-volant. »

Mackenzie hocha de la tête et s'éloigna de son père et du lapin agonisant. Elle entendit cependant le bruit sourd de quelque chose qui se brisait. Plus tard, elle comprendrait que c'était le moment où son père avait brisé la nuque du lapin afin d'abréger ses souffrances.

Pendant que sa mère la guidait à travers la prairie en direction d'un cerf-volant qui, dans la vie réelle, finirait par leur échapper et s'entortiller dans un arbre, elle vit Bryers debout dans le champ. Il toussait abondamment et avait un teint pâle et fantomatique.

« C'est ce qu'on appelle un meurtre par compassion, » dit Bryers entre deux quintes de toux.

Elle se retourna en direction de son père et elle vit qu'il tenait le lapin dans ses mains. Il s'approcha lentement et lui tendit le cadavre.

Elle se mit à hurler et son cri l'extirpa du monde des rêves pour la propulser dans le monde réel. Mackenzie se réveilla en sursaut, en hurlant.

Mackenzie resta assise, en respirant profondément. Elle n'essaya même pas de se rendormir. Elle ne se rappelait pas d'avoir jamais eu un cauchemar aussi horrible. Tout comme le rêve qu'elle faisait d'habitude, où elle voyait son père mort sur son lit, ce rêve avait également repris un souvenir de son enfance et l'avait utilisé comme point de départ. La scène dans la prairie avait effectivement eu lieu lorsqu'elle avait sept ans. Le rêve en entier était fidèle à la réalite jusqu'au moment où elle avait entendu la nuque du lapin se briser.

Tout le reste avait simplement été le produit de son cauchemar.

Il lui arrivait de penser à ce lapin de temps en temps. Pendant tout un temps, il était venu hanter ses rêves lorsqu'elle était enfant.

Et les nuits où les rêves l'avaient vraiment hantée, elle s'était parfois réveillée en sursaut, certaine d'entendre un lapin agonisant ramper sur le sol de sa chambre.

Il était quatre heures quarante-cinq lorsqu'elle sortit du lit et se dirigea vers la cuisine pour regarder à nouveau les dossiers,. Elle prépara du café, cuit quelques oeufs et se mit au travail.

Afin de se réveiller, elle se mit à noter quelques détails de l'affaire sur un bloc-note. C'était quelque chose qu'elle faisait depuis le collège, une manière de mémoriser les faits et de dévoiler la signification cachée derrière le plus simple des problèmes.

Jon Torrence – jambe gauche, main droite (toujours manquante)

Marjorie Leinhart – jambe droite et les dix doigts (jamais retrouvés), tentative de décapitation

Will Albrecht – enlevé sur un sentier, jamais retrouvé

Jon : course à pied. Marjorie : ?? Will : vélo

Elle fut tentée d'éliminer la disparition de Will Albrecht de sa liste, car elle n'avait pas l'air d'y avoir sa place. Si l'enfant avait été la première victime de ce tueur, alors pourquoi le corps n'avait-il pas été retrouvé comme les autres ?

C'était une question impossible à répondre mais ce qu'elle *savait* par contre, c'était qu'il y avait quelque chose dans le côté non résolu de cette disparition qui *permettait* de l'inclure dans l'affaire qui les occupait. Et pour l'instant, elle n'était pas prête à éliminer un seul lien potentiel.

Elle sortit ensuite la carte en couleurs du parc que Smith lui avait donnée. Elle fit de petites marques aux endroits où les corps avaient été découverts. Alors qu'elle était occupée à tracer ces marques, elle repensa aux histoires horribles que Charlie Holt et Joe Andrews lui avaient racontées – comment les garde-forestiers se retrouvaient parfois dans de terribles situations sans y être correctement préparés. Du coup, elle regarda la carte d'un tout autre œil, tout en cherchant à trouver la signification dans la localisation des endroits qu'elle y avait marqués.

Après une demi-heure, Mackenzie se servit une tasse de café noir. Avec la peur fébrile qui hantait toujours son corps suite au cauchemar, elle était prête à faire n'importe quoi afin de trouver des réponses.

Café en main, elle se dirigea vers le divan et alluma la télé. En moins de dix minutes, elle vit un gros titre concernant le tueur du camping sur la chaîne locale d'informations. Ça ne faisait pas encore la une des chaînes nationales mais c'était néanmoins une très mauvaise nouvelle.

Elle avala son café, se prépara pour la journée qui l'attendait et partit au travail. Elle savait qu'elle travaillait contre la montre – et que s'ils ne résolvaient pas très vite cette affaire, elle allait tous les engloutir.

CHAPITRE DIX

Miranda Peters était énervée.

Elle transpirait, ses bras étaient couverts de piqûres de moustiques et l'un des pieds droits de son téléscope était bousillé. En plus de ça, Cho Liu, son partenaire de labo, avait dit qu'elle arriverait vraiment en retard. Elle avait envoyé un message deux heures plus tôt. Au moins, elle avait été honnête.

Désolée mais Tony vient d'arriver. J'ai besoin d'une bonne partie de jambes en l'air avant de passer la nuit dans les bois. J'arriverai vers vingt-deux heures trente.

Il était maintenant vingt-deux heures trente-sept. Miranda s'attendait à ce que Tony accompagne Cho. Elle n'imaginait même pas se balader toute seule à travers cette forêt sinistre pendant la nuit. Ça lui avait déjà demandé beaucoup de courage de le faire cinq heures plus tôt, dans la lueur de l'après-midi. Elle l'avait fait en portant son téléscope dans son étui, une sacoche et son ordinateur portable. Cho allait être aussi chargée qu'elle et Miranda ne l'enviait pas du tout. Ça allait être violent de faire cette marche dans le noir, même si elle avait une lampe frontale.

Elle admira la lune à travers son téléscope. Elle était parvenue à équilibrer le pied défectueux grâce à un petit morceau de bois et elle était assez fière du résultat. Elle mit l'objectif au point afin d'obtenir une image claire du cratère Byrgius, puis régla lentement la position du téléscope vers l'Est. Dans environ une heure, elle aurait une vue très claire de Venus. Cho venait avec l'appareil photo dont elles auraient besoin mais si elle n'arrivait pas à temps, toute cette expédition serait un échec.

Pas que ce soit si important que ça non plus. Sa branche principale était l'anglais et ce cours d'astronomie était en option. Ça avait été amusant et, pour dire vrai, elle était enthousiaste à l'idée de cette petite excursion en camping afin de tenter de capturer l'image de Venus dans sa phase croissante. Le professeur avait offert à chaque étudiant l'occasion d'obtenir des crédits supplémentaires à travers l'observation de phénomènes astronomiques. Miranda et Cho avaient choisi de capturer le phénomène connu comme la lumière cendrée de Venus.

Mais rien de tout ça n'aurait d'importance si Cho n'arrivait pas *très* vite. Miranda avait un téléscope passable et il faudrait l'objectif du téléscope de Cho pour capturer la lumière cendrée lorsqu'elle serait visible dans quarante-quatre minutes.

Pendant qu'elle observait l'obscurité à travers son téléscope, Miranda entendit des bruits de pas s'approcher du haut de la colline où elle avait installé sa tente et son téléscope. Elle soupira de soulagement. Elle n'avait jamais *vraiment* pensé que Cho la laisserait tomber. Pas qu'elles soient non plus des meilleures amies mais Cho était très fiable.

Alors que les bruits de pas se rapprochaient à travers les broussailles qui recouvraient la colline que Miranda et Cho avaient choisie la semaine dernière, Miranda détourna les yeux de son téléscope.

« Et bien, il était temps, » dit Miranda. « J'espère que tu l'as fait grimper aux rideaux car je commençais à me tracasser. »

Cho ne répondit rien. Et ce fut ce silence qui effraya tout de suite Miranda. Cho était une vraie pipelette. Elle se serait probablement mise à parler tout de suite, dès le moment où elle aurait vu la lumière de la torche de Miranda.

« Cho ? »

Toujours pas de réponse. Mais les bruits de pas continuaient à s'approcher. À travers les arbres et l'obscurité de la nuit, Miranda commença à discerner une silhouette. Ce fut alors qu'elle commença à réaliser combien elle risquait vraiment des ennuis s'il ne s'agissait pas de Cho. Elle se trouvait à facilement six kilomètres d'une route et à cinq cent mètres du sentier le plus proche. Elle était également à environ deux heures de route de l'université. Elle était complètement isolée, en fait. Et toute seule.

« Cho… si c'est une plaisanterie, ça ne me fait pas rire. »

Mais la silhouette sortit des bois et, à la lueur de sa lanterne, elle se rendit compte qu'il ne s'agissait pas de Cho. C'était un homme d'environ un mètre quatre-vingts et dont les traits du visage semblaient flotter dans les ombres créées par sa torche.

« Qui êtes-vous ? » demanda Miranda.

« Juste un amoureux de la nature, » dit l'homme en s'avançant vers elle.

« Mon petit ami est juste là à côté, » mentit Miranda, en montrant du doigt un taillis et des arbres qui se trouvaient sur sa droite.

L'homme se contenta de sourire et continua à avancer. Miranda recula et fit tomber le téléscope.

« Je suis armée, » dit-elle, tout en sachant que sa menace ne tenait pas vraiment la route. Elle avait *effectivement* un couteau mais il se trouvait dans l'un des sacs qui était dans sa tente.

L'homme se contenta de ricaner. Dans l'obscurité de la forêt, c'était le son le plus menaçant que Miranda n'ait jamais entendu. La peur lui traversa tout le corps et son sang se glaça. Devait-elle s'enfuir dans les bois ? Ou plutôt chercher à atteindre le couteau ?

L'homme se précipita vers elle avec une étonnante rapidité. Il frappa la torche du pied au moment où Miranda se rua en direction de la tente. Elle sentit ses mains agripper fermement sa jambe et la tirer hors de la tente. Elle ouvrit la bouche pour hurler mais le son fut étouffé par la main qu'il plaça sur sa bouche.

Elle essaya à nouveau de hurler mais elle sentit uniquement passer les vibrations de son cri à travers la main qui lui couvrait la bouche. Elle sentit qu'il la prenait dans ses bras et elle se retrouva la tête en bas au moment où il la jeta sur son épaule, tel un sac à patates. Il n'était pas très grand mais il avait une force brutale. Elle se débattit et tout ce qu'elle obtint en retour, ce fut un coup qu'il lui asséna directement au front.

Le monde réel s'obscurcit progressivement et devint plus sombre que la nuit qui l'entourait. Avant qu'elle ne soit totalement inconsciente, elle vit la petite lueur vacillante de sa lanterne s'affaiblir de plus en plus au fur et à mesure que l'homme l'emportait plus profondément dans les bois.

CHAPITRE ONZE

Déjà à l'époque où elle n'était qu'une policière qui patrouillait les autoroutes tranquilles du Nebraska, Mackenzie n'aimait pas beaucoup perdre son temps avec des pistes qui, elle le *savait* déjà, ne la mèneraient à rien. Et bien qu'elle sente que leur piste actuelle soit peu solide, elle savait également que de petites pistes sans importance pouvaient mener à une réflexion productive ouvrant de nouvelles possibilités.

Elle espérait que c'était ce qui arriverait avec cette piste, alors que Bryers garait leur voiture dans le parking d'un garage à l'aspect négligé, le Strasburg Car Care. Elle devinait par le regard qu'avait Bryers qu'il pensait également que c'était une perte de temps. Mais le simple fait d'être à Strasburg avait l'air de calmer McGrath et tant qu'ils ne l'avaient pas sur le dos, Mackenzie était contente.

Une vague connexion les avait amenés jusqu'au Strasburg Car Care. Bien qu'il n'y ait dans la région aucun membre vivant de la famille de Will Albrecht avec qui parler de sa disparition, Mackenzie était parvenue à retrouver le nom de l'un de ses amis d'enfance. Cet ami avait quelques infractions à son actif, conduite en état d'ivresse et des contraventions non payées, mais rien de très sérieux. Il s'appelait Andy Vaughan et il était employé par le Strasburg Car Care depuis qu'il avait commencé à travailler à l'âge de quinze ans.

Dès l'instant où Mackenzie passa les portes du garage, elle vit la personne qu'ils cherchaient. Son nom était inscrit sur le badge qu'il portait sur la poitrine : ANDY. Il était occupé à changer l'huile d'un camion qui devait bien avoir une trentaine d'années. Quand il vit Mackenzie et Bryers, il leva les yeux au ciel.

« Il n'est pas permis aux clients de rentrer dans le garage, » dit-il, sur un ton clairement contrarié.

« Nous ne sommes pas des clients, » dit Mackenzie, en lui montrant son badge.

« Oh, » dit-il. Ses yeux s'écarquillèrent à la vue du badge. « Laissez-moi une minute et je suis à vous. »

« Prenez votre temps. »

Pendant qu'ils attendaient qu'Andy Vaughan termine ce qu'il faisait, Mackenzie et Bryers jetèrent un coup d'œil autour d'eux. Apparemment, Andy était le seul travailleur présent. Et d'après l'aspect de l'endroit, elle pensait que le Strasburg Car Care ne pouvait sûrement se permettre qu'un seul travailleur par service.

Quelques minutes plus tard, Andy sortit du garage et leur fit signe de le suivre dans un petit bureau attenant. « Excusez-moi de vous avoir fait attendre, » dit-il en prenant place sur un tabouret derrière le comptoir. Il s'essuya les mains à un chiffon d'atelier et dit, « En quoi puis-je vous aider ? »

« Je suis l'agent White et voici l'agent Bryers. Je sais que ça va vous paraître très étrange, mais nous souhaiterions vous poser quelques questions concernant Will Albrecht. »

Il eut d'abord l'air décontenancé, puis une profonde tristesse envahit son visage. Il y avait quelque chose dans cette douleur inattendue qui lui donnait l'air d'être plus âgé que vingt-six ans. « Waouw, » dit-il. « OK, je vais essayer de vous aider mais… je n'avais même plus songé à Will depuis des années. »

« Nous pensons que sa disparition pourrait être liée à une affaire récente, » dit Mackenzie. « Alors en faisant un effort de mémoire, que pouvez-vous vous rappeler de Will, de sa disparition et de sa famille ? »

« Vous voulez parler du tueur du camping ? » demanda-t-il. « En quoi ces deux affaires *pourraient*-elles être liées ? »

« Il n'existe aucun lien évident, » dit Mackenzie, esquivant rapidement la question. « Alors, si vous pouviez juste vous concentrer sur la question… »

« Bien sûr, » dit Andy. « Et bien, pour être franc, sa famille, elle craint. Je sais que chacun gère son deuil comme il le peut mais ils se sont vraiment comportés comme des connards après la disparition. Ils n'ont voulu de l'aide de personne. Ils ont déménagé, vous savez ? Je ne sais pas où ils sont allés mais à peine un an après la disparition de Will, ils ont emballé leurs affaires et ils sont partis. Ça m'a semblé bizarre à fond. »

Ça avait également semblé étrange à Mackenzie mais les archives indiquaient que la famille avait offert toute l'aide possible en répondant à toutes les questions posées concernant la disparition de Will dans les années qui avaient suivi. Ils avaient juste eu envie de s'éloigner de la communauté après que leur fils ait disparu. Mackenzie le comprenait très bien bien qu'elle ait également eu l'impression que *c'était* un peu louche.

« Je sais que ça date d'il y a longtemps, » dit Mackenzie, « mais pensez-vous que quelqu'un ait eu envie de faire du mal à Will ou à sa famille ? »

« Pas du tout, » dit Andy. « Will était un enfant vraiment sympa, vous savez ? Et dans des villes comme celle-ci, les ennemis n'existent pas vraiment… même quand des enfants ne s'entendent pas à l'école, leurs parents se retrouvent autour d'un verre pour arranger les choses. Ça a toujours été comme ça, par ici. »

« Vous avez passé du temps avec Will et sa famille ? » demanda Mackenzie. « Pour jouer, des soirées pyjama ou des trucs dans le genre ? »

« Oh oui, bien sûr. On faisait tout le temps du vélo ensemble. En général, seulement autour de sa maison. Parfois dans le parc mais ça, ça s'est terminé pour moi après que Will ait disparu. Ma mère a perdu un peu la tête après ça. Elle ne me laissa plus jamais faire grand-chose après la disparition de Will. »

« Et dans le parc, est-ce que vous vous rappelez avoir vu Will se disputer avec quelqu'un ? Y avait-il des personnes un peu suspectes qui traînaient à l'époque dans le parc ? »

« Pas que je m'en rappelle, » dit-il. « Plus tard, quand j'étais au lycée, il y avait des jeunes qui s'y rendaient parfois pour boire de l'alcool et y fumer des joints. Je me rappelle de quelques fois où les policiers avaient dû intervenir un peu plus durement avec des SDF qui mendiaient et ennuyaient les passants. À demander de l'argent ou autre, vous savez ? »

Mackenzie se dit que ça valait peut-être la peine d'y jeter un œil mais en même temps, elle avait l'impression que la disparition de Will Albrecht semblait les mener dans une impasse. Sa disparition avait l'air de moins en moins liée aux meurtres de Jon Torrence et de Marjorie Leinhart.

Elle cherchait une autre question à lui poser afin que ce trajet n'ait pas été complètement inutile quand son téléphone se mit à sonner. Elle ne reconnut pas le numéro mais c'était un préfixe de la région de Strasburg.

« Agent White, » dit-elle.

« Agent White, c'est le shérif Clements. Je pense que vous et votre partenaire devriez revenir par ici. »

« Ah bon ? Nous sommes actuellement à Strasburg, » dit-elle. « Que se passe-t-il ? »

« Nous avons retrouvé un autre corps. Et celui-ci est *frais.* »

CHAPITRE DOUZE

Cette fois-ci, Clements ne vint pas à leur rencontre sur sa voiturette de golf. Au lieu de ça, il avait laissé un véhicule tout terrain à leur disposition derrière le centre d'information. Aucun d'entre eux n'avait jamais conduit ce genre de véhicule mais Mackenzie imaginait que ça ne devait pas être si compliqué. Elle fut heureuse de se mettre derrière le volant, agrippant le guidon avec une pointe d'excitation. Alors que Bryers s'accrochait aux barres arrières, elle conduisit sur le sentier principal et s'arrêta à l'endroit où deux autres voiturettes bloquaient l'accès.

Un des adjoints de Clements était assis sur ce barrage de fortune. Mackenzie se rappelait avoir vu son visage lors de leur premier passage à Little Hill. Il hocha à peine la tête en signe de salut.

« Suivez-moi, c'est par ici, » dit-il.

Sans dire un mot de plus, le policier les guida à travers bois. Il les menait dans une toute autre direction cette fois-ci. Ils se dirigeaient à l'Est de la dernière scène de crime. Ce qui conforta tout de suite Mackenzie dans sa théorie que le tueur *devait* connaître très bien cette forêt. *Au moins aussi bien qu'un garde-forestier*, pensa-t-elle avec méfiance.

Ils marchaient depuis cinq minutes quand Mackenzie commença à entendre le bruit de disputes quelque part devant eux. C'était le même genre de dispute que celle qui avait eu lieu sur la première scène de crime. Ça l'énerva au plus haut point. Ces hommes étaient plus préoccupés de savoir qui avait le plus de pouvoir dans ce parc que d'essayer de trouver le tueur. Devant elle, même le policier qui les guidait laissa échapper un soupir, signifiant bien par là qu'il trouvait aussi que c'était stupide.

Au fur et à mesure qu'ils s'approchaient, Mackenzie put comprendre tout ce qui se disait. Elle suivait le policier mais, à ce stade, elle ne faisait plus vraiment que suivre le bruit des disputes qui avaient lieu devant eux.

« … et si ça te pose un problème, tu n'as qu'à appeler mon chef ! »

« Qu'il aille se faire foutre ton chef ! Si ça te pose un problème que *je* sois là, appelle le gouverneur ! »

« Il ne bougerait pas le petit doigt pour répondre au téléphone ! »

« Hé, recule là, tu es bien trop près des *preuves* ! »

« Ne me dis pas comment faire mon boulot ! »

Mackenzie commença finalement à voir les hommes. Il n'y en avait que cinq aujourd'hui : Clements, Smith et trois garde-forestiers. L'un d'entre eux était Charlie Holt, l'homme qui avait cette obsession bizarre pour les glands. Son partenaire, Joe Andrews, était également présent. Ils se tenaient très proches les uns des autres comme s'ils étaient sur le point de se bagarrer.

« Messieurs, » dit-elle d'une voix forte. « Pourriez-vous vous calmer, s'il vous plait ? »

« Surveillez le ton de votre voix, » dit Clements.

« Et ça vaut pour vous aussi, » dit Bryers, en faisant un pas en avant. « Pourriez-vous montrer un peu de respect pour la victime et vous comporter comme des adultes ? »

Le silence s'installa de nouveau au moment où leur attention fut ramenée vers la raison pour laquelle ils étaient tous rassemblés là.

Mackenzie eut la scène en vue et dut faire un effort pour se concentrer. C'était… et bien, c'était *horrible.* C'était certainement le pire état dans lequel elle ait jamais vu un corps. Le fait qu'il soit encore très frais, comme Clements le lui avait dit au téléphone, empirait la scène. Les autres parvinrent à rester silencieux et à se maintenir à une distance respectueuse pendant qu'elle et Bryers observaient les lieux.

« Mon dieu, » dit Bryers.

Mackenzie se contenta de hocher la tête. La tête de la victime avait été décapitée mais elle ne ressemblait plus vraiment à une tête humaine. Elle faisait plus penser à l'aspect d'une citrouille jetée après Halloween. Le spectacle était presque trop horrible pour avoir du sens, alors elle tourna son attention vers le corps, étendu à environ six mètres de distance de la tête écrasée.

Le corps n'était pas en meilleur état. Il était recouvert d'hématomes. D'après ce que Mackenzie pouvait en voir, tout le torse semblait avoir été défoncé. Le bras gauche était également en très mauvais état, vu que l'épaule n'était pas seulement disloquée mais presque littéralement arrachée du corps. Mackenzie était certaine qu'une autopsie montrerait que l'épaule avait été pulvérisée. Il y avait également quelques entailles profondes sur les fesses et la jambe droite avait clairement été brisée. Le genou était dans le même état que l'épaule défoncée.

« Qui a trouvé le corps ? » demanda-t-elle.

« C'est nous, » dit Smith. « Nous avons reçu un appel ce matin d'une étudiante de l'université James Madison pour nous signaler que son amie avait disparu et qu'elle était venue camper dans cette forêt la nuit dernière. Nous étions déjà en route vers le parc avec un drone afin de surveiller la région. Nous l'avons tout de suite envoyé dans les airs et nous avons découvert le corps dans la demi-heure. »

« Vous avez retrouvé l'endroit où elle avait planté sa tente ? »

« Oui, » dit Charlie Holt. « Mais nous n'y sommes pas encore allés. Nous venons littéralement d'arriver il y a à peine quinze minutes. »

« La fille qui vous a appelés a-t-elle pu vous dire quelque chose de plus ? »

« Non, » dit Smith. « Nous ne l'avons pas encore rappelée. »

« Avec tout le respect que je vous dois, » dit Clements, « je pense qu'il faut frapper le fer tant qu'il est chaud. »

« Frapper quoi ? » demanda Mackenzie. « Sans pistes, il n'y a rien à frapper. »

« Et bien, c'est vous qui décidez, » dit Smith. « Je serai content de vous passer les rênes sur ce coup-ci. » Il regarda en direction des trois garde-forestiers. L'un d'entre eux avait l'air d'être sur le point de vomir. « Ça pose un problème à quelqu'un ? »

Ils secouèrent tous les trois la tête.

« Merci, » dit Mackenzie. Elle regarda en direction de Bryers afin d'avoir son approbation et il la lui donna avec un sourire et un hochement de tête.

« OK, garde-forestiers… avez-vous déjà donné l'ordre de fermer le parc ? »

« Oui, » dit Andrews.

« Et combien d'hommes pouvez-vous avoir en service aujourd'hui ? »

« Six hommes, » dit Holt.

« Appelez-les tous les six, » dit-elle. « Et postez-les sur toutes les routes secondaires qui entrent et sortent du parc. Combien y en a-t-il en tout ? »

« Trois, » répondit Holt.

« Alors, c'est parfait. Postez-les sur ces routes secondaires afin de s'assurer que personne ne rentre ni ne sorte sans une identification valable. Vous avez besoin de combien de temps pour que ce soit fait ? »

Les garde-forestiers eurent tous les trois l'air d'être sur le coup. Avoir reçu l'ordre de s'occuper d'un aspect en particulier semblait les avoir sortis de leur mauvaise humeur et de la mauvaise ambiance qu'ils faisaient régner avec la police locale et d'État.

Mackenzie n'était cependant pas tout à fait convaincue qu'ils seraient vraiment compétents.

« Ils seront postés aux entrées dans vingt minutes, » dit Andrews, en sortant son téléphone.

« J'ai besoin que l'un d'entre vous soit responsable pour les garde-forestiers, » dit Mackenzie. « Qui veut se charger de cette responsabilité ? »

« Je veux bien m'en charger, » dit Andrews. Mackenzie remarqua que Charlie Holt leva les yeux au ciel derrière Andrews lorsqu'il se porta volontaire.

« Bien, » dit-elle. « J'aimerais que vous me fassiez une liste d'endroits dans le parc où quelqu'un pourrait rester quelques jours sans y être remarqué. »

« Je doute qu'un tel endroit existe, » dit Andrews. « Il y a quelques abris destinés à l'entretien mais c'est tout. »

« Et ils sont surveillés vingt-quatre heures sur vingt-quatre, » ajouta Charlie Holt.

« N'oubliez pas, agent White, » dit Andrews, « que, plus vous vous éloignez des sentiers principaux, plus la forêt est dense. Et je vous parle de bruyère, de broussaille et de choses dans le genre. Mais je vous préparerai quand même une liste d'endroits. »

Elle tourna alors son attention vers Smith, à qui il lui était plus difficile de donner des ordres vu qu'il avait été le seul à vraiment lui montrer du respect durant tout ce temps. « Officier Smith, j'aimerais que vous appeliez l'étudiante qui vous a signalé la disparition. Connaît-on le nom de la victime ? »

« Miranda Peters. Dix-neuf ans. Une étudiante en anglais de l'université James Madison. Son amie s'appelle Cho Liu. Elle était supposée la retrouver ici la nuit dernière pour un projet d'astronomie. Cho avait deux heures de retard et à son arrivée, Miranda avait disparu. »

« Pourriez-vous lui annoncer la nouvelle et voir ce qu'elle pourrait vous apprendre de plus ? »

« Je m'en occupe, » dit-il, en fronçant les sourcils.

« Clements, » dit-elle, « puisque le parc se trouve dans votre juridiction, j'aurais besoin que vous nous accompagniez. Pourriez-vous nous emmener à l'endroit où Miranda avait planté sa tente ? Andrews, j'aimerais que vous veniez avec nous."

« Oui, avec plaisir, » dit-il, en jetant un dernier coup d'œil au spectacle horrible qu'il avait sous les yeux.

« Tout le monde sait ce qu'il a à faire ? » demanda Mackenzie.

Ils hochèrent la tête en guise de réponse. Bryers se contenta de lui sourire.

« Appelez-moi s'il y a du neuf, » dit-elle. « Clements avait raison, le fer *est* chaud. Battons-le tant que c'est le cas et attrapons ce salopard avant qu'une marée de journalistes viennent envahir l'endroit et rendre notre tâche bien plus ardue. »

***

Miranda avait planté sa tente à environ trois kilomètres de l'endroit où son corps avait été retrouvé. Pour y arriver, il leur fallut reprendre le véhicule tout terrain, contourner le barrage et s'enfoncer plus profondément dans le parc. Il fallut dix minutes de trajet et huit autres minutes de marche pour l'atteindre. Clements les guidait à travers bois, en regardant la capture d'écran prise par le drone afin de s'assurer qu'ils allaient dans la bonne direction. Mackenzie, Bryers et Andrews suivaient derrière.

« Ça n'a pas de sens, » dit Mackenzie. « Le corps était encore chaud de ce matin. Ça devait faire à peine deux ou trois heures qu'elle avait été tuée, non ? Alors comment fait-il pour se déplacer sans une voiture ou une sorte de véhicule ? Mais même s'il avait un véhicule tout terrain ou un truc dans le genre, il y aurait des traces de pneu quelque part. »

« Sans oublier que nous aurions sûrement entendu le bruit d'un véhicule tout terrain se déplacer à travers bois, » dit Andrews.

« Ça ne peut être que quelqu'un de l'intérieur du parc, » dit Mackenzie. « Andrews, en prenant en compte la taille et la forme du parc, est-il possible que quelqu'un se soit débarrassé du corps il y a deux heures à l'endroit où nous l'avons retrouvé et soit parvenu à sortir des limites du parc ? »

« C'est possible, » dit-il. « Mais à condition qu'il se soit vraiment magné le train. »

Mackenzie réfléchit durant un instant. Elle savait que s'ils n'obtenaient pas de résultats dans les prochains jours, la police locale et peut-être même le FBI envoyeraient des hommes pour passer chaque centimètre carré de ce bois au peigne fin. Elle se demanda combien d'autres vicitimes auraient à mourir avant que l'État n'envoie un hélicoptère plutôt que d'offrir un drone.

L'idée que le tueur pourrait encore se trouver dans le parc la rendait furieuse. Ça l'obligeait à agir rapidement et à réfléchir aussi vite que possible.

Quand ils arrivèrent finalement au campement, le sentiment d'urgence que ressentait Mackenzie ne fit que s'accentuer. Le campement était tout petit et avait un aspect désolant. Une tente pour une personne avait été dressée sans beaucoup de savoir-faire ni d'attention. Une petite lanterne à piles avait été renversée. Elle projetait encore de manière inutile son faisceau dans la lueur de l'après-midi. Et un téléscope était couché au bord du petit espace de campement.

Mackenzie ramassa un bout de bois au sol et s'approcha de la tente. Le rabat de l'entrée était ouvert, ce qui lui permit de l'écarter grâce au bout de bois et d'éviter ainsi d'y laisser ses empreintes. À l'intérieur, il n'y avait pas grand-chose : un oreiller, un sac de couchage et un sac à dos. D'après ce qu'elle pouvait en voir, ses affaires n'avaient pas été fouillées. Le tueur n'était pas intéressé par le vol. Tout ce qu'il voulait, c'était Miranda Peters.

Elle sortit de la tente et vit que Bryers et Clements ratissaient le terrain alentour. Elle remarqua que Bryers s'était agenouillé et qu'il regardait attentivement un endroit spécifique au sol.

« Tu as trouvé quelque chose ? » demanda-t-elle.

« Je ne sais pas, » dit-il. Il montra du doigt l'endroit en descente qui rejoignait la pente qu'ils venaient d'emprunter. Le feuillage et le sol n'étaient pas particulièrement dérangés même si on pouvait y voir qu'il y avait eu un peu de mouvement. Mais ce n'était pas ce que Bryers montrait du doigt.

« C'est moi qui hallucine ? » dit-il. « Ou est-ce que c'est une empreinte partielle de chaussure ? »

Il avait raison. C'*était* une empreinte. Ce n'était qu'une empreinte partielle mais elle était bien là au sol. Et pour qu'elle soit aussi visible, il fallait qu'elle soit récente. Elle l'examina de près, en prenant mentalement note de tout ce qu'elle put y voir.

Elle sut tout de suite qu'il ne s'agissait pas de l'empreinte de Miranda Peters. D'après ce qu'elle en avait vu de son corps, elle ne devait pas peser plus de soixante à soixante-trois kilos. Et cette empreinte était grande. Elle estima qu'il s'agissait au moins d'une pointure quarante-cinq. Le motif de la partie inférieure, ainsi que la forme, indiquaient qu'il s'agissait probablement d'une sorte de botte de travail.

« Qu'est-ce que vous avez trouvé ? » demanda Clements en s'approchant, souhaitant clairement ne pas être mis de côté.

« Une possible empreinte du pied du tueur, » dit Mackenzie. « On dirait une botte de travail. » Elle se remit sur pieds et regarda dans la direction d'où l'empreinte semblait venir. Elle pointa du doigt derrière eux et légèrement sur la droite. « On dirait qu'il venait de cette direction. Il y a quelque chose par là ? »

« Des arbres et encore des arbres, » dit Clements. « Le parc se prolonge encore pendant une trentaine de kilomètres dans cette direction. L'une des routes secondaires destinées à la maintenance le traverse à un endroit mais c'est tout. »

« Pour la maintenance de quoi ? » demanda Bryers.

« Cette route en particulier connecte le centre d'information avec le cabanon abritant les installations électriques, » dit Andrews. « C'est là où se trouvent les disjoncteurs pour les lampadaires et les spots le long de la rivière. »

« Il y a des caméras de sécurité installées dans le cabanon ? » demanda Mackenzie.

« Non, ce n'est pas comme pour les cabanons abritant les véhicules tout terrain, les produits chimiques ou autres. »

Elle prit une photo de l'empreinte de la chaussure avec son téléphone et jeta un dernier coup d'œil autour d'elle. « Clements, pouvez-vous envoyer rapidement quelques-uns de vos hommes ici pour relever les empreintes ? Dans la tente, sur le téléscope, la lanterne… bref, sur tout. »

« Je m'en occupe. » dit-il. « Autre chose ? »

« Oui. Voyez avec Smith pour organiser un survol du parc par le drone. Soyez attentif à toute chose qui vous paraisse bizarre… même si ça a l'air anodin. Avez-vous assez d'hommes disponibles pour visionner les enregistrements ? »

« Oui. »

« Super. Et s'il vous plait, appelez-moi si vous découvrez quoi que ce soit. »

Ils quittèrent le campement et se dirigèrent vers le véhicule. Mackenzie s'efforçait d'organiser mentalement tout ce qu'il y avait à faire et dressait des listes dans sa tête. Mais à son grand désarroi, des flashes de Miranda Peters ne cessaient de défiler devant ses yeux – sa tête décapitée et broyée, son corps brisé et défoncé.

Elle cherchait souvent à se mettre dans la peau des tueurs qu'elle poursuivait. Ça l'aidait à comprendre leurs motivations et la manière dont ils fonctionnaient. Mais cette fois-ci, elle avait du mal à établir un mode opératoire. On aurait dit que l'homme *voulait* vraiment être retrouvé… c'était clair par la manière dont il se débarrassait des corps. Mais peut-être aussi qu'il y avait une forme de jeu dans tout ça… essayer de voir combien de temps il pourrait continuer sans se faire attraper.

Ça voulait dire que le tueur agissait avec l'impression qu'il n'avait rien à perdre. Même s'il était arrêté, ça n'avait pas d'importance. Et ça le rendait incroyablement dangereux. Il n'y avait aucun motif clair, aucun raisonnement.

Cette fois-ci, l'idée d'essayer de se mettre dans la peau du tueur lui paraissait beaucoup plus difficile. Comment était-elle supposée comprendre la brutalité et le manque total de respect pour la vie humaine tel qu'elle l'avait vu avec Miranda Peters ?

Se mettre dans la peau d'une telle personne était effrayant. Pour la première fois de sa carrière, Mackenzie se demanda si cette affaire n'était pas trop sombre et trop tordue pour elle, l'empêchant de vraiment en saisir le sens.

CHAPITRE TREIZE

Il écoutait les hurlements de la femme qu'il avait enlevée en sirotant un verre de gnôle. Il regardait le soleil se lever depuis son porche d'entrée délabré. Les arbres bloquaient la vue du soleil levant mais la lumière qui *parvenait* à passer au travers était dorée et cristalline. On aurait dit que la forêt était vivante.

Cette femme était un peu différente de ceux qu'il avait enlevés auparavant. Celle-ci avait du répondant et ne se laissait pas faire. Elle s'était débattue avant même qu'il ne parvienne à la ramener à la cabane. Il avait dû la frapper à nouveau en utilisant le manche d'une hache dont il avait perdu la lame depuis longtemps. Et lorsqu'il l'avait jetée dans le trou creusé dans le sol – rien de plus qu'une tombe peu profonde, en fait – et qu'il l'avait recouverte d'épais panneaux de contreplaqué – ses hurlements avaient été pleins de défis plutôt que des supplications.

Jusqu'à maintenant, toutes ses victimes l'avaient supplié de leur laisser la vie sauve. Elles lui avaient offert de l'argent, du sexe et bien plus encore. Mais pas celle-ci. Elle lui avait hurlé que lorsqu'elle se libèrerait, elle lui trancherait la gorge. Elle lui couperait la queue. Elle lui briserait les jambes et le torturerait.

Bien sûr, ces hurlements de défi n'avaient duré qu'environ une heure. Après ça, c'était devenu de bons vieux hurlements – des cris qu'elle espérait sûrement voir traverser les bois et tomber dans l'oreille de quelqu'un qui pourrait l'aider. Ses hurlements étaient maintenant rauques et désespérés. Bientôt, elle ne serait plus capable de parler, et encore moins de crier.

Il savait que ses cris ne lui serviraient à rien. Il se trouvait assez loin dans la forêt pour que ses cris ne puissent pas être entendus. Et juste au cas où, le trou creusé dans le sol et couvert d'épais panneaux de contreplaqué étouffait ses hurlements, qui n'étaient plus que de simples vibrations traversant l'air.

Avec la chaleur agréable de la gnôle dans son estomac et celle du soleil du matin sur son visage, il quitta le porche et entra dans sa petite cabane. C'était un tout petit endroit qui n'était pas connecté à l'électricité. Il n'avait pas d'ordinateur, ni de télé, ni de téléphone. Il avait abandonné la lumière électrique cinq ans plus tôt, réalisant que c'était bête de payer une partie du peu d'argent dont il disposait pour de l'électricité qu'il utilisait rarement.

La cabane était composée de trois pièces : une petite salle de séjour, sa chambre (qui était méticuleusement propre) et la pièce qu'il appelait son bureau. Cette pièce était la plus grande des trois mais elle n'avait pas de plancher en bois comme les autres. Dans celle-ci, le sol était fait de terre battue. Il s'avança sur le sol tassé de son bureau au moment où les cris et les gémissements de la fille au téléscope commençaient à devenir de vagues mugissements.

Elle s'était maintenant mise à frapper les panneaux de contreplaqué. Ce serait tout aussi efficace que ses hurlements. Le contreplaqué était attaché à de robustes poteaux en bois qui se tenaient de chaque côté de son bureau. Même si la fille parvenait à frapper de tout son poids contre les plaques, elles ne bougeraient pas d'un poil. L'un des bouts de chaque corde était lié aux poteaux en bois et l'autre bout passait dans deux trous situés sur le haut et sur le bas des panneaux de contreplaqué.

Il se tenait dans l'embrasure de la porte, il ferma les yeux et se mit à l'écouter. Elle était sur le point d'abandonner. Il continuait tout de même à penser qu'elle était spéciale. Il avait envie de la garder un peu plus longtemps. Peut-être même pendant très longtemps. Il avait déjà fait ça dans le passé et ça avait été une expérience vraiment enrichissante.

Alors qu'il regardait en direction de son bureau, il entendit un bruit derrière lui. Ça venait de la salle de séjour, un bruit auquel il était habitué et qui ne cessait de l'irriter.

« Qu'est-ce qu'il y a maintenant ? » demanda-t-il.

Il écouta attentivement, en secouant la tête et en ravalant la colère qui grondait en lui.

« Tu te fous de ma gueule ? » demanda-t-il, en hurlant presque. Il tenait toujours son verre de gnôle en main et fut sur le point de le jeter à travers la salle de séjour. « Non. Ce n'est même pas quelque chose à laquelle il faut penser ! »

Il écouta à nouveau et la réponse le rendit encore plus furieux.

« Après tout ce que tu as vu ? Tu parles sérieusement ? T'as perdu la tête ? » Il laissa ensuite sa colère exploser. Elle lui brûla la gorge et annihila l'effet bienfaisant que la gnôle avait commencé à créer. Au lieu de lancer son verre à travers la cabane, il en prit une large gorgée, s'étranglant presqu'au moment où il l'avala.

En toussant, il hurla à travers la salle de séjour. « Fous-le camp ! Fous-le camp d'ici avant que je ne te tue ! »

Il respirait péniblement et sentit une douleur lancinante au niveau de l'estomac. Il redéposa son verre de gnôle avec précaution car il savait que ses réserves étaient limitées.

Maintenant qu'il avait fini de hurler et que la salle de séjour était de nouveau silencieuse, il se retourna en direction du bureau.

La femme qui se trouvait en-dessous du contreplaqué était devenue silencieuse. Il était certain qu'elle avait tout entendu. Elle avait sûrement entendu la dispute et le moment où il avait perdu son sang-froid. S'il envisageait de la garder pendant quelque temps, il allait sûrement devoir s'expliquer.

Il entra dans le bureau en soupirant. Il se dirigea vers les panneaux de contreplaqué qui se trouvaient sur le sol en terre battue, tout en regardant le reste de la pièce. Il y avait un petit établi avec une paire de tenailles, un marteau, deux grands couteaux de boucher, un couteau à éplucher et plusieurs bocaux vides. Quelques crochets étaient pendus aux murs. Une peau de biche pendait à l'un d'entre eux. Deux scies, une très grande et une assez petite, étaient pendues à deux autres crochets. Une massue était posée dans un coin. La partie du maillet était tachée de sang, datant d'un moment obscur du passé dont il se rappelait à peine.

Il s'agenouilla près du contreplaqué, s'efforçant d'éliminer la colère qu'il venait juste de ressentir. Rien de bon n'en découlait. Il le savait très bien mais il était parfois très dur de le comprendre. Il plaça une main sur le haut du contreplaqué et s'éclaircit la voix, cherchant à avoir l'air aussi amical que possible.

« Je suis désolé que tu aies eu à entendre ça, » dit-il.

La femme émit un faible bruit étouffé en guise de réponse.

« Écoute. Je vais te laisser sortir. Je pense qu'il faut qu'on discute. Je sais que tu as peur. Mais je ne te ferai plus de mal. J'ai envie de prendre soin de toi. Alors… je vais te laisser sortir. Si tu essayes de t'enfuir, je serai *obligé* de te faire du mal et je n'en ai pas du tout envie. Tu comprends ? »

La femme resta silencieuse. Il l'imaginait occupée à trembler dans ce petit trou. Peut-être qu'elle était paralysée par le fait qu'elle allait être libérée. Il lui offrirait cette liberté. Il lui offrirait une nouvelle vie. Il pouvait la racheter, faire d'elle une personne nouvelle.

De manière un peu impatiente, il détacha les cordes des poteaux en bois. Quand les deux cordes se retrouvèrent en boule au sol, il prit en main les bords des panneaux de contreplaqué. Les deux plaques étaient boulonnées ensemble et étaient assez lourdes mais il fut capable de les faire glisser sans trop de problèmes.

Il regarda dans le trou en direction de la fille. Ses mains étaient liées avec une corde au niveau des poignets. Un autre morceau de corde était attaché juste au-dessus de ses genoux. Le trou ne faisait qu'un mètre de profondeur mais il avait toujours trouvé qu'il avait l'air beaucoup plus profond quand quelqu'un s'y trouvait. Les yeux de la fille étaient écarquillés de peur et elle tremblait des pieds à la tête. À ce moment, il eut l'impression d'être Dieu. Son sort était entre ses mains. Il le savait, elle le savait, et ça créait un lien entre eux.

Il se mit à genoux, tendit les bras et attrapa le bout de corde qui était noué autour de ses poignets. Il la releva sur ses genoux, puis il fit de son mieux pour l'aider à se mettre debout. Elle gémit et sanglota lorsqu'il la toucha pour la guider vers le bord du trou.

« Voyons, ne le prends pas comme ça, » dit-il, en l'aidant à se positionner correctement afin de pouvoir sortir du trou.

Elle haleta en laissant échapper un profond sanglot. Elle était totalement terrifiée.

« Tout va bien, » dit-il, au moment où elle posa un genou sur le sol en terre battue du bureau. « Vraiment, je veux seulement… »

Dans un mouvement rapide qui le surprit plutôt que l'effrayer, la fille décolla littéralement du sol. Elle se propulsa en l'air en poussant de son pied gauche resté dans le trou et sur le sol du bureau de son genou droit. Elle s'éleva dans un mouvement rapide qui, sans être impressionnant, eut l'effet escompté.

La tête de la fille heurta violemment le bas de sa mâchoire. Un bruit sourd se fit entendre dans le bureau au moment où son crâne toucha son menton et que ses dents claquèrent. Il hurla de surprise et tomba en arrière. Il accrocha le petit établi qui tomba à la renverse, envoyant tout son contenu au sol. Le temps qu'il réalise ce qui venait de se passer, la fille se ruait vers la porte du bureau en sautillant d'une manière bizarre – c'était tout ce qu'elle pouvait faire avec ses jambes liées au-dessus des genoux.

Elle faillit tomber mais elle heurta le chambranle. Elle se cogna avec une telle violence que toute la cabane en fut secouée.

Et aussi vite qu'elle était partie, toute sa colère refit surface. Elle remontait en lui en spirales, comme un nid de guêpes enragées. Il laissa échapper un beuglement de haine en se remettant debout. Quand il fut sur pieds, il tendit le bras et attrapa la vieille massue tachée de sang. Au moment où il la souleva et se mit à avancer, il entendit la fille qui traversait la salle de séjour en direction du porche.

La colère le propulsait en avant. Il se rendait à peine compte qu'il avançait. Tout ce qui l'entourait était flou mais il sentait aussi une détermination en lui qui, il le savait depuis longtemps, accompagnait ses crises de rage les plus aigues.

Il la vit se ruer sur le porche, toujours en sautillant bizarrement. Il se rapprochait d'elle – plus que cinq pas, puis quatre. À trois pas de distance, il atteignit la porte et fut presqu'aveuglé par la lumière du soleil qui semblait avoir maintenant mis le feu à la forêt.

Devant lui, la fille sauta du porche. Elle se réceptionna maladroitement et tomba en avant, s'étalant de tout son long.

Un sourire se dessina sur son visage, tel une large entaille. Il sortit sur le porche et jeta la massue par-dessus son épaule.

Il continua à s'avancer pendant qu'elle essayait de se remettre debout. Elle avait l'air d'un faon blessé, trop stupide que pour réaliser qu'elle était déjà morte.

Elle ouvrit la bouche pour hurler au moment où il abaissa la massue.

Son cri n'eut pas le temps de sortir de sa gorge. Mais le bruit de l'impact, bien qu'étouffé et humide, fit s'envoler une nuée d'oiseaux dans les airs.

CHAPITRE QUATORZE

Quand Mackenzie et Bryers arrivèrent au parking et se dirigèrent vers leur voiture, elle vit que Smith était au téléphone. Il était appuyé contre sa voiture et parlait d'une voix désolée. Sans même entendre un mot de la conversation, Mackenzie était presque certaine qu'il était occupé à parler avec les parents de Miranda Peters.

Quand il eut terminé l'appel, il se dirigea vers Mackenzie. Il avait l'air extrêmement triste, comme si le fait d'avoir annoncé la mauvaise nouvelle lui avait brisé un peu le cœur.

« Merci de vous être occupé de ça, » dit Mackenzie.

« Pas de problème, » dit-il. « Je pense que ce serait bien que quelqu'un se rende auprès d'eux pour leur parler. »

« Où vivent-ils ? »

« À Moorefield, en Virginie-Occidentale. À environ une heure et quart d'ici. »

Mackenzie et Bryers échangèrent un regard au-dessus du capot du véhicule. Bryers hocha la tête et haussa les épaules avant de rentrer dans la voiture.

« On s'en occupe. Ce serait vraiment bien si vous pouviez offrir votre aide à Clements. Je lui ai déjà demandé de collaborer avec vous afin d'effectuer des survols du parc avec votre drone. Il vous mettra au courant. »

« OK, pas de problèmes. Et au fait… merci d'avoir réussi à calmer le jeu. J'ai cru qu'on allait en venir aux poings tout à l'heure. »

« C'est parfois utile d'être la seule femme dans une bagarre de saloon, » dit-elle en souriant. Il lui retourna son sourire d'une telle manière qu'elle comprit que ça ne le dérangerait pas de l'accompagner un jour dans un saloon – la bagarre en moins.

« Grâce à vous, tout le monde a passé la vitesse supérieure. Les garde-forestiers sont occupés à bloquer toutes les routes secondaires du parc à l'instant où on parle. Cho Liu a été informée de la mort de Miranda et, comme vous le savez, je viens à l'instant de parler avec ses parents. »

Elle entra dans la voiture et Bryers sortit du parking. Alors qu'il tournait à gauche pour se rendre sur l'autoroute 259 en direction de la Virginie-Occidentale, Byers lui décocha un regard qu'elle ne parvint pas à déchiffrer. C'était une sorte de sourire en coin.

« Quoi ? » demanda-t-elle.

« Tu gères ça comme si tu l'avais fait toute ta vie, tu sais ça ? »

« Non, ce n'est pas vrai. »

« Mais si, bien sûr. Tu as réussi à calmer ces types en moins de trente secondes. Et tu es capable de donner des instructions sans avoir l'air condescendante. Ils t'ont écouté attentivement – et pas seulement parce que tu es jolie. Ce que je viens juste de te voir faire en plein milieu de ce bordel est admirable. J'ai foi en toi, » dit-il.

C'était gentil et Mackenzie apprécia le compliment. Mais au moment où les images du crâne de Miranda Peters recommencèrent à défiler devant ses yeux, Mackenzie fut incapable de ressentir une telle confiance en elle.

***

Il était quinze heures dix-sept quand ils arrivèrent devant la maison des Peters. C'était une petite maison à un étage, engloutie dans un lotissement de classe moyenne dans la périphérie de Moorefield. Lorsqu'ils sortirent de la voiture et se dirigèrent vers la maison, Mackenzie put déjà entendre les gémissements de douleur de la mère avant même qu'ils n'atteignent la porte d'entrée. Elle et Bryers s'échangèrent un regard mal à l'aise au moment où Mackenzie frappa à la porte.

La porte s'ouvrit devant un homme de petite taille et en surpoids. Derrière une paire de lunettes épaisses, ses yeux étaient rougis et remplis d'une douleur extrême.

« Vous êtes les agents ? » demanda-t-il. Sa voix était rauque et épaisse. Il était clair qu'il avait abondamment pleuré.

« Oui, c'est nous, » dit Mackenzie. « Si vous pensez pouvoir y parvenir, nous aimerions vous poser quelques questions. »

« Je ferai de mon mieux, » dit-il, en tendant la main. « Je suis James Peters. Et vous m'excuserez mais je ne pense pas que ma femme participera. Elle s'est enfermée dans la chambre de Miranda et je ne… »

James Peters laissa échapper un profond sanglot et faillit tomber au sol. Byers s'avança pour le soutenir et le petit homme s'appuya contre lui et se mit à pleurer à chaudes larmes. Bryers fit de son mieux pour le réconforter tout en le ramenant à l'intérieur de la maison. Mackenzie entra et ferma la porte derrière elle. Elle entendait toujours les gémissements de madame Peters, quelque part dans la maison.

« Monsieur Peters, » dit Mackenzie, au moment où ils se tenaient tous les trois dans le vestibule. « Nous pouvons revenir plus tard si vous préférez. »

« Non, ça va aller, » dit James Peters, à travers ses larmes. Il ravala un sanglot et finit par s'éloigner de Bryers. « Rentrez. L'officier Smith m'a dit que c'était assez urgent. »

« Et bien, oui, » dit Mackenzie. « Si vous pouvez nous apporter le moindre détail qui pourrait nous être utile, nous vous en serions reconnaissants. Nous pensons que les événements se sont déroulés dans les douze dernières heures. Vu que c'est aussi récent, plus nous pouvons obtenir d'informations, moins la personne responsable n'aura le temps de s'enfuir. »

« Qu'avez-vous besoin de savoir ? » demanda James. Un chagrin immense se lisait sur son visage, mais également une profonde détermination, ainsi qu'une pointe de colère.

« Savez-vous si Miranda s'était déjà rendue dans le parc naturel de Little Hill avant la nuit dernière ? » demanda Mackenzie.

« Je n'en ai aucune idée. Après qu'elle ait commencé l'université, elle a fait ce que font généralement les étudiants. Elle ne racontait rien. Elle nous appelait de temps en temps pour nous dire bonjour. Mais elle ne nous racontait pas ce qu'elle faisait de son temps libre. »

« Avez-vous déjà rencontré cette fille qu'elle était supposée retrouver ? Cho Liu ? »

« Non, mais Miranda avait déjà parlé d'elle. Elles semblaient développer une certaine amitié. »

Un profond gémissement se fit entendre venant de l'étage supérieur. Un mot l'accompagnait cette fois, un mot qui ressemblait à un cri guttural de *« Miranda ! »*

James regarda en direction de l'étage, le cœur brisé. Puis il regarda à nouveau Mackenzie et Bryers. La souffrance qui se lisait sur son visage rendit Mackenzie presque malade. Elle était plus que désolée pour cet homme mais également reconnaissante qu'il n'ait pas vu l'état dans lequel le tueur avait laissé sa fille.

« Je sais… c'est affreux, » dit Mackenzie. « Nous vous laisserons tranquilles aussi vite que possible. »

« Oui, s'il vous plait… je… »

Et il se remit de nouveau à pleurer. Il ne parvenait pas à les regarder dans les yeux mais il leur fit signe de continuer pendant qu'il sanglotait.

« Est-ce qu'il y a quelqu'un qui pourrait en vouloir à Miranda ? Quelqu'un avec qui elle aurait eu des problèmes dans le passé ? »

James releva soudain la tête et les regarda droit dans les yeux. Il sembla soudainement réaliser quelque chose et ça interrompit le flot de ses sanglots.

« Rick Dentry, » dit-il.

« Qui est-ce ? » demanda Bryers.

« Un type plus âgé que Miranda voyait en cachette quand elle a commencé le lycée. Il venait juste de déménager en ville et il avait cette obsession bizarre pour elle. Il avait déjà fini le lycée ailleurs quand ils ont commencé à se voir. »

« Ils étaient petit amis, alors ? » demanda Mackenzie.

« Pendant un temps, oui, j'imagine. » Le ton de sa voix était clair maintenant. Il était mué par la colère et la possibilité d'une connexion. « Mais quand on l'a appris, Miranda l'a quitté. Mais Rick continuait à venir par ici. Un soir que Tabby, ma femme, et moi étions au restaurant, il est venu à la maison. Miranda l'a retrouvé dehors pour lui parler car elle savait qu'elle aurait des problèmes si elle le laissait entrer dans la maison. Il… a essayé de la violer. »

D'abondantes larmes coulèrent de ses yeux. Elles étaient directement causées par une grande colère.

« La police a –t-elle été impliquée ? » demanda Mackenzie.

« Oui. Une ordonnance restrictive a été établie contre lui. Mais il continuait à venir par ici et jeter un œil à la maison. »

« À quand date la dernière fois où vous l'avez vu ? » demanda Bryers.

« L'avant-dernière année de lycée de Miranda. »

« Vous avez dit avant qu'il venait de déménager ici, » dit Mackenzie. « Vous savez d'où il venait ? »

« Je ne suis pas vraiment sûr, » dit-il. « Mais pas de très loin. Miranda ne parlait jamais beaucoup de lui. »

Mackenzie lança un regard à Bryers et il acquiesça. Il prit son téléphone et sortit de la pièce en direction du vestibule. Au moment où il sortait, Mackenzie l'entendit à nouveau tousser. Elle l'avait surpris à tousser quelques fois durant la journée mais pas aussi souvent qu'hier.

« Agent White, » dit James. « Est-il possible… que nous puissions la voir ? Ça a l'air tellement irréel. »

« Pas encore tout de suite, » dit Mackenzie, grimaçant à l'idée que quelqu'un doive bientôt expliquer aux Peters combien leur fille avait souffert. « On est encore occupé à passer la scène au peigne fin. Mais quelqu'un prendra contact avec vous très bientôt. »

James s'enfonça de nouveau dans le chagrin. Il s'effondra sur le divan et se mit à sangloter. Il avait certainement près de cinquante-cinq ans mais il avait l'air d'un petit garçon. Mackenzie ne pouvait rien faire d'autre que d'attendre que ça passe.

Un instant plus tard, Bryers entrait dans la pièce. « Une rapide vérification sur Rick Dentry, auparavant résident de Moorefield en Virginie-Occidentale, a révélé une liste très intéressante de domiciles avant *et* après le moment où il a vécu à Moorefield. »

« Comme quoi ? » demanda Mackenzie.

« Comme un bref séjour à Strasburg en Virginie, alors qu'il était à l'école primaire. Il déménagea ensuite avec sa famille à Moorefield. Il resta ici jusqu'il y a trois ans. Il travaillait comme livreur de meubles à Roanoke. Puis il redéménagea à Strasburg, où il vit actuellement. »

« Merde, » dit Mackenzie.

« Oh et il y a mieux encore ! Il travaille actuellement en scierie pour une exploitation forestière à Strasburg. Il y travaille depuis huit mois maintenant. Mais tu veux savoir ce qu'il faisait avant ça ? »

« Quoi ? »

« Il s'est formé en tant que guide accompagnateur en rivière pour le parc naturel de Little Hill. »

CHAPITRE QUINZE

Apparemment, Rick Dentry venait de rentrer du boulot. Il se tenait près de son pickup et sortait une tronçonneuse et un bidon d'essence de l'arrière, au moment où Mackenzie et Bryers s'engagèrent dans l'allée poussiéreuse qui menait jusqu'à chez lui. Rick Dentry les regarda d'un air méfiant et resta immobile derrière sa camionnette quand ils sortirent de voiture. Il avait de longs cheveux jusqu'aux épaules et une barbe qui avait bien besoin d'être taillée. Derrière lui, sa roulette pour une personne avait l'air tellement branlante qu'elle paraissait pouvoir s'envoler au moindre coup de vent.

« Je peux vous aider ? » demanda Dentry lorsque Mackenzie et Bryers furent sortis de voiture. Il avait un accent provincial très prononcé qui mangeait les mots, faisant résonner sa phrase comme si elle avait été dite dans une langue étrangère un peu bizarre.

Mackenzie lui montra son badge et s'avança en direction de la camionnette. « Je suis l'agent White et voici l'agent Bryers, » dit-elle. « Nous travaillons sur une affaire où votre nom a été mentionné et nous aimerions vous poser quelques questions. »

« Une affaire où *mon* nom a été mentionné ? » demanda-t-il.

« Oui, » dit Mackenzie. « Il y a environ cinq ans, vous sortiez avec Miranda Peters, c'est bien ça ? »

Il eut l'air un peu surpris. Elle l'observa pendant qu'il traitait l'information, attendant de voir si une expression le trahirait. Lorsqu'ils étaient en route pour la maison de Dentry, Clements avait appelé pour leur donner davantage d'informations concernant son passé. Il y avait l'injonction restrictive placée par les Peters et quelques excès de vitesse. Il y avait eu aussi une plainte pour violence domestique déposée par une ex-petite amie, mais qui avait été par la suite annulée lorsqu'il était apparu que la fille en question avait fini en prison pour de menus larcins et voies de fait – pas exactement la plus fiable des sources.

En d'autres termes, il avait un casier judiciaire relativement propre. Si c'était leur type (et Mackenzie en doutait déjà), il fallait qu'il fasse un faux pas pour se trahir.

« Je ne sais pas si on peut vraiment parler de *sortir* ensemble, » dit Rick, répondant finalement à la question. L'expression sur son visage trahissait clairement le fait qu'il n'avait aucune envie de parler du sujet.

« Et bien, vous étiez assez proches pour avoir une injonction restrictive contre vous, » continua Mackenzie.

« Ah, ça. » Il rit et leva les yeux au ciel. « Oui… de fait, une fille un peu plus jeune que vous aime l'idée d'avoir des rapports sexuels jusqu'à ce que papa et maman l'apprennent. Et puis tu deviens subitement le mauvais. »

« Vous avez eu des rapports sexuels avec elle avant le soir où vous avez essayé de la violer ? »

Il sourit. « Ce n'était pas une tentative de viol. C'est elle qui cherchait à m'allumer puis qui se préoccupait soudainement de ce que ses cons de parents allaient pouvoir penser à notre sujet. »

« Pour votre information, » dit Bryers, « ses parents sont actuellement… »

« Écoutez, » l'interrompit Rick, en levant le ton. « Je suis resté éloigné de cette famille depuis l'injonction restrictive. Aucune femme ne vaut ce genre d'emmerdes. Alors, si c'est de ça que vous voulez me parler… »

« Non, ce n'est pas de ça, » dit Mackenzie. « Enfin, du moins, on espère que ce ne soit pas le cas. »

« Alors qu'est-ce que vous êtes venus faire ici ? »

« Nous sommes là car Miranda Peters a été retrouvée morte ce matin, » dit Mackenzie. « Elle a été assassinée de la manière la plus atroce qu'il m'ait été donné de voir. »

Elle observa l'expression du visage de Rick au moment où elle révéla l'information. La plupart du temps, elle était capable d'interpréter facilement les réactions des gens. Elle savait reconnaître le choc et la surprise quand elle les voyait. Une expression traversa le visage de Rick mais elle ne fut pas sûre de savoir s'il s'agissait de surprise ou d'incrédulité. Ça avait plutôt l'air de ressembler à de la tristesse. Peut-être même du regret.

« Vous pensez que c'est moi qui l'ai fait ? » demanda Rick. « C'est ça ? »

Il avait l'air furieux mais elle décela également de la tristesse dans sa voix. En voyant l'expression de son visage et en entendant la haine dans sa voix, Mackenzie se rappela soudain que Rick tenait toujours la tronçonneuse en main. Elle se rendit aussi compte qu'il était plus tracassé par le fait d'être accusé du crime plutôt que par la mort de Miranda.

« Non, nous ne portons encore aucune accusation, » dit Mackenzie. « Pour l'instant, ce serait juste très utile si vous pouviez nous dire où vous vous trouviez hier soir. »

« Je pourrais le faire très facilement, » dit-il. « Mais ça ne vous regarde absolument pas. »

« Oh, bien sûr que ça nous regarde, » dit Mackenzie. « Parce que vous voyez… j'ai déjà *presqu'*assez de raisons valables pour vous menotter là tout de suite. »

« C'est n'importe quoi. »

« Dites-moi, monsieur Dentry… pourquoi le fait de devenir guide accompagnateur en rivière pour le parc naturel de Little Hill n'a pas marché pour vous ? »

Il baissa les yeux au sol et laissa échapper un ricanement obstiné. « Ce n'est pas vos affaires non plus. »

« Tout ce que j'ai à faire, c'est de passer un coup de fil pour le savoir. Mais j'ai déjà passé toute ma journée au téléphone et à courir dans tous les sens. Monsieur Dentry… est-ce que ça vous intéresse de savoir que le corps de Miranda a été retrouvé dans les bois du parc naturel de Little Hill ? »

Ce commentaire parut le désarmer. Et cette fois-ci, l'expression de son visage ne laissa aucun doute à Mackenzie : ce n'était définitivement pas leur type.

« Quoi ? » demanda-t-il. « Comment ? »

« C'est ce que nous essayons d'élucider, » dit Mackenzie. « Alors, aidez-nous à vous supprimer de l'équation le plus rapidement possible. »

« J'ai été viré de la formation en tant que guide accompagnateur à cause de mes problèmes de boisson, » dit Rick. Sa voix était toujours empreinte de surprise et de stupéfaction. Ce qui poussa Mackenzie à se demander si, au fond de lui, il n'avait pas un jour eu des sentiments vraiment profonds pour Miranda Peters. « Ma chef s'appelait Debbie Henderson. Vous pouvez l'appeler si vous voulez. Elle vous confirmera ce que je viens de vous dire. »

« Et au sujet d'hier soir ? » demanda Bryers. « Vous avez un alibi fiable ? »

« Je suis rentré à la maison, je me suis préparé à manger, puis je suis allé à un bar qui s'appelle le Oak Post. Je peux vous donner le nom d'au moins cinq types qui peuvent confirmer m'avoir vu là-bas jusqu'à environ vingt-trois heures. »

« Et après ça ? » demanda Mackenzie.

Rick désigna du pouce le logement qui se trouvait derrière lui. « Après ça, je suis rentré chez moi. Je dois me réveiller à cinq heures du matin pour me rendre au boulot. »

« Monsieur Dentry, de quand date la dernière fois où vous avez vu Miranda Peters ? » demanda Mackenzie.

Il réfléchit durant un instant, puis fronça les sourcils au moment où il se souvint. « Elle devait être en avant-dernière année de lycée, je pense. J'étais faible… un jour, j'ai roulé plusieurs fois devant chez elle en espérant l'apercevoir, vous voyez ? Au cinquième ou au sixième passage, je l'ai vue. Elle était occupée à arroser les fleurs de sa mère dans le jardin devant leur maison. Elle était tellement belle. »

« Est-ce qu'il y a quoi que ce soit que vous aimeriez ajouter ? » demanda Mackenzie, convaincue que Rick Dentry n'avait rien à voir avec la mort de Miranda.

« Non, » dit-il. « Juste… mon dieu, elle est vraiment *morte* ? »

« Oui, j'en ai bien peur, » dit Mackenzie. « Une dernière chose encore, monsieur Dentry. Considérez-vous bien connaître le parc naturel de Little Hill ? »

« Je pense plus ou moins bien le connaître. Il y a des zones qui ne sont rien d'autre que des bois et des broussailles, rien de plus. »

« Avez-vous une idée d'un endroit où quelqu'un pourrait se cacher ? »

« Pas là, directement, » dit-il. « Mais vous savez, il parait qu'il y avait des SDF qui campaient un peu partout dans le parc. Bien qu'apparemment, on dirait que ce n'était déjà plus un problème au moment où j'essayais de passer le brevet de guide accompagnateur. »

« Merci, » dit Mackenzie. « Nous vous remercions d'avoir pris le temps de répondre à nos questions. »

Elle et Bryers retournèrent à leur voiture. Au moment où ils sortaient de l'allée, Mackenzie vit que Rick Dentry se tenait toujours là immobile près de l'arrière de sa camionnette. Il tenait toujours la tronçonneuse en main comme s'il ne savait pas quoi en faire.

« Tu penses qu'il n'a rien à voir avec le meurtre ? » demanda Bryers.

« Effectivement, ce n'est pas notre type. »

Elle regarda de nouveau en direction de Dentry à travers le rétroviseur avant que Bryers ne s'engage sur la route principale. Il avait l'air plongé dans ses pensées. Peut-être songeait-il à son passé et à l'instant précis où tout avait commencé à foirer dans sa vie.

CHAPITRE SEIZE

Il était dix-sept heures et quart quand ils en eurent terminé avec Rick Dentry et Mackenzie était épuisée. L'idée de devoir rentrer à Quantico et de refaire demi-tour demain matin n'avait aucun sens. Et ça n'avait pas de sens pour Bryers non plus. Pendant que Mackenzie conduisait, il appela McGrath et demanda l'autorisation de rester la nuit dans un hôtel de Strasburg.

Vingt minutes plus tard, ils s'enregistraient dans un hôtel modeste mais néanmoins charmant. Ils reçurent les clés de leurs deux chambres simples et quand Mackenzie s'allongea sur son lit après avoir fermé la porte, elle pouvait entendre Bryers dans la chambre d'à côté. Il toussait à nouveau. C'était maintenant des quintes de toux sèche qui commençaient à l'inquiéter. Mais s'il continuait à ne pas vouloir en parler, elle ne voyait pas pourquoi elle s'en tracasserait.

Elle faillit se rendre jusqu'à la chambre d'à côté pour voir s'il voulait aller manger un bout mais elle se ravisa. Elle était fatiguée et il devait l'être aussi. De plus, elle avait besoin d'un peu de temps toute seule pour digérer les événements du jour. Elle feuilleta l'annuaire qui se trouvait sur la table de nuit et commanda de la nourriture chinoise.

En attendant d'être livrée, elle se mit à organiser toutes les informations qu'elle avait concernant l'affaire. Elle étala chaque document sur le lit et les observa. Elle examina les horribles photos des victimes et les rapports sur les pistes qui s'étaient jusqu'ici avérées être des impasses. Il devait y avoir un lien quelque part – un lien autre que le parc naturel de Little Hill et l'état des cadavres.

Ou peut-être qu'il s'agissait là du seul lien dont elle avait vraiment besoin et qu'elle était encore incapable de le déchiffrer.

+A côté de quoi suis-je occupée à passer ? se demanda-t-elle. *La réponse à toutes mes questions se trouve-t-elle là, sous mes yeux ?*

Elle consulta les notes manuscrites datant d'hier matin et y ajouta Miranda Peters. En termes de victimes elles-mêmes, il n'y avait aucun lien. Mais ce qu'elle savait, c'était qu'elle avait toujours le sentiment que la disparition de Will Albrech dix-neuf ans plus tôt était connectée d'une manière ou d'une autre. Elle pensait même que cette disparition pourrait être la pièce charnière de toute cette affaire.

Mais pourquoi ? À côté de quoi passait-elle ?

Elle consulta une liste des membres qui avaient été amputés, cherchant à y trouver une connexion. Il pouvait y avoir une motivation physique, ou peut-être spirituelle. Des doigts, des jambes, des têtes… quelle était la signification de ces morceaux, si est-ce qu'il y en avait une ?

Elle examina les dossiers durant les vingt minutes suivantes, étudiant minutieusement toutes les informations étalées sur le lit. Elle ne s'arrêta que lorsqu'un coup frappé à sa porte lui annonça que la nourriture chinoise était arrivée.

Elle mangea lentement son porc moo shu et ses wantons frits, un peu troublée par le fait d'être capable de manger quelque chose tout en regardant des photos de scènes de crime. Elle essaya de deviner ce qui pouvait pousser un homme à être aussi violent. Il était sûrement conscient de son besoin de violence et que ce qu'il faisait était mal. Et si c'était le cas, sa violence était probablement intentionnelle – tout comme le fait de se débarrasser des corps à différent endroits du parc.

Est-ce qu'il se moquait d'eux et qu'il jouait une version dérangée du jeu du chat et de la souris ? Elle avait beau regarder les cartes du parc, elle ne parvenait pas à y voir de connexion – ni dans les sites où les corps avaient été laissés ni dans l'endroit du campement de Miranda Peters. Alors quelle était la raison de tout ça ? Elle n'était pas du genre à croire que les gens tuaient sans raisons. Même si la folie se trouvait à la racine de tout, il y avait toujours une raison sous-jacente. C'était parfois mineur, comme le fait par exemple que le tueur ait une fascination pour d'autres assassins… un intérêt particulier qui devenait une sorte de fantasme malsain.

Mais il n'y avait rien de lié au fantasme dans ces assassinats. De fait, la nature même des mutilations trahissait plutôt quelque chose de plus basique, de plus primaire.

Il avait besoin d'attention. Ça semblait évident. Ce qui lui fit penser que le tueur était soit un enfant unique qui n'avait jamais reçu de reconnaissance ou d'éloge de la part de ses parents, soit un membre d'une fratrie super performante parmi laquelle il n'avait jamais vraiment trouvé sa place. Et puisque les victimes étaient des deux sexes, ça éliminait toute motivation liée au sexisme.

Quoi d'autre ? Qu'est-ce que je peux en apprendre d'autre à son sujet ?

Sur base des photos des scènes de crime, il y avait déjà une chose qui était certaine : c'était qu'ils avaient affaire à un type malade.

Le pire de tout, c'était qu'elle *savait* qu'ils finiraient par attraper ce salopard s'il continuait à se débarrasser de ses victimes dans le parc. Avec des drones dans le ciel et des mesures de sécurité supplémentaire au niveau des entrées, il était impossible qu'il continue à leur échapper. Ils finiraient par l'attraper mais la question était de savoir combien d'autres personnes allait-il tuer avant de se trahir.

Elle avait presque terminé son dîner et la nuit était tombée à travers la fenêtre de sa chambre, quand son téléphone se mit à sonner sur la table de nuit. Elle le regarda d'un air ennuyé mais elle pensa qu'il valait mieux qu'elle réponde. Quand elle le prit en main, elle vit que c'était un préfixe familier qui s'affichait et elle faillit ne pas décrocher.

Quelqu'un l'appelait du Nebraska.

Elle pensa d'abord qu'il s'agissait de Zack, qui appelait pour lui rappeler la mauvaise idée qu'elle avait eue de s'impliquer plus sérieusement avec lui. Mais ce n'était pas le numéro de Zack, à moins qu'il appelle du téléphone de quelqu'un d'autre. Avec une pointe de curiosité, elle répondit à l'appel avec un rapide, « Allô ? »

« Hé, salut, Mackenzie ? »

La voix de l'homme qui parlait de l'autre côté du fil était familière mais elle ne parvint pas à faire tout de suite la connexion.

« Oui, c'est Mackenzie. À qui ai-je l'honneur ? »

« Hé, la championne, c'est Porter ici. »

Elle fut stupéfaite en entendant ce nom et l'émotion qui l'envahit la surprit. Walter Porter – son partenaire de la police du Nebraska. Il avait été un partenaire qui ne l'avait pas beaucoup appréciée mais ça avait changé lors de ses derniers jours au Nebraska. Et maintenant, six mois après l'avoir vu pour la dernière fois (dans un lit d'hôpital, pas moins que ça), c'était comme recevoir un coup de fil d'un fantôme.

« Porter, » dit-elle, d'une voix qui lui sembla lointaine. « Mon dieu ! Comment vas-tu ? »

« Moi ? Pas trop mal. Six ans avant de m'envoyer à la retraite, ils ont finalement décidé de me donner ma chance en tant que détective. Ta place, en fait. Pas facile d'être à la hauteur, du coup. Et toi, comment ça va, *agent* White ? »

« Tout va bien, » dit-elle. « L'académie fut une vraie experience, ça c'est sûr. Mais j'ai réussi. »

« Je suis heureux de l'entendre. Je sais que tu t'en fous, mais je suis fier de toi. »

« En fait, ça me touche beaucoup plus que tu ne l'imagines, » dit Mackenzie.

Un bref silence s'installa entre eux et Mackenzie se demanda pourquoi Porter l'appelait. Il n'était pas du genre à appeler pour prendre des nouvelles. Et alors qu'elle était sur le point de lui demander la raison de son appel, il finit par y arriver de lui-même.

« Écoute, » dit Porter. « J'ai demandé spécialement à être la personne à t'appeler sur ce coup-ci. J'ai pensé que ce serait mieux si tu avais cette conversation avec quelqu'un que tu connaissais plutôt qu'avec un type coincé de la police d'État du Nebraska. »

« Qu'est-ce qui ne va pas, Porter ? » demanda-t-elle.

« Il n'y a rien de particulier qui n'aille *pas*, » dit-il. « Mais il y a quelques jours, un détective privé a découvert quelque chose lié à une ancienne affaire non résolue. Ça n'avait aucune espèce d'importance pour lui mais il en a fait part à la police d'État et ils y ont jeté un coup d'œil. »

« De quelle affaire il s'agit ? » demanda Mackenzie.

« Et bien, depuis ce matin, la police d'État du Nebraska est occupée à jeter un autre coup d'œil sur l'enquête concernant la mort de ton père. L'affaire n'a pas encore été officiellement réouverte mais quand ce sera le cas, on dirait bien que ce soit rapidement redirigé vers le FBI. Et… et bien, tu sais comment ça fonctionne… Ne pas mélanger les intérêtes privés avec le boulot, et ce genre de trucs. »

La mort de mon père ? Est-ce qu'elle avait bien compris ? Rien que le fait d'y penser la faisait frissonner. Des images du corps de son père défilèrent devant ses yeux et durant un instant, elle eut l'impression de se retrouver dans la chambre où il était mort.

« Tu es toujours là ? » demanda Porter. Sa voix résonnait à des années lumière de là.

« L'enquête sur la mort de mon père ? Tu es sûr ? »

« Sûr et certain. »

« Ils ne vont pas vouloir me mettre sur l'affaire, » dit Mackenzie.

« C'est pour ça que je t'appelle. Pour te prévenir. Peut-être que tu peux y jeter un œil avant que ça devienne une enquête fédérale. »

« Tu sais ce que ce détective a trouvé ? »

« Je n'en ai aucune idée. En fait, je ne sais pas encore grand-chose concernant cette nouvelle affaire. J'essaie d'en savoir plus moi-même, mais je ne voulais pas perdre trop de temps avant de t'en informer. »

« Quel est le nom du détective ? » demanda-t-elle.

« Un type du nom de Kirk Peterson. Tu veux ses coordonnées de contact ? »

« Oui, ce serait super. Tu peux me les envoyer par message ? »

« Bien sûr, considère-le comme fait ! Bon allez, fais attention à toi, championne. »

« Toi aussi, mon vieux. »

« Aïe. »

Porter raccrocha et Mackenzie se retouva seule. Un sentiment bizarre de nostalgie l'envahit, causé par le fait d'entendre la voix de Porter et que de vieux souvenirs de son père ressurgissent.

Mon père, pensa-t-elle.

Elle s'était toujours demandée ce que ça ferait de résoudre un jour cette affaire – peut-être toute seule, durant son temps libre. Jusqu'à ce matin, l'affaire était classée depuis plus de vingt ans. Alors quel genre d'élément nouveau avait bien pu surgir pour que la police d'État du Nebraska decide d'y jeter à nouveau un coup d'œil après autant de temps ?

Mackenzie s'assit sur le bord de son lit. Elle avait temporairement oublié l'affaire du tueur du parc de Little Hill. Elle se demanda qui elle pourrait bien appeler pour la mettre au courant de ce qui se passait au Nebraska. Elle ne s'était jamais fait d'amis dans la police d'État de son lieu d'origine et elle savait que ce serait l'enfer de passer à travers toute la paperasserie.

Son téléphone bipa au moment où elle reçut les coordonnées de contact de Kirk Peterson que Porter venait de lui envoyer par message.

En y jetant un œil, elle sut ce qu'elle avait à faire. Et ça n'allait pas être facile. Ça allait même être plutôt risqué.

Elle soupira et afficha un numéro de téléphone dont la vue seule la faisait transpirer.

Puis elle appuya sur APPELER et pria pour que tout aille bien.

CHAPITRE DIX-SEPT

Le premier appel était pour McGrath. Pendant qu'elle attendait qu'il réponde, elle sentit la nervosité et le stress monter en elle. Elle avait des nœuds dans l'estomac au moment où elle entendit sonner.

McGrath décrocha à la troisième sonnerie et il avait l'air étrangement bien disposé. *Tant mieux,* pensa-t-elle. *Peut-être qu'il est de bonne humeur.*

« C'est Mackenzie White, » dit-elle.

« White, comment ça se passe ? Comment vont les choses là-bas, à Strasburg ? »

« Ça avance doucement, monsieur. Mais je dois vous dire que ce n'est pas la raison de mon appel. Il y a eu… et bien, il y a des soucis dans ma famille au Nebraska. Un événement familial grave et assez délicat. »

« Pourquoi vous me racontez ça ? »

« Parce que j'aimerais avoir votre autorisation pour m'y rendre, » dit-elle. « Ce ne devrait pas prendre longtemps. Peut-être maximum deux jours. »

McGrath resta silencieux durant un instant. Quand il se remit à parler, sa bonne humeur semblait avoir un peu disparu. « Vous pensez qu'il faut envoyer un autre agent pour vous remplacer ? »

« Non, monsieur, je ne pense pas que ce soit nécessaire, » dit-elle. « En fait, on allait probablement rentrer à Quantico demain. Bien sûr, je me tiendrai au courant de ce qui se passe pendant mon absence via email et téléphone. »

« OK, » dit-il. « Je vous l'accorde. Je suis sûr que Bryers pourra gérer l'enquête durant votre absence. Mais au risque d'avoir l'air de manquer de cœur, je ne peux pas vous donner plus de quarante-huit heures, c'est compris ? »

« Oui, monsieur. Merci. »

Une fois qu'elle eut raccroché, Mackenzie prit une profonde inspiration. Elle supposa qu'elle lui avait seulement menti par omission. Bien sûr, elle savait que si McGrath découvrait qu'elle rentrait au Nebraska pour mettre son nez dans une possible enquête fédérale avant qu'elle ne tombe sous la juridiction du FBI, il allait être fou furieux… et avec raison.

Elle savait qu'elle prenait beaucoup de risques. McGrath commençait finalement à être plus chaleureux avec elle et elle était actuellement sur une affaire d'assez haut niveau. L'abandonner pour une raison qui finirait par lui causer plus de problèmes et d'hostilité avec McGrath et ses supérieurs était limite stupide.

Mais il s'agissait de sa famille. Il s'agissait de son *père*. Et si elle parvenait finalement à résoudre cette affaire et laisser tout ça derrière elle, peut-être que les horribles cauchemars cesseraient.

Ou bien, lui dit une petite voix intérieure bien avisée, *repasser par chaque étape du passé pourrait rendre les cauchemars encore plus horribles.*

Elle pensa au rêve qu'elle avait fait au sujet du lapin – un souvenir biaisé d'un événement réel de sa vie. Bien que ce rêve ait été une variation lui permettant de sortir de ses cauchemars teintés de chambre ensanglantée, il avait tout de même été terrifiant.

Mais elle n'avait plus non plus pensé à son père de cette façon depuis bien longtemps. Dans ce rêve, même durant un bref instant, elle eut l'occasion de le revoir tel qu'il était, un homme gentil et amusant. C'était un souvenir de lui que le cauchemar de la chambre à coucher et la découverte de son corps lui avaient dérobé.

Choisissant d'en rester là avec ce cheminement de pensée, elle rassembla toutes les notes concernant le tueur de Little Hill et les fourra dans son sac sans les ranger – ce qui ne lui ressemblait vraiment pas du tout. Elle afficha ensuite Expedia sur son téléphone et réserva le prochain vol pour Lincoln au Nebraska. Le premier vol disponible décollait de Dulles à vingt-trois heures cinq et faisait deux escales avant d'arriver à Lincoln à huit heures trente-cinq demain matin.

Mais elle avait besoin qu'on la conduise pour arriver jusqu'à Dulles. Elle envisagea l'idée d'appeler un taxi mais finit par se raviser. Dans un moment de vulnérabilité auquel elle ne s'attendait pas, elle sut qu'elle avait envie que Bryers l'accompagne. Elle ne voulait pas son aide en soi, mais elle avait besoin de partager ce moment avec lui. Elle savait qu'il n'irait par rapporter auprès de McGrath et, de plus, elle commençait à vraiment lui faire confiance et à le considérer comme un ami.

Il était un peu plus de vingt heures lorsqu'elle frappa à sa porte. Elle avait des vêtements de rechange dans le coffre de la voiture – qu'elle avait emmenés avec elle au cas où ils devraient passer la nuit à Strasburg (ce qui finalement était une très bonne planification de sa part).

Elle entendit Bryers tousser pendant qu'il se dirigeait vers la porte. C'était presque devenu un son familier maintenant mais ça continuait à la préoccuper.

Il eut l'air surpris de la voir devant sa porte. Il s'était apparemment aussi fait livrer à dîner car il était occupé à manger un grand morceau de pizza.

« Salut, White. Qu'est-ce qui se passe ? »

« Et bien… je pense que je vais devoir te demander si on ne pourrait pas finalement faire un peu de route ce soir, » dit-elle.

« Je pensais que le but de passer la nuit ici était justement d'éviter de prendre la route. »

« De fait, » dit-elle. « Mais quelque chose… a surgi sans crier gare. »

Il la regarda d'un air interrogateur pendant un instant, puis fronça les sourcils. « Est-ce que ça va ? »

Elle avait l'impression qu'elle allait se mettre à pleurer à tout moment mais elle parvint à se retenir. « Je ne sais pas, » dit-elle. « Mais là, j'ai besoin que tu m'amènes jusqu'à Dulles. Si tu ne peux pas, ce n'est pas grave, je prendrai un taxi. C'est moins d'une heure de route et… »

« Non, non, je vais t'y conduire, » dit-il. « Mais… Dulles ? Pourquoi à Dulles ? »

« Je viens de recevoir un appel de l'homme avec lequel je travaillais à la police du Nebraska. Il appelait pour me prévenir concernant une affaire… une affaire qui semble être liée à mon père. »

Bryers réfléchit durant un instant, puis hocha de la tête. « Il t'a appelée pour t'avertir, n'est-ce pas ? Il voulait que tu soies au courant avant que les Fédéraux ne reprennent l'affaire, c'est ça ? »

« Oui. Et Bryers… Je sais que je t'en demande beaucoup mais j'ai besoin que tu gardes ça pour toi. J'ai convaincu McGrath de me laisser rentrer mais je n'ai pas été totalement honnête avec lui. Je veux juste… Je ne peux pas ne *pas* jeter un œil et… »

« Ne te tracasse pas, » dit Bryers. « C'est de ton père qu'on parle ici. Ton secret est en sécurité avec moi. Mais sois juste prudente. »

« Je n'y manquerai pas. Alors, tu peux m'amener à l'aéroport ? »

« Bien sûr, » dit-il. « Laisse-moi juste le temps de m'habiller. »

***

La transition de la campagne de Strasburg au trafic dense en direction de Dulles passa pour Mackenzie d'une manière un peu irréelle. Elle était distraite par le fait que l'enquête sur la mort de son père soit réouverte. Même après avoir tout raconté à Bryers – depuis la mort de son père jusqu'à l'appel de Porter – elle continuait à avoir des difficultés à y croire.

Quand Bryers se gara devant l'aéroport, il ouvrit le coffre et sortit de la voiture avec elle. Mackenzie attrapa son petit sac et le jeta sur son épaule.

« Merci, Bryers, » dit-elle.

« Il n'y a pas de quoi, » dit-il. « Ton secret est en sécurité avec moi. Mais si tu dépasses le délai de quarante-huit heures que McGrath t'a donné, j'ai bien peur que je ne puisse rien faire pour toi. »

« Je sais. Je vais faire de mon mieux. Et s'il te plait, maintiens-moi informée de toute nouveauté sur l'affaire de Little Hill. »

« Sans faute, » dit-il.

Après un bref silence un peu gênant, Mackenzie se retourna et se dirigea vers le terminal. Elle avait l'impression que sa séparation d'avec Bryers avait été un peu trop brusque – presque rude, d'une certaine façon. Mais elle était pressée par le temps, alors elle pourrait faire preuve de sentimentalité plus tard.

À l'intérieur de l'aéroport, elle s'enregistra, récupéra ses billets et se dirigea vers les toilettes. Elle s'enferma dans une cabine, se changea avec les vêtemens qu'elle avait pris dans son sac et fit de son mieux pour se rafraîchir. Devant l'évier, elle aspergea un peu d'eau froide sur son visage et arrangea ses cheveux. Puis elle se mit à la recherche de sa porte d'embarquement.

Elle s'assit et se rendit compte qu'il lui restait encore une heure et demie avant le départ de son vol. Elle envisagea de faire une petite sieste mais elle abandonna au bout de dix minutes.

Alors qu'elle attendait, une idée ne cessait de lui revenir en tête… c'était quelque chose qu'elle savait qu'elle avait besoin de faire mais qu'elle n'avait pas vraiment la patience d'endurer. Avec un profond soupir et un nœud dans l'estomac, Mackenzie sortit son téléphone et fit défiler son répertoire jusqu'à un nom auquel elle avait souvent pensé depuis qu'elle avait déménagé à Quantico.

Stéphanie.

Affirmer que Mackenzie et sa jeune sœur, Stéphanie, entretenaient des rapports éloignés était peu dire. Elles avaient toujours été en désaccord, même avant la mort de leur père. Déjà lorsqu'elles étaient enfants, elles ne s'entendaient pas. Mais ce fut surtout les années qui suivirent la mort de leur père et la descente progressive de leur mère vers une sorte de crise psychotique qui les avaient vraiment séparées. Stéphanie avait choisi de laisser la douleur et le désordre de leur vie la définir, tandis que Mackenzie avait redoublé d'effort pour s'en sortir. Ce qui mena finalement Stéphanie à avoir une vie remplie de relations violentes, de boulots ringards et de drames à tous les coins de rue. Mackenzie, d'un autre côté, se trouvait actuellement sur le point d'accomplir l'objectif qu'elle s'était fixé après la mort de son père.

Ce fut avec le cœur lourd que Mackenzie appuya sur APPELER.

Le téléphone sonna quatre fois avant d'être décroché. Avant d'entendre la voix de Stéphanie, il y eut un grand bruit retentissant de l'autre côté de la ligne. Mackenzie entendit de la musique forte résonner à ses oreilles.

« Allô ? » dit Mackenzie.

« Oui ? » dit Stéphanie. « Qui est-ce ? »

« C'est Mackenzie. »

Tout ce qu'elle put à nouveau entendre, ce fut de la musique forte à l'arrière-plan. Mackenzie supposa que Stéphanie était de sortie quelque part et occupée à boire. Elle était presque sûre que c'était là où sa sœur dépensait la moitié de son salaire.

« Oh, » dit Stéphanie, d'un air surpris ou peut-êre déçu. « Comment ça va ? »

« Je t'appelle pour te dire que je rentre quelque temps au Nebraska. Je me demandais si tu voudrais peut-être qu'on se voie pour déjeuner ou quelque chose dans le genre. »

« Ça ne te plait plus la capitale ? » demanda Stéphanie.

Le ton de sa voix et la touche d'énervement que Mackenzie y décelait lui confirma ce qu'elle savait déjà : Stéphanie était occupée à boire.

« Et bien, je ne reviens que pour un jour ou deux. »

« Ah, OK, » dit Stéphanie, sur un air totalement désintéressé.

Il va falloir que je te l'annonce comme ça, alors, pensa Mackenzie. « Je reviens pour l'enquête sur la mort de papa, » dit-elle. « Un nouvel élément est arrivé aux mains de la police d'État concernant l'affaire. Et comme ça soulève assez de questions, ils vont y rejeter un œil. »

Stéphanie redevint silencieuse. La musique continuait à hurler dans l'oreille de Mackenzie. C'était un air horrible de country-pop. « Steph ? »

« Pour quelle putain de raison voudraient-ils réouvrir cette enquête ? » dit Stéphanie.

« Je ne suis pas encore sûre, » dit Mackenzie. « C'est pour ça que je rentre. »

« Et *pourquoi* tu m'en parles ? » demanda Stéphanie.

« Parce que j'ai pensé que tu aurais envie de savoir. J'ai pensé que tu aurais envie… »

« Non, Mackenzie. Merde ! Pourquoi tu ne peux pas juste laisser le passé en paix ? Il est mort. Rien ne peut y changer. Et quelle que soit la culpabilité qui continue à te motiver, tu perds ton temps et ton énergie. »

« Ce n'est pas de la culpabilité, » dit Mackenzie. Bien qu'elle se réveille souvent, lors des pires cauchemars, avec un sentiment de culpabilité lui poignardant le cœur.

« Je n'en ai rien à foutre de ce que c'est, » dit Stéphanie. « Écoute… merci d'avoir pensé à moi. Mais non. Laisse-moi en-dehors de tout ça. »

Avant que Mackenzie ne puisse ajouter un autre mot, Stéphanie raccrocha.

Mackenzie mit lentement son téléphone de côté. Elle eut envie de hurler, de pleurer, de frapper de toutes ses forces contre les murs de l'aéroport.

Mais elle n'en fit rien. Au lieu de ça, elle trouva la cafétéria la plus proche et s'assit en silence. Elle attendit l'heure d'embarquement, envahie d'un sentiment d'anticipation assez morose. L'enquête sur la mort de son père était sur le point d'être réouverte.

Et tous ses pires cauchemars étaient sur le point de prendre vie.

CHAPITRE DIX-HUIT

Brian Woerner n'avait aucune idée de ce qui se passait au parc naturel de Little Hill mais il avait bien l'intention de le découvrir. Il avait d'abord vu le drone survoler la propriété quand il était sorti de chez lui pour aller chercher son courrier. Il travaillait depuis la maison, alors tout ce qui se passait à l'extérieur et qui pouvait sortir de l'ordinaire attirait son attention – même s'il s'agissait de quelque chose d'aussi banal que quelques travaux de terrassement dans sa rue.

Il vivait à moins d'un kilomètre de l'entrée du parc et il avait aussi remarqué la présence de la police qui ne cessait d'aller et venir. Ça, ajouté au fait qu'il ait vu le drone survoler les arbres, indiquait que quelque chose se tramait.

En tant que blogueur et éditeur, Brian faisait parfois des recherches sur des sujets controversés. C'était peut-être cette facette de son travail qui avait tendance à lui inspirer de la méfiance par rapport au gouvernement et à le faire pencher pour la théorie des conspirations. Et bien qu'il n'ait vu aucun hélicoptère noir banalisé dans la région, Brian était très intéressé de savoir ce qui pouvait bien attirer la police dans le parc de Little Hill. Il était presque certain que la police locale n'avait aucun besoin, et probablement pas le budget, pour des drones, *alors* il se demandait si les fédéraux étaient impliqués.

C'est ce qui le décida à faire des recherches de son côté. Son blog se concentrait généralement sur des conspirations du gouvernement, d'élections présidentielles truquées à de populaires découvertes sur des OVNI. S'il y avait quelque chose de louche qui se passait dans le parc naturel de Little Hill, ça rentrerait parfaitement dans le contenu habituel de son blog. Et il serait même peut-être le premier à diffuser la nouvelle.

Un rapide passage par le parc et le centre d'information lui apprit que le parc était fermé. Aucune raison n'était donnée, il y avait juste un panneau près du poste de garde qui disait que le parc Little Hill serait fermé au public jusqu'à nouvel ordre.

Il y avait de plus en plus d'indices qui indiquaient que quelque chose de louche se tramait. Et c'est pourquoi il prit une route secondaire vers l'entrée arrière du parc, moins d'une heure après avoir dû faire demi-tour au poste de garde. Du haut de ses vingt-cinq ans, il avait passé plusieurs années de son adolescence à avoir des rapports sexuels à l'arrière de voitures et de camionnettes garées dans ces bois. Il connaissait donc tous les recoins de cette forêt. En fait, il avait passé la plupart de son temps libre à l'âge de quinze ou seize ans à arpenter ce parc à la recherche d'endroits où amener des filles.

Alors quand il vit la Jeep d'un garde-forestier bloquer l'entrée arrière du parc, Brian ne désespéra pas. Il connaissait au moins quatre autres moyens de rentrer dans le parc – et il était presque sûr que les garde-forestiers ne prendraient pas la peine d'en bloquer au moins deux d'entre eux.

Il se remit à rouler sur les routes secondaires et se gara cette fois-ci à l'entrée de ce qui fut autrefois une piste de terre utilisée par des chasseurs, à l'époque où il n'était encore qu'un enfant. Il verrouilla sa voiture, emporta son téléphone et son appareil photo et se mit à marcher.

À quelques mètres de l'accès vers l'ancienne piste, une vieille chaîne pendait entre deux poteaux en bois. Un simple panneau **Interdiction d'entrer** se trouvait au milieu de la chaîne, criblé d'impacts de balles. Brian ignora ce panneau (comme il l'avait fait lorsqu'il était adolescent) et suivit la piste durant encore quelques mètres avant de pénétrer dans les bois. La forêt était très dense partout autour de lui mais il choisit de s'enfoncer dans la partie la plus épaisse, qui se trouvait sur sa droite.

Il savait qu'il y aurait bientôt une pente assez raide, qui l'amènerait jusqu'à un terrain plus plat. Grâce à ses randonnées d'adolescents, il avait appris à très bien connaître ces bois. Il n'avait jamais compris pourquoi les gens qui disaient aimer la forêt pouvaient choisir de rester sur les sentiers balisés d'un parc alors qu'il y avait tellement de beauté naturelle à explorer autour d'eux.

Au début de la pente, un fin ruisseau coulait à travers bois. Il l'emjamba d'un pas et quand il se retrouva de l'autre côté, il vit une rangée de jalons en bois surmontés de peinture rouge. Les jalons mesuraient environ soixante centimètres de haut et délimitaient l'endroit où débutait la région Est du parc de Little Hill. Dans environ quinze cents mètres, il savait qu'il atteindrait une piste en terre – un sentier secondaire qui finirait par longer le ruisseau qu'il venait juste de traverser. C'était bien plus spectaculaire que les sentiers officiels du parc mais c'était également plus physique.

Il se dirigea en direction de ce sentier, certain qu'il l'amènerait plus près des chemins balisés principaux. De là, il pourrait peut-être avoir une meilleure idée de ce qui se passait. Il marchait silencieusement en regardant constamment au-dessus de lui. Si le drone venait à le survoler et à le repérer, il craignait d'avoir de sérieux problèmes pour être parvenu à contourner la fermeture officielle du parc et les postes de sécurité placés aux entrées secondaires.

À un moment où il était occupé à regarder le ciel, il entendit des bruits de pas venant des bois sur sa gauche.

Merde, pensa Brian. *Est-ce qu'il y aurait des policiers ici occupés à fouiller l'endroit ?*

Il se mit à reculer lentement, prêt à retourner en courant de là où il venait, espérant pouvoir arriver en bas de la pente sans perdre haleine. Mais au moment où il fut sur le point de se mettre à courir, il vit un homme sortir de l'épaisseur de la forêt, sur sa gauche. Ce n'était certainement pas un flic et encore moins un garde-forestier. Il portait un t-shirt noir et une paire de jeans délavé. Il avait l'air désorienté – peut-être perdu ou égaré dans les bois.

Il portait quelque chose en main mais il le dissimulait derrière son dos. Brian ne parvint pas à voir ce que c'était mais il put deviner que c'était un objet assez long. Un fusil, peut-être ?

« Hé, salut, » dit Brian. « Vous m'avez un peu effrayé. »

« Ah bon ? » dit l'homme. « Désolé. Ce n'était pas mon intention. »

L'homme s'approchait de plus en plus, en marchant lentement. Plus il s'approchait, plus Brian pouvait voir que l'expression de son visage n'était pas celle de la confusion. Il n'était pas tout à fait sûr de ce que c'était. Les yeux de l'homme étaient écarquillés et un fin sourire s'affichait sur son visage.

Instinctivement, Brian fit un pas en arrière.

« Qu'est-ce qui vous amène dans les bois un jour comme aujourd'hui ? » demanda l'homme.

« Je venais juste me promener, » dit Brian. « J'allais aller dans le parc naturel mais on dirait que la police l'a fermé au public. »

Brian espérait que le fait de mentionner la police effraye l'homme. Mais il continua à s'approcher. Ce fut alors que Brian aperçut finalement ce qu'il tenait derrière son dos. Il s'agissait d'une vieille hache toute usée.

« Oui, les flics aiment traîner dans les endroits où on n'a pas envie de les voir, » dit l'homme. Il regarda la forêt autour de lui et finit par ramener la hache devant lui. « À quoi serviraient-ils dans un superbe endroit comme celui-ci ? »

C'était peut-être le ton de sa voix… ou peut-être l'expression de son visage. Mais Brian ne se sentit pas à l'aise. Il se mit à reculer doucement sans quitter l'homme des yeux. Tourner le dos à cet homme lui paraissait soudain une très mauvaise idée.

Brian gloussa nerveusement en réponse au commentaire de l'homme concernant les flics, surtout parce qu'il ne savait pas quoi faire d'autre.

« Mais on dirait que tu as tout de même trouvé un moyen de rentrer dans le parc, » dit l'homme. « On dirait que tu es plein de ressources. »

« Et bien, je connais très bien ces bois, » dit Brian.

« Oui, moi aussi, » dit l'homme. « Je les connais très bien. »

Brian mit lentement la main dans sa poche et en sortit son téléphone. Il avait l'impression qu'appeler bientôt le 911 pourrait être une bonne idée.

Mais au moment où il toucha l'écran afin de le débloquer, l'homme se rua précipitamment dans sa direction. Il s'avança de manière si soudaine et si rapide que Brian eut à peine le temps de réagir. Il laissa échapper un faible cri de surprise, puis se retourna pour se mettre à courir.

Il eut seulement le temps de faire trois pas avant que l'homme ne le rattrape.

Quelque chose de dur heurta l'arrière de sa tête.

Avant de s'évanouir, Brian eut juste le temps de penser : *Il ne m'a pas frappé avec la lame de la hache, juste avec la partie plate. Je ne suis pas mort.*

Je ne suis pas encore mort.

CHAPITRE DIX-NEUF

Mackenzie était parvenue à s'endormir lors du dernier vol en direction de Lincoln après avoir un peu somnolé lors des périodes d'attente et de transit. Elle se réveilla au son de la voix du capitaine annonçant qu'ils aterrisseraient dans dix minutes et que, quand les roues toucheraient le tarmac, il serait exactement huit heures sept au Nebraska.

Elle ne perdit pas une minute. Elle s'arrêta à une pâtisserie de l'aéroport pour acheter un muffin et un café avant de se rendre à l'agence de location de voitures. Ce ne fut que lorsqu'elle se retrouva derrière le volant qu'elle réalisa qu'elle n'avait même pas pris la peine de réfléchir à un plan d'attaque. Mais c'était intentionnel. Bien qu'elle déteste l'admettre, elle n'avait pas eu envie d'aborder ce qui l'attendait en faisant trop de projets. Elle ne voulait pas y réfléchir de trop – spécialement maintenant qu'il lui restait moins de quarante heures pour rentrer à Strasburg.

Avant de sortir du parking, Mackenzie ouvrit le message que Porter lui avait envoyé. Elle n'hésita pas un instant et appuya sur le numéro de Kirk Peterson. Il décrocha à la première sonnerie comme s'il avait attendu son appel toute la matinée.

« Allô ? » dit-il.

« Kirk Peterson ? »

« Lui-même, » dit-il.

« C'est Mackenzie White. Je suis… »

« Je sais qui vous êtes, » dit-il, avec une pointe de malice dans la voix. « Votre ami Walt Porter m'a prévenu que vous alliez probablement appeler. »

« Et bien, j'aurais voulu savoir si vous aviez le temps de me rencontrer. »

« Vous êtes au Nebraska ? » demanda-t-il, sur un ton surpris.

« Oui, à Lincoln. »

« Alors dans ce cas, oui, bien sûr. Je serais heureux de vous rencontrer. Vous buvez du café ? »

Elle regarda la tasse de café qu'elle avait achetée à l'aéroport. Elle était presque vide maintenant. « Oui. »

« Alors on va prendre un café, » dit-il. « Je peux vous retrouver dans une demi-heure. »

***

La première réflexion qui vint en tête à Mackenzie quand elle rencontra Kirk Peterson fut qu'il était vraiment très beau. Au moment où il lui sourit quand elle s'assit en face de lui dans un Starbucks à dix minutes de l'aéroport, elle trouva qu'il ressemblait à une version plus masculine de Ryan Reynolds. Il était incroyablement beau mais il y avait également un côté bourru chez lui et Mackenzie l'aurait bien vu en explorateur aventurier. Il avait l'air d'avoir la trentaine. L'ombre d'une barbe occupait la partie inférieure de son visage tandis qu'une paire d'yeux bruns profonds en dominait la partie supérieure.

Il portait une chemise blanche à boutons, une cravate et une paire de jeans foncés. Un dossier était posé sur la table, à côté de sa tasse de café.

« Bonjour, » dit-il, en tendant la main. « Kirk Peterson. »

« Mackenzie White, » dit-elle. « Je vous remercie d'avoir pris le temps de me rencontrer. »

« Sans problèmes. Je comprends que cette affaire récente pourrait avoir des liens potentiels avec la mort de votre père. »

« Et bien, c'est c'est que Porter m'a dit, » dit-elle. « Mais il n'avait pas beaucoup d'informations sur le sujet. »

« Soyez franche avec moi, » dit Peterson. « Vous essayez de jeter un œil sur cette affaire avant que les fédéraux ne s'en emparent, c'est bien ça ? »

« C'est bien ça. »

« Dans ce cas, je pense qu'il faut que je vous parle de l'enquête que je viens de terminer. » Il glissa le dossier vers elle mais n'en retira pas tout de suite les mains. « Il vaut mieux que vous vous penchiez dessus afin d'éviter les regards indiscrets. Si quelqu'un passe à côté de vous et voit certaines des photos contenues dans ce dossier, il pourrait étrangler son thé ou son latte. »

Elle ouvrit le dossier en se penchant dessus. Pendant qu'elle en examinait les documents et les photos, Kirk Peterson lui fit un résumé de l'affaire.

« Tout a commencé par une femme qui m'a appelé pour que je surveille son mari. Elle le soupçonnait de la tromper *et* de dilapider lentement l'épargne-étude de leur fils. Je me suis alors mis à le suivre et j'ai découvert qu'il ne trompait pas sa femme mais qu'il *avait* des réunions tardives avec un groupe de personnes que je soupçonne faire partie d'un cartel de drogue travaillant depuis le Nouveau-Mexique. Ça n'avait pas de sens car le type était plus propre que neige. Pas de casier judiciaire, aucun antécédent, entraîneur adjoint de l'équipe de football de son fils, la totale quoi.

« Alors une fois que j'ai eu assez de preuves à présenter à la femme et à la police, j'ai su que je devais prendre une décision difficile – une décision qui allait briser une parfaite petite vie de banlieue. Mais une demi-heure avant que je n'appelle la femme, j'ai reçu un appel. C'était la police locale du comté de Morrill, où l'homme résidait. Sa femme l'avait retrouvé mort dans leur chambre à coucher. Il avait reçu deux balles dans la tête. Elle était dans la maison quand ça s'est passé et elle ne se rappelait pas avoir entendu des coups de feu. »

Mackenzie examina plusieurs photos contenues dans le dossier. Son cœur s'arrêta. Les photos auraient pu être issues directement de ses cauchemars. Sur un lit, un homme gisait sur le ventre. Il y avait du sang sur les draps, sur la tête de lit et les murs. Elle ne pouvait pas voir le visage de l'homme, lui permettant d'imaginer encore plus facilement qu'il pourrait s'agir de son père.

« Et vous êtes certain que ce n'est pas la femme qui a fait le coup ? » demanda Mackenzie. « Elle pensait qu'il la trompait. Du coup, elle a peut-être été jalouse et… »

Elle s'interrompit, en sentant que son histoire tenait peu la route.

« J'y ai pensé aussi, » dit Peterson. « Mais ça ne colle pas. La police est certainement occupée à examiner cette possibilité et je suis sûr que les fédéraux vont la cuisiner quand ils récupéreront le dossier. Mais je suis presqu'absolument sûr que la femme n'a pas fait le coup. »

Il fit une pause, comme s'il attendait qu'elle assimile les informations. Il lui restait quelques documents à feuilleter, pour la plupart des photos de la scène de crime qui, heureusement, n'incluait plus le corps. Elle survola le reste du dossier de manière presque nonchalante mais elle s'arrêta soudain avant d'arriver au bout.

Elle cligna des yeux, comme pour s'assurer qu'elle y voyait bien. Elle fixa du regard l'une des photos… un document où deux images avaient été placées côte à côte. Durant un instant, elle en oublia même de respirer.

« Oui, » dit Peterson. « Je préférais que vous voyez ça par vous-même. Je ne serais pas parvenu à l'expliquer correctement. »

Elle se contenta de hocher la tête. Le document montrait deux images. L'une était la face avant d'une carte de visite et l'autre était l'arrière de la carte de visite avec quelque chose de gribouillé dessus.

« Ça a été retrouvé sur la scène du crime ? » demanda-t-elle.

« Oui. »

Elle fixa longuement le document du regard. Sur l'avant de la carte de visite, on pouvait lire :

Antiquités Barker : Neuf ou Ancien Rare Collection.

Les mots lui transpercèrent le cœur. Elle avait vu cette carte de visite auparavant – mais pas *exactement* cette carte de visite.

Elle avait été retrouvée dans la poche de son père après sa mort.

Mais les mots qui étaient inscrits à l'arrière de celle-ci la rendaient vraiment unique. Il n'y avait rien d'écrit à l'arrière de la carte de visite qui avait été retrouvée dans la poche de son père il y a presque vingt ans.

Elle regarda les mots gribouillés et sentit un sanglot monter dans sa gorge.

Un nom était écrit à l'arrière de cette nouvelle carte de visite, un nom tracé en lettres fines et penchées.

Benjamin White.

Le nom de son père.

CHAPITRE VINGT

« Ça n'a pas de sens. »

Les mots ne semblaient pas assez forts dans la bouche de Mackenzie. Vingt minutes s'étaient écoulées depuis qu'elle avait vu la photo de la carte de visite et ils avaient précipitamment quitté le Starbucks. Ils se trouvaient maintenant dans la voiture de Peterson. Il conduisait pendant qu'elle regardait à nouveau les documents, d'un air hébété.

« Je sais, » dit Peterson. « Peut-être qu'une visite sur les lieux pourra aider. J'ai cru comprendre que vous étiez un as pour disséquer les scènes de crime. »

« C'est dans le comté de Morrill, c'est ça ? »

« Oui. La maison se trouve à environ une heure quarante de route. Ça ne vous dérange pas d'être aussi longtemps en voiture ? »

Une heure et quarante minutes, pensa-t-elle avec une sorte d'humour pince-sans-rire. *De la rigolade, comparé à la distance entre Quantico et Strasburg.*

« Oui, » dit-elle. Elle n'était plus distraite par sa beauté maintenant. Le poids du dossier reposant sur ses genoux s'était fortement alourdi et c'était la seule chose sur laquelle elle parvenait à se concentrer. Elle regarda les photos de l'homme gisant sur le lit – un homme qui s'appelait Jimmy Scotts, d'après les informations indiquées dans le dossier. Elle fit de son mieux pour ne pas superposer l'image de son père sur les photos mais ce fut difficile.

« Cette connexion, » dit Peterson. « La carte de visite. Vous avez une idée ? »

« Aucune idée, » dit Mackenzie. « Quand mon père a été tué, les flics et le FBI ont cherché partout mais ils n'ont pas retrouvé les Antiquités Barker. Il y avait bien un endroit dans le Maine mais la carte de visite était très différente et l'entreprise appartenait à un vétéran de soixante-dix ans. Ils ont vérifié l'endroit à fond mais ils n'y ont trouvé aucune connexion. »

« J'ai obtenu les mêmes résultats, » dit Peterson. « On dirait que l'endroit n'existe pas. »

« Mais pourquoi imprimer des cartes de visite pour une entreprise factice ? »

« Je n'en ai aucune idée, » dit Peterson. « Je pense comme toi… ça n'a pas de sens. »

C'est un euphémisme, pensa-t-elle. Elle finit par éloigner le regard du dossier qui reposait sur ses genoux et se mit à regarder le paysage étrangement familier du Nebraska qui défilait à travers la vitre.

***

Leur parcours à travers le comté de Morrill les mena sur une route leur offrant une superbe vue sur Chimney Rock. Mackenzie admira son sommet au loin et, pour la toute première fois, elle réalisa que certaines choses du Nebraska lui manquaient, comme la beauté des grandes étendues, le sentiment de solitude ou le ciel ouvert.

Mais sa nostalgie fut de courte durée. Vingt minutes après avoir laissé Chimney Rock derrière eux, Peterson entra dans un petit quartier de banlieue. Il continua à avancer et prit quelques tournants avant de s'arrêter devant une mignonne petite maison à un étage.

« La femme est partie chez sa sœur à Omaha, » dit Peterson. « Elle m'a donné sa permission pour refaire une visite. La police locale est également d'accord. Honnêtement, je pense qu'ils espèrent que les fédéraux reprennent l'affaire le plus rapidement possible. »

Ils sortirent de la voiture de Peterson et entrèrent dans la demeure des Scotts. Bien que la maison soit vide, on sentait que l'endroit était encore récemment rempli de gens qui allaient et venaient. C'était un sentiment auquel Mackenzie s'était peu à peu habituée, depuis le jour où elle avait débuté en tant que détective, pas très loin d'ici d'ailleurs.

Peterson la guida à travers la maison, en direction de la chambre à coucher. Elle remarqua la boîte de mouchoirs posée sur la petite table du salon. Plusieurs mouchoirs utilisés étaient éparpillés sur la table et sur le sol. Elle observait chaque détail afin de se distraire : un cadre photo légèrement tordu pendu au mur, de la poussière sur le haut d'un pied orné de lampe dans le corridor et une figurine de Superman qui gisait au sol à l'extérieur d'une chambre à coucher plus loin dans le hall.

Mais elle n'eut plus l'occasion de se distraire quant Peterson ouvrit la dernière porte du corridor. Il l'ouvrit tout grand et Mackenzie le suivit à l'intérieur.

Les draps avaient été retirés du lit mais pour le reste, la scène était exactement pareille aux photos de Peterson, le corps en moins. Les éclaboussures de sang sur le mur et la tête de lit étaient toujours là.

« Ça fait combien de temps qu'il a été tué ? » demanda-t-elle.

« Il y a environ quarante-huit heures, » dit Peterson.

« Et quelqu'un d'autre est entré ici depuis que tu y es venu la dernière fois ? »

« Je ne pense pas. Peut-être des types de la police scientifique d'État. Juste parce que c'était mon enquête à l'origine, je ne suis pas vraiment policier, bien que l'épouse ait essayé que je sois en charge de l'affaire. »

Mackenzie contourna lentement le lit. Elle fit la grimace lorsqu'elle examina les éclaboussures de sang projetées sur le mur. Elles présentaient une légère inclinaison sur la droite, indiquant que le coup qui avait tué Jimmy Scotts avait été tiré à un certain angle. Le tueur se trouvait probablement sur sa gauche au moment où il appuya sur la détente. Scotts devait probablement être endormi pour recevoir une balle dans la nuque et ne pas bouger d'un millimètre.

« La femme était à la maison quand c'est arrivé, c'est bien ça ? » demanda-t-elle.

« Oui. Elle était dans le salon et regardait l'émission de Jimmy Fallon. Elle n'a su qu'il était mort qu'une fois qu'elle est venue au lit et qu'elle a senti le sang sur les draps. »

« Si elle regardait l'émission de Fallon, il devait être entre vingt-deux heures trente et vingt-trois heures trente, non ? »

« C'est aussi ce qu'on s'est dit. »

« Et vous êtes sûr que la femme n'est pas une suspecte possible ? »

« C'est extrêmement peu probable. »

« Serait-il possible que je lui parle ? »

« Je peux vous donner ses coordonnées si vous le voulez *vraiment*, mais je ne pense pas qu'elle veuille vous parler. Elle est complètement anéantie. Et je doute que vous puissiez lui parler plus tard. À moins que vous parveniez à vous faire assigner cette affaire. »

Elle observa la pièce et regarda derrière elle. Il y avait deux fenêtres le long du mur du fond. Elle se dirigea vers elles et les examina de près, cherchant à y trouver des signes d'effraction. Il y avait quelques éraflures le long du bord extérieur du cadre mais rien de plus.

« Je retourne dehors, » dit-elle.

« Vous allez jeter un coup d'œil aux fenêtres ? » demanda Peterson. « Je l'ai fait aussi, au cas où. Qu'est-ce que vous pensez ? »

« Je pense que les éclaboussures de sang ont été projetées à un angle, que le tueur *devait* se trouver derrière lui et qu'il a tiré de la gauche. Je pense aussi qu'il était très silencieux mais pas assez silencieux pour entrer par la fenêtre qui se trouve juste à côté du lit. Il a dû rentrer par une de ces autres fenêtres. Soit ça, soit par la porte d'entrée. »

Peterson émit un *hummm* en la suivant par la porte d'entrée et sur le côté du jardin des Scotts. Le jardin arrière était tout petit. La parcelle était envahie par une fine bande d'arbres qui séparait le pâté de maisons de celui d'à côté. Le jardin ne faisait environ qu'un are de superficie.

Elle s'approcha de la fenêtre mais il s'avéra qu'elle était un peu trop haute pour permettre d'accéder à l'intérieur. Ce qui l'amena instantanément à observer le sol, à la recherche de traces d'encoches – de ce que le tueur aurait pu utiliser en tant qu'échelle pour atteindre la fenêtre. Elle chercha durant quelques minutes mais sans succès. Elle examina ensuite le jardin à la recherche de tout objet qui aurait pu être utilisé pour grimper à la fenêtre. Mais elle ne vit toujours rien. Il y avait un vélo rouge, sûrement celui du fils de Jimmy Scotts, appuyé contre le mur arrière de la maison mais une vérification rapide ne lui permit de déceler aucun signe que quelqu'un l'ait utilisé en tant qu'échelle de fortune.

« Je vous fais la courte échelle ? » demanda Peterson en souriant, au moment où elle regardait de nouveau vers la fenêtre.

« Non merci, » dit-elle, en essayant que le ton de sa voix ne soit pas trop rude.

Ils retournèrent à l'intérieur, dans la chambre à coucher. Là, Mackenzie ouvrit les fenêtres, enleva le moustiquaire et jeta un œil dans le jardin. Avec la tête sortie par la fenêtre, elle pouvait regarder le pourtour de près. Mais elle ne vit rien qui indique un quelconque signe d'entrée par effraction.

Elle regarda de nouveau en direction du lit. « Est-ce que quelqu'un a vérifié les contacts de la victime pour voir s'il connaissait quelqu'un qui pourrait connaître un endroit répondant au nom d'Antiquités Barker ? »

« Pas que je sache. Vous pensez que quelqu'un devrait s'en occuper ? » demanda-t-il.

« Oui. Et le FBI assignera quelqu'un à cette tâche quand ils reprendront l'affaire. »

Sur ces mots, elle se dirigea vers le corridor. Peterson la suivit. Il était clairement intimidé par elle. « Vous en avez fini ici ? » demanda-t-il.

« Oui, je pense, » dit-elle. « Ça ne vous dérangerait pas de me ramener à… ? »

« Où ? » demanda-t-il. « À votre voiture ? »

Elle réfléchit durant un instant avant de lui demander : « Vous avez quelque chose à faire dans les prochaines heures ? »

« Non. Pas aujourd'hui. »

« Il y a une petite ville à environ une heure de route à l'Est d'ici. Belton. Vous la connaissez ? »

« Oui. C'est là où votre père… euh, où vous avez grandi, n'est-ce pas ? »

« Comment savez-vous cela ? » demanda-t-elle.

« J'ai lu les dossiers sur la mort de votre père quand cette affaire m'est tombée dessus, » dit-il. « Ça fait un peu partie de mon boulot de détective. »

« Ah, et bien, bon boulot. Ça ne vous dérange pas de m'y conduire ? Ça me ferait gagner un peu de temps, plutôt que me ramener jusqu'à Lincoln pour repartir avec ma voiture. »

« Bien sûr, pas de problème, » dit-il.

Ils se dirigèrent vers la voiture et se mirent en route en direction de l'Est. En très peu de temps, Mackenzie sentit sa gorge se serrer et sa respiration s'accélérer.

Vingt ans plus tard, elle retournait dans la maison où son père était mort… la maison de ses cauchemars.

D'une certaine façon, elle rentrait chez elle.

CHAPITRE VINGT ET UN

Mackenzie ne fut pas vraiment surprise de voir que la maison où elle avait grandi jusqu'à l'âge de onze ans était abandonnée. D'après son aspect, elle était même abandonnée depuis très longtemps. Elle se demanda si une autre famille s'y était installée après que la sienne ait déménagé il y a presque vingt ans.

D'ailleurs, la ville de Belton était toujours semblable à ce qu'elle était. Ça n'avait jamais été une grande ville, elle ne comptait qu'une population d'environ deux mille personnes quand Mackenzie était enfant. En la traversant, ils passèrent devant plusieurs commerces avec des fenêtres murées et des pancartes **À louer**. Seulement quelques endroits étaient restés en activité : le magasin du coin, le barbier et le café local. Elle était d'ailleurs assez surprise que ce dernier ne soit pas fermé car son activité ne pendait déjà plus qu'à un fil quand elle vivait encore ici.

La maison de son enfance semblait résumer le sort de la ville de Belton, au Nebraska. Le toit avait perdu la plupart de ses bardeaux. Le porche d'entrée tenait toujours debout mais semblait sur le point de s'effondrer. Les fenêtres étaient sales, couvertes d'une teinte brunâtre amenée par le temps et la négligence.

« Un petit nid douillet, n'est-ce pas ? » dit Peterson au moment où ils se dirigèrent vers le porche.

Mackenzie se contenta de laisser échapper un faible ricanement. Elle regarda à sa gauche et elle vit que la maison où ses voisins avaient vécu se trouvait dans le même état. Une vieille enseigne d'une agence immobilière était depuis longtemps tombée dans l'herbe haute du jardin. Au-delà de la maison des voisins, il n'y avait que des bois. Mackenzie regarda au-delà de la maison de son enfance et vit de fins arbres et, bien plus loin encore, le début d'un champ de maïs tout sec qui marquait le début de la propriété de quelqu'un d'autre.

Quand elle s'avança sur le porche, son cœur se mit à battre à tout rompre. *Tu vas vraiment faire ça ?*

Avant qu'elle n'ait eu le temps de réfléchir à la question, elle essaya d'ouvrir la porte d'entrée. Elle ne fut pas étonnée de la trouver verrouillée. Elle ne vit aucun signe d'agence immobilière et l'endroit était clairement laissé à l'abandon. Ce n'était la propriété de personne. Personne ne s'en tracassait.

Avec une certaine forme de plaisir, Mackenzie leva la jambe et frappa la porte d'un coup de pied. Elle avait très bien visé, juste en-dessous de la poignée. La porte s'ouvrit en volant et en emportant un morceau du chambranle vermoulu.

« Merde, » dit Peterson. « Vous êtes sûre de ce que vous faites ? »

« Si c'est un problème, le propriétaire peut m'envoyer la facture, » dit-elle.

Peterson haussa les épaules et lui fit signe d'entrer. « Après vous, » dit-il.

Mackenzie prit une profonde inspiration, se calma et entra dans la maison.

Voir la maison dans un tel état de négligence la rendait malade. Il n'y avait aucun meuble, aucune photo et aucun espace de vie. Elle ne vit que des pièces vides avec une moquette moisie et décolorée dans la plupart d'entre elles. Cette maison n'avait vraiment existé que dans ses souvenirs et ces souvenirs paraissaient maintenant lui avoir menti. Ça ne ressemblait en rien à l'endroit où elle avait grandi.

Elle se rappelait néanmoins quelle pièce avait été la salle de séjour. Elle pouvait également dire quelle chambre le long du corridor avait été la sienne et laquelle avait été celle de Stéphanie. Elle se rappelait très bien de tout ça, telles des informations qui auraient été inscrites à jamais dans son cerveau par le pouvoir des cauchemars. Elle savait très bien qu'elle pourrait passer du temps dans chacune de ces pièces et y avoir des souvenirs – certains bons souvenirs, même.

Mais elle n'était pas ici pour ça. Elle était ici pour faire face à son passé, faire face à un moment qui continuait à la hanter – faire face à un moment de son enfance qui avait soudainement ressurgi dans sa vie d'une manière très inattendue.

Elle ignora toutes les autres pièces et se dirigea directement vers l'arrière de la maison. Elle vit la porte de la chambre de ses parents et pendant un moment d'effroi, elle eut l'impression qu'elle y verrait le même spectacle que la nuit où elle avait ouvert cette porte et découvert le corps de son père.

Ses mains tremblaient et son cœur battait la chamade. Elle s'arrêta devant la porte et resta immobile durant un instant. Ensuite, sans même se retourner vers Peterson, elle dit : « J'aimerais avoir un peu de temps pour moi si ça ne vous dérange pas. »

« Bien sûr, » dit Peterson. « Je vous attends dans la voiture. Appelez-moi si vous avez besoin de moi. »

Elle hocha la tête d'un air absent, en continuant à fixer la porte du regard.

Quand elle entendit Peterson passer la porte d'entrée et ses pas faire craquer le vieux porche, elle tendit la main vers la porte et l'ouvrit.

Le temps d'un instant, elle eut la sensation de tomber dans le vide.

Qu'est-ce que tu fais ? Mais qu'est-ce que tu fais ici ?

La chambre avait l'air beaucoup plus grande sans ses meubles. L'absence du lit au centre de la pièce, point d'ancrage de ses cauchemars, créait une sorte de gouffre.

C'était néanmoins et sans aucun doute possible l'ancienne chambre de ses parents. Il y avait la petite marque de la table de nuit du côté de sa mère, le ventilateur kitsch au centre du plafond et, bien sûr, les légères éclaboussures bordeaux qui n'avaient jamais disparu de la moquette. Elle s'avança lentement dans la chambre et se plaça en-dessous du ventilateur, exactement à l'endroit où le lit se trouvait à l'époque. Elle prit une profonde inspiration et parvint à ne pas s'étouffer avec l'odeur de poussière, de moisissure et d'abandon.

La carte de visite des Antiquités Barker avait été trouvée dans la poche de son père, tout comme elle avait été retrouvée dans la poche de Jimmy Scotts. Alors qu'elle se tenait là dans cette pièce, elle se demanda qui la lui avait donnée et où est-ce qu'il avait bien pu la prendre. Elle se demanda également à quel endroit exactement de cette pièce l'assassin s'était-il tenu ?

Sans même se rendre compte qu'elle avait les yeux plein de larmes, Mackenzie s'agenouilla et se mit à examiner les vieilles éclaboussures de sang séché.

Elle sentait quelque chose qui bouillonnait en elle. Un peu comme un serpent qui déroulait ses anneaux. On aurait dit qu'il se mettait à envelopper son coeur et à envoyer ses vrilles un peu partout dans son corps. Toute la tristesse qu'elle avait pu ressentir en revisitant cette maison fut éradiquée, remplacée par ce qui ressemblait à une sorte de colère insidieuse.

Elle eut la sensation d'être mauvaise, l'impression d'être *sombre.*

Et c'était peut-être ce dont elle avait besoin.

Je déteste cette maison, pensa-t-elle. *Peut-être que je l'ai toujours détestée et que je ne l'avais pas compris.*

Elle se remit debout et se dirigea vers la fenêtre qui se trouvait à l'époque au-dessus de la table de nuit de sa mère. Elle regarda en direction du jardin envahi de végétation et de l'arbre presque mort qui se tenait à côté de l'allée. Toute cette scène, comme cette maison, avait l'air tirée d'un film muet en noir et blanc.

C'était une scène tirée du passé et c'était exactement là où elle devait rester.

Mue par une impulsion inattendue, Mackenzie serra le poing, prit son élan et frappa le mur de la chambre de toutes ses forces. Son poing traversa le plâtre et l'impact lui procura un sentiment de satisfaction. Elle ressortit sa main et vit qu'elle s'était un peu écorchée. Un minuscule point de sang apparut dans la poussière de plâtre.

Elle jeta un dernier coup d'œil autour de la pièce, puis se dirigea vers la porte. Elle ne prit même pas la peine de regarder une dernière fois derrière elle au moment où elle s'éloigna.

Le coup de poing avait été un acte immature, c'est vrai. Mais maintenant qu'elle s'éloignait de la pièce qui l'avait hantée pendant si longtemps, elle avait l'impression qu'elle la laissait finalement derrière elle pour de bon.

Elle analysa lentement la pièce, observant l'endroit à travers les yeux de quelqu'un qui en avait eu peur jusqu'il y a peu. Maintenant ce n'était plus qu'un fantôme qui l'avait poursuivie et qui revenait à la case départ où il avait commencé à la hanter.

Elle essaya de voir la pièce à travers les yeux d'un tueur discret plutôt qu'à travers ceux de la petite fille effrayée qui avait retrouvé son père mort sur le lit. C'était une petite pièce, encore rendue plus petite par le lit qui s'y trouvait alors. Selon les rapports concernant l'affaire la plus récente, la femme de Jimmy Scotts se trouvait dans la maison lorsqu'il avait été tué

Mackenzie fit un effort de mémoire et se rappela que tout le monde se trouvait à la maison le jour où son père était mort. Elle et Stéphanie se trouvaient dans leurs chambres respectives. Mackenzie se préparait à dormir, en lisant un chapitre de *Ramona the Pest.* Leur mère s'était endormie sur le divan, avec une bouteille de vin bon marché à ses pieds et la télé allumée en silence devant elle.

Mackenzie avait entendu le coup de feu mais n'avait pas réalisé ce que c'était. Ce ne fut que lorsqu'elle pensa avoir entendu un autre bruit qu'elle se leva pour aller jeter un coup d'oeil.

Quel bruit ?

Elle resta immobile. Avait-elle éliminé ce souvenir pour éviter d'y penser ? Est-ce que le fait de revisiter cette fichue pièce le lui avait rappelé ? Est-ce que…

Quel son c'était ?

Des bruits de pas. Elle avait entendu des bruits de pas. Puis la porte d'entrée qui s'ouvrait et se refermait silencieusement.

Ce fut à ce moment qu'elle abandonna son livre et qu'elle sortit dans le corridor. Elle s'était rendue directement dans la chambre de ses parents car elle voulait dire à son père qu'il y avait quelqu'un dans la maison… ou qu'il y *avait eu* quelqu'un dans la maison et qu'il en était ressorti.

Mais ce qu'elle vit dans la chambre ce soir-là avait enterré ce souvenir et l'avait renvoyé dans une sorte de spirale inconsciente.

Oh mon dieu, pensa-t-elle. *Quelqu'un est entré dans la maison pour le tuer. Et maman... elle était endormie sur le divan durant tout ce temps... assomée et probablement soûle et...*

Exactement comme la femme de Jimmy Scotts.

Il y avait une connexion là, une sombre réalité dont elle ne parvenait pas encore à comprendre le sens. Il y avait bien trop de similarités pour que ce soit une coïncidence.

Est-ce qu'elle sait ? Est-ce que maman sait ? Est-ce qu'elle avait...

« Non, » dit-elle tout haut.

Mais elle ne put s'empêcher d'aller jusqu'au bout de sa pensée : *Est-ce qu'elle avait quelque chose à voir avec tout ça ?*

CHAPITRE VINGT-DEUX

Peterson l'attendait à la voiture, assis sur le capot. Il regardait le champ de maïs séché qui se trouvait derrière la maison.

« Tout va bien ? » demanda-t-il.

« Oui, tout va bien, » dit Mackenzie. « Merci de m'avoir amenée jusqu'ici. »

« Pas de problèmes. Est-ce que je peux vous amener autre part ? »

« Non, je ne pense pas. Il faut que je réserve un vol pour retourner à Washington. »

« Ça me semble un voyage un peu gaspillé, » dit Peterson. « Vous être sûre de ne pas vouloir que je vous emmène autre part ? »

Il y *avait* bien un autre endroit auquel elle pensait mais elle ne voyait pas vraiment la nécessité de s'y rendre. C'était une prairie qui datait de son enfance, la même prairie où elle n'avait pas vu (mais où elle avait *entendu*) son père mettre fin aux souffrances d'un lapin blessé. Bizarrement, ce n'était jamais au lapin qu'elle pensait mais au cerf-volant qu'elle avait fait tomber.

En voyant cette image dans sa tête, elle eut presqu'envie de lui demander de l'y amener. C'était un bout de propriété privée qui se trouvait à une quinzaine de minutes de distance – un endroit que sa famille avait utilisé pour faire des pique-niques et d'innombrables parties de catch.

Mais un peu à l'image de la chambre à coucher qu'elle venait de laisser derrière elle, elle savait qu'il était temps de laisser la prairie et tous les souvenirs qui y étaient associés, derrière elle également.

« Non, ça va. Est-ce que vous pourriez juste me ramener à ma voiture ? Je pense que je vais aller passer la nuit dans un hôtel près de l'aéroport. »

Ils roulèrent en silence durant une demi-heure. Elle sentit que Peterson avait *envie* de dire quelque chose mais qu'il s'efforçait de résister. Mais apparemment, trente minutes, c'était sa limite en termes de silence.

« Alors… ce voyage pour venir ici… c'était une sorte d'exorcisme ? » demanda-t-il.

« Qu'est-ce que vous voulez dire par là ? »

« Et bien, vous êtes venue jusqu'ici pour examiner une scène de crime récente, puis une maison innocupée depuis au moins quinze ans. Vos efforts ne vous ont pas amené grand-chose et là, vous êtes sur le point de repartir. »

« Honnêtement, je ne m'attendais pas à trouver quoi que ce soit de concret, » dit-elle. « Mais ce que vous m'avez montré avec cette carte de visite… ça ouvre une toute autre perspective. Et je n'ai pas assez de temps devant moi pour pouvoir faire une enquête en bonne et due forme. Il faut que je sois rentrée à Washington demain et il est déjà quatorze heures trente. »

Elle garda pour elle la constatation déchirante à laquelle elle était arrivée tout à l'heure dans la maison. C'était quelque chose qu'elle avait l'intention de garder pour elle aussi longtemps que possible.

« Ça ne vous dérange pas que les fédéraux viennent prendre la relève ? » demanda Peterson.

« Je n'irais pas jusqu'à dire que ça ne me dérange pas, » dit-elle. « Mais j'imagine qu'il va bien falloir que je me fasse à l'idée. » Ce qu'elle omit de lui dire, c'était qu'elle essayait déjà de penser à un moyen de rester informée sur l'enquête, une fois que le FBI prendrait la relève.

« J'essayerai aussi de me maintenir informé au niveau local, » dit Peterson.

« Ce serait gentil, merci. »

« Alors… Ça vous plait le FBI, comparé au boulot de détective ici ? » demanda Peterson.

« Oui, je pense que c'était ce que j'étais destinée à faire. »

« Ce n'est pas trop oppressant ? »

« Ça l'était un peu au début… surtout avec la partie de l'académie. Mais ça en a vraiment valu la peine. Mais bon… j'imagine que rien ne peut se comparer à la liberté d'être un détective privé, non ? »

Il sourit et la regarda avec un clin d'œil malicieux. « C'est *en effet* une vie assez glamour. »

Au moment où il la regarda de cette manière, elle se rappela combien il était beau. Où ce genre de types s'étaient-ils cachés pendant qu'elle avait perdu son temps avez Zack ?

Le silence s'installa de nouveau entre eux. Mackenzie regarda les égratignures de ses articulations, causées par le coup qu'elle avait assené dans le mur de la chambre. Elle songea combien la maison s'était détériorée et elle s'en sentit libérée. L'endroit qui avait hanté ses cauchemars durant si longtemps n'était pas l'endroit effrayant et horrible qui l'avait poursuivie. C'était devenu une ruine. Maintenant qu'elle y avait fait face, peut-être qu'il y perdrait de son pouvoir sur elle. Maintenant qu'elle avait découvert le seul secret que cet endroit refermait, peut-être qu'elle pourrait finalement le laisser dans le passé.

Le trajet de retour vers le Starbucks où ils s'étaient retrouvés six heures et demie plus tôt passa trop rapidement. Elle était perdue dans ses pensées et dans son étrange et inhabituelle attirance pour Kirk Peterson.

« Vous allez juste vous reposer un peu avant de reprendre l'avion ? » demanda Peterson.

« Oui. Je vais réserver un vol pour demain matin aux aurores. Il se pourrait que sept ou huit heures de sommeil profond dans une chambre isolée avec rien à faire soit exactement ce dont j'ai besoin. »

« Un verre pourrait aussi être utile, » suggéra Peterson. « Peut-être un verre avec un certain détective privé ? »

Elle y pensa durant un instant. Ça ne pourrait pas lui faire de mal, non ?

Ben si, en fait, pensa-t-elle, *le fait de revisiter cette vieille maison t'a emmenée dans de sombres recoins – et ce n'est pas nécessaire d'y ajouter une couche d'alcool et de luxure.*

« Merci, mais non, » dit-elle. « J'apprécie vraiment votre aide, mais je pense que j'ai besoin de me reposer. Il y a une sorte de… je ne sais pas. La journée a vraiment été éprouvante émotionnellement en fait. »

Peterson hocha de la tête, clairement déçu mais il évita de s'épancher sur le sujet. « Je comprends, » dit-il. « Mais n'oubliez pas… je pensais ce que je vous ai dit. Je garderai un oeil ouvert et je vous contacterai s'il y a quoi que ce soit de neuf. Je suis sûr que votre vieil ami Porter en fera de même. »

« Merci, Peterson, » dit-elle.

Elle sortit de la voiture et se dirigea vers la sienne, qui était garée à deux places de parking plus loin. Quand elle se retourna, elle vit qu'il la regardait toujours. Il la regardait de la même manière qu'avait parfois Harry de la regarder – ou, de temps en temps, Ellington.

Elle apprécia l'attention, entra dans sa voiture et se mit à rouler vers l'aéroport. Mais elle savait déjà qu'elle n'irait pas dormir tout de suite. Peterson avait parlé d'aller boire un verre et c'était soudain tout ce à quoi elle parvenait à penser pour l'instant. Peut-être que quelques verres, seule dans une chambre d'hôtel, ne seraient pas aussi potentiellement dangereux que de se rendre dans un bar avec un détective privé beau comme un dieu.

Alors qu'elle approchait de l'aéroport, elle commença à chercher un hôtel qui ne soit pas un total dépotoir. Si elle allait passer une nuit à ne rien faire d'autre que se concentrer sur ses pensées et théories concernant l'affaire Little Hill (mais aussi bien sûr concernant son père), elle pouvait au moins se trouver une chambre convenable.

Alors qu'elle cherchait un motel qui n'ait pas l'air infesté de cafards, son téléphone se mit à sonner. Quand elle vit le nom qui s'affichait sur l'écran, ses épaules s'affaissèrent. C'était Bryers. Et si Bryers appelait, c'était probablement pour annoncer de mauvaises nouvelles.

« Hé, Bryers, » dit-elle. « Je te manquais déjà, c'est ça ? »

« Bien sûr, mais ça n'a rien à voir, » dit-il. « Je déteste te faire ce coup-là mais j'ai besoin que tu reviennes au plus tôt à Strasburg. »

« Pourquoi ? » demanda-t-elle, le coeur battant la chamade.

Il s'éclaircit la voix et, au vu de la longue pause qui s'ensuivit, elle sut que ça n'allait pas être une bonne nouvelle.

« Quelqu'un a disparu dans le parc de Little Hill. »

CHAPITRE VINGT-TROIS

Même en prenant un vol de nuit décolant à minuit quart avec un court transit à Chicago, Mackenzie n'arriva pas à Dulles avant neuf heures dix le lendemain matin. Elle était arrivée huit heures avant la fin du délai de quarante-huit heures que lui avait donné McGrath mais elle avait tout de même l'impression d'être en retard et de ralentir l'enquête.

Bryers la retrouva à l'aéroport et la mit rapidement au courant tout en se faufilant à travers le flux de trafic qui se dirigeait vers Washington. Bryers put néanmoins éviter le trafic le plus dense en sortant de l'autoroute pour se diriger de nouveau vers Strasburg.

« Hier après-midi, un garde-forestier faisait sa patrouille et a trouvé une voiture garée sur le bas-côté, à proximité d'une des routes de maintenance dans la partie Nord du parc. Il a suivi quelques perturbations dans le feuillage mais n'a rien pu trouver. Il y avait quelques empreintes de pas mais rien qui ait pu nous être utile. N'importe quel autre jour, il ne se serait pas plus tracassé que ça. Mais vu les circonstances, ils y ont mis le paquet. La police d'État va nous envoyer un hélicoptère en fin de journée pour avoir une meilleure couverture du parc depuis les airs. »

« Qui est la personne disparue ? » demanda-t-elle.

« Ils ont vérifié les plaques d'immatriculation et la voiture appartient à Brian Woerner, vingt-cinq ans. Un habitant de Strasburg. Sa maison se trouve à moins d'un kilomètre du parc. »

« Alors il a réussi à se faufiler dans le parc ? »

« On dirait bien. Même si ce n'était pas vraiment *se faufiler*. Il connaissait les routes secondaires et les anciennes voies de recoupe. Et ça, c'est *s'il* est vraiment entré dans la forêt. Mais on dirait bien que ce soit le cas. Clements et ses hommes se sont rendus chez Woerner et il ne s'y trouvait pas. On a vérifié avec sa famille et ils ne l'ont pas vu depuis deux jours. Alors pour l'instant, on suppose qu'il est la prochaine victime. »

« Merde. Bryers, je suis désolée d'avoir manqué tout ça. »

« Ne te tracasse pas. Mais maintenant, on n'a pas beaucoup de temps devant nous. Alors on va directement chez sa mère pour essayer d'obtenir des informations. Elle sait déjà que son fils a disparu, alors le plus difficile est terminé. »

Mackenzie comprenait d'où venait un tel commentaire mais elle ne se faisait aucune illusion. Elle savait que le plus difficile était loin d'être terminé. En fait, elle était persuadée qu'ils étaient en plein dedans et qu'ils devaient maintenant trouver une issue.

***

Wendy Woerner n'était plus que l'ombre d'elle-même et c'était bien compréhensible. Ça faisait moins de vingt heures qu'on lui avait annoncé que son fils avait disparu et que sa disparition pouvait avoir un lien avec une série de meurtres qui avaient eu lieu dernièrement dans la région – meurtres attribués au tueur du camping, comme l'avaient surnommé les médias.

Quand Mackenzie et Bryers prirent place dans son salon, ce fut la soeur de Brian qui répondit à la plupart de leurs questions. Elle avait dix-huit ans et, bien qu'il soit évident que la nouvelle l'ait également profondément affectée, elle faisait de son mieux pour rester forte pour sa mère.

La sœur de Brian s'appelait Kayci et quand elle leur offrit du café, Mackenzie accepta avec plaisir. Elle n'avait pas du tout dormi pendant le trajet retour vers Dulles, ce qui faisait qu'elle n'avait eu que six heures de sommeil en tout sur les deux derniers jours.

« Est-ce que votre frère a pour habitude de passer du temps dans cette forêt ? » demanda Mackenzie. Elle veillait bien à conjuguer ses verbes au présent et non au passé. Utiliser la forme du passé alors qu'ils ne savaient pas encore ce qui était arrivé à son frère, aurait été maladroit.

« Pas que je sache, » dit Kayci. « En fait, il n'est pas trop du genre à passer beaucoup de temps en plein air. »

« Donc on peut dire en toute sécurité qu'il est surprenant qu'il se soit rendu dans le parc ? »

« Tout à fait. »

« À quand date la dernière fois où vous lui avez parlé ? » demanda Mackenzie.

« Il y a deux jours, » dit-elle. « Il m'a demandé si je voulais voir un film avec lui. Il n'a pas beaucoup de vie sociale, alors c'est souvent moi qu'il appelle pour faire des trucs. »

« Il est un peu du genre solitaire ? »

« Oui, mais par choix. Il s'enferme chez lui et passe son temps en ligne. Il a ce blog qui est un peu sa raison de vivre. »

« Quel sorte de blog ? » demanda Mackenzie.

Kayci leva les yeux au ciel et sourit en pensant à son frère. Elle sortit son téléphone, y tapa rapidement quelque chose, puis le tendit à Mackenzie.

« Ça, c'est son blog, » dit-elle. « C'est un obsédé des théories de la conspiration. Il a mené une campagne de financement sur Kickstarter pour commencer un podcast mais ça n'a jamais abouti. »

Mackenzie fit défiler quelques entrées du blog. Il y avait des articles écrits par Brian sur les Illuminati, Bohemian Grove, MK Ultra et une tentative récente de propager un virus de la grippe parmi la population américaine à travers des sources d'eau locales.

Une pensée traversa l'esprit de Mackenzie au moment où elle rendait le téléphone à Kayci. « Savez-vous s'il conservait des cahiers de notes ou des dossiers sur les histoires qu'il envisageait d'écrire ? »

« Oui, des tonnes, » dit Kayci. « Il gardait toutes ses notes dans des cahiers en velours. Maman en a quelques-uns ici. Elle est allée chez lui ce matin pour y faire ses propres recherches et… et bien, ça s'est plutôt mal terminé. Elle a ramené quelques-uns de ses cahiers ici. »

« Je pourrais les voir ? » demanda Mackenzie.

« Bien sûr. Attendez un instant. »

Kayci se leva et se rendit dans la pièce d'à côté. Quand elle fut partie, Mackenzie se mit à observer Bryers. Il avait l'air hébété et très fatigué.

« Tout va bien ? » demanda-t-elle.

Il hocha la tête mais resta silencieux. Il n'avait pas l'air convaincant du tout. Elle se demanda s'il n'était pas un peu fâché qu'elle n'ait pas été là quand cette partie de l'affaire avait surgi. Elle eut envie d'en savoir un peu plus mais avant qu'elle n'ait eu le temps de lui poser plus de questions, Kayci était déjà de retour dans la pièce où ils se trouvaient.

Au moment où elle tendit une pile de quatre cahiers à Mackenzie, Bryers se mit à tousser derrière elle. C'était une toux qui sonnait creux, une toux sèche, comme une bronchite mais sans mucosités.

Alors qu'elle feuilletait les cahiers, Mackenzie tomba tout de suite sur quelque chose qui attira son regard. Le cahier en haut de la pile était apparemment le plus récent, vu que les dernières notes qui y avait été rédigées dataient d'il y a seulement deux jours – le jour où elle était partie pour le Nebraska. Il n'y avait qu'une seule note datant de ce jour, tracée d'une écriture rapide et légèrement bâclée.

Elle disait :

Forte présence policière au parc naturel de Little Hill, complètée par la présence de drones. Pourquoi ? Des personnes disparues, des recherches spéciales mandatées par l'État ? Les informations locales ONT mentionné le fait qu'un corps y avait été récemment retrouvé mais n'avait pas donné beaucoup de détails. Qu'est-ce qui se trame ?

« Vous aviez déjà jeté un œil à ce cahier ? » demanda Mackenzie.

« Oui, j'ai feuilleté la plupart d'entre eux, » dit Kayci. « Mais il était toujours comme ça… méfiant vis-à-vis du gouvernement. Pourquoi ? Vous pensez que les dernières notes ont une signification ? J'imagine que ça expliquerait pourquoi il se serait aventuré dans le parc. »

« Peut-être, » dit Mackenzie, bien qu'elle soit certaine qu'il s'agissait là d'une piste solide. Elle finit le reste de son café et se mit debout.

Bryers fit de même derrière elle et Mackenzie remarqua qu'il bougeait au prix de gros efforts. On aurait dit qu'il était sur le point de s'endormir. Il avait le regard vitreux et elle se demanda ce qui avait bien pu lui passer pendant le court laps de temps où elle était partie.

Mackenzie tendit la main et serra celle de Kayci. « Merci pour le temps que vous nous avez consacré et pour votre aide. Nous allons faire tout ce qui est en notre pouvoir pour retrouver votre frère et le ramener à la maison. » Puis elle se tourna vers Wendy, qui se tenait toujours immobile dans un fauteuil de l'autre côté du salon.

« Merci encore, madame Woerner, » dit Mackenzie.

Wendy resta silencieuse. Elle ne hocha même pas de la tête. C'était une pensée morbide mais Mackenzie ne pouvait pas s'empêcher de se demander si la mère ne s'était pas déjà résignée au fait qu'il y avait de grandes chances que son fils soit mort au moment où il serait retrouvé.

Mackenzie et Bryers sortirent de la maison et se dirigèrent vers leur voiture. « Que penses-tu de cette dernière note qu'il a rédigée dans son cahier ? » demanda Mackenzie. « Si Brian Woerner animait un blog traitant de la méfiance envers le gouvernement et de théories de la conspiration, il ferait probablement n'importe quoi pour découvrir pourquoi il y avait une telle présence policière dans le parc – et spécialement pourquoi il y avait un drone. Il a l'air d'être du genre Alex Jones. »

« Oui, ça doit être ça, » dit Bryers, en ouvrant la portière du côté chauffeur. « Il a dû voir le drone survoler le parc et ça a attisé sa curiosité. Peut-être qu'il… »

Mais il ne finit pas sa phrase. Au moment où Mackenzie s'assit dans le siège passager, elle l'entendit tousser puis un bruit sourd se fit entendre sur le côté de la voiture. Elle regarda dans la direction du bruit et elle vit qu'il était tombé en avant et tentait de se retenir comme il pouvait.

Mackenzie sortit précipitamment du véhicule, contourna le capot et se rua aussi vite que possible de son côté. Elle arriva juste à temps. Au moment où elle l'atteignit, il commençait à s'effondrer. Mackenzie le prit par le bras et il s'appuya sur elle de tout son poids.

« Bryers ? Bryers, qu'est-ce qui se passe ? »

Il secoua la tête et laissa échapper un profond soupir.

Il prit un moment pour reprendre ses esprits. Il se mit lentement à récupérer des forces Il s'appuya sur le côté de la voiture et cligna rapidement des yeux comme quelqu'un qui aurait perdu connaissance.

« Et bien, c'est gênant, » dit-il tout bas. « Je suis désolé, Mac. »

« Désolé ? Désolé pour quoi ? »

« Pour ne pas avoir été honnête avec toi. Pour ne pas te l'avoir dit plus tôt. »

« Me dire quoi ? »

Il la regarda avec des yeux remplis d'émotion et lui dit : « Que je suis occupé à mourir. »

CHAPITRE VINGT-QUATRE

« Mourir ? » dit Mackenzie, sur un ton paniqué et résonnant de manière un peu trop agressive à l'intérieur de la voiture.

Bryers avait refusé d'en parler tout de suite. Dix bonnes minutes s'étaient écoulées depuis qu'il avait été sur le point de s'écrouler. Ils étaient actuellement en route pour le commissariat de police de Strasburg pour voir Clements et Smith. Maintenant qu'il avait l'air d'avoir repris ses esprits et qu'il ne craignait plus de s'effondrer, il était plus ouvert à l'idée d'en parler. Mais Mackenzie avait tout de même insisté pour conduire.

« Oui. Et assez rapidement, apparemment. »

« Comment peux-tu être aussi désinvolte à ce sujet ? » demanda-t-elle. Elle était partagée entre la colère et la préoccupation et ne parvenait pas à choisir entre les deux.

« Il faut bien, » dit-il. « Les médecins disent qu'il est de toutes façons trop tard pour y changer quoi que ce soit. Alors, soit je me tracasse inutilement et je me plains sur mon sort, soit je tire ma révérence sur une note plus positive. »

« Qu'est-ce que tu as ? » demanda-t-elle. « Qu'est-ce qu'ils t'ont diagnostiqué ? »

« Stade quatre d'hypertension pulmonaire, » dit Bryers. « Apparemment j'en souffrais depuis des années mais je n'en savais rien. Quand je suis allé voir un médecin pour de légères douleurs dans la poitrine et un sentiment d'essoufflement, c'était déjà trop tard. »

« Mon dieu, » dit-elle, sa colère maintenant disparue et sa préoccupation prenant le dessus. « Il n'y a *rien* qu'ils puissent faire ? »

« Il existe des traitements et des médicaments expérimentaux mais sans garantie de vrais résultats. Je pourrais les essayer mais on m'a dit que les chances de réussite étaient minimes. Je pourrais choisir de rester dans un hôpital pour essayer toutes ces différentes possibilités mais si ça échoue, j'aurai passé le reste de ma vie dans un fichu lit d'hôpital. Et il est hors de question que ça arrive. »

« Combien de temps tu as devant toi ? » demanda-t-elle.

Bryers hocha la tête. « Je ne vais pas parler de ça avec toi, » dit-il. « La dernière chose que je veux, c'est d'une partenaire qui me surveille comme si j'étais un gosse. Sans vouloir te vexer… »

« Et garder ça pour toi te fait passer pour une sorte de vieil ermite qui a envie qu'on lui foute la paix. Une de ces personnes qui pensent que personne ne peut les aider. *Sans vouloir te vexer…* »

Il eut un petit sourire en coin. « Tu sais comment faire valoir tes arguments, hein ? »

« Combien de temps, Bryers ? »

« Au maximum, peut-être dix-huit mois. »

« Et au minimum ? »

Il soupira et regarda par la vitre. « Peut-être six. »

« Mon dieu… »

« Ça va, je m'y suis fait, » dit Bryers. « Honnêtement, ça n'affecte pas trop mon quotidien. »

« Excepté quand tu es soudain sur le point de t'évanouir, » dit Mackenzie, avec un peu de rancune.

« Oui, excepté pour ça. »

« Comment ça se fait que McGrath te laisse travailler avec un tel diagnostic ? » demanda-t-elle.

« Parce qu'il n'en sait rien. Je ne lui ai rien dit. Et tu ferais mieux d'en faire de même. N'oublie pas, Mac… Je garde aussi un de tes secrets. »

Elle le regarda, d'un air consterné. « Bryers… tu ne peux pas… »

« Je ne passerai pas la fin de ma vie dans un hôpital, » dit-il. « Mais je vais te promettre une chose. Je te *promets* que lorsque l'affaire de Little Hill sera résolue, j'arrête. Je parlerai à McGrath et j'irai chez moi attendre que la mort arrive. »

Mackenzie fit la grimace. « Arrête d'être aussi fataliste. »

Bryers se mit à rire, un rire qui se transforma en toux au moment où il diminua d'intensité. « Je suis occupé à mourir, Mac. C'est le moment *parfait* pour être fataliste. »

Mackenzie sentit la colère refaire surface – pas seulement vis-à-vis de la situation en elle-même mais vis-à-vis de son incapacité à la contrôler. Elle pensa qu'elle réagirait probablement de la même manière si elle se trouvait dans la même situation. Elle s'acharnerait au travail jusqu'à ce qu'elle ne soit plus capable de fonctionner. Elle serra les mâchoires et fit de son mieux pour ne pas s'en prendre à lui – et pour ne pas pleurer.

« Je ne compromettrai pas cette affaire, » dit Bryers. « Tu as ma parole. Si je me sens à nouveau faible comme ça m'est arrivé chez les Woerners, je te le ferai savoir et je m'éloignerai un instant. »

« Ce n'est pas l'affaire qui me tracasse, » dit-elle. « C'est *toi* qui me tracasses. »

« Comme je viens de te le dire, c'est trop tard maintenant. Alors je vais faire de mon mieux pour me rendre utile pendant le temps qu'il me reste. Et ne le prends pas mal mais je n'ai vraiment plus envie d'en parler. Le sujet est clos. »

Il prononça ces derniers mots sur un ton sévère qu'elle n'avait jamais entendu auparavant venant de lui. Ça la contraria mais à nouveau, elle en comprenait la raison. Elle gérerait probablement la situation de la même manière si les rôles étaient inversés. Alors elle ne dit rien. La voiture resta silencieuse durant tout le reste du trajet jusqu'au commissariat de police de Strasburg.

***

Trois heures plus tard, l'épuisement lui tomba dessus. Heureusement, ce fut après avoir parlé avec Clements et Smith, une réunion durant laquelle elle était parvenue à ne pas s'endormir. Pour l'instant, il n'y avait aucune piste menant à la quatrième victime, excepté la présence de sa voiture qui n'avait fourni aucun indice supplémentaire. Ils s'étaient partagé les tâches afin de continuer à travailler sur l'enquête. Les garde-forestiers continueraient à sonder la forêt, Clements et ses hommes maintiendraient les barrages aux entrées et sorties du parc et Mackenzie et Bryers seraient chargés d'en découvrir davantage sur la personnalité de Brian Woerner. Est-ce qu'il avait des ennemis ? Est-ce qu'il avait créé des problèmes sur son blog ?

Mackenzie supposa qu'elle allait passer sa soirée à réviser toutes les entrées du blog, et spécialement la section des commentaires, une fois qu'elle serait rentrée dans sa chambre d'hôtel.

Mais ces projets furent modifiés au moment où ils sortirent du commissariat de Strasburg et qu'elle vit Harry Dougan debout près de sa voiture.

Il lui sourit comme s'il venait lui rendre un grand service. Elle ne fit même pas semblant de lui sourire en retour. Elle se demanda pourquoi McGrath leur envoyait davantage d'agents quand il savait très bien que c'était déjà tout un cirque avec les garde-forestiers, la police locale et la police d'État.

Bryers sourit à Mackenzie et entra dans la voiture. Il salua Harry de la main de manière peu enthousiaste au moment où il s'assit dans le siège passager. Il se mit alors à consulter ses emails sur son téléphone, leur laissant un peu d'espace.

« Qu'est-ce que tu fais ici ? » lui demanda Mackenzie.

« J'ai deux jours de libre, » dit Harry. « J'ai pensé venir voir si je pouvais vous donner un coup de main. J'ai entendu qu'il y avait une possible quatrième victime. »

« Ça va, on s'en sort très bien, Harry, » dit-elle.

« Toi et Bryers ? Et les garde-forestiers, d'après ce que j'ai entendu. Ouais… trop de chefs en cuisine, hein ? »

« Exactement. Et c'est pourquoi je ne comprends pas ce que tu viens faire ici. »

« Je suis venu sur mon temps libre, » dit-il. « J'avais envie de venir donner un coup de main. J'avais envie de te voir. »

« Mon dieu, Harry, vraiment ? Écoute… Je vais te dire ça au moins une fois en essayant de rester *plus ou moins* calme mais après ça, je ne te promets pas de rester sympa. Je ne veux pas que tu sois là. Il y a trop de choses sur le feu et je n'ai aucune envie de t'ajouter sur la pile d'emmerdes à gérer. »

« Des emmerdes à gérer ? » demanda-t-il. « Qu'est-ce que tu veux dire par là ? »

Elle ne pouvait même pas le regarder dans les yeux. Pour une raison qu'elle ne s'expliquait pas vraiment, le fait qu'il surgisse de manière imprévue comme une sorte de chevalier en armure dorée l'énervait au possible.

« Ce que je veux dire par là, c'est que j'ai d'autres choses à gérer dans ma vie que cette affaire pour l'instant, » dit-elle. « Et je n'ai pas besoin que tu sois là et me rendes les choses encore plus compliquées. »

« OK mais j'ai fait la route jusqu'ici. Alors est-ce qu'on pourrait au moins aller dîner ensemble ? »

« Non, ce n'est pas possible, » dit-elle.

« Mais qu'est-ce qui ne va pas ? » demanda-t-il. « Je pensais que tu serais heureuse de… »

« De *quoi* ? » hurla-t-elle. « De tourner poliment autour du pot et du fait que tu aies un faible pour moi et que je m'efforce de ne *pas* le rejeter en bloc ? Oublie, Harry. Et bien que tu sois un bon agent, nous n'avons pas besoin de toi ici. Alors les raisons pour lesquelles tu es venu jusqu'ici sans y avoir été invité sont inutiles. Alors, s'il te plait… va-t'en. »

Elle vit du chagrin lui traverser le visage durant une fraction de seconde avant de lui tourner le dos et de rentrer dans la voiture. Elle claqua la portière, démarra le moteur et fit sans attendre une marche arrière pour sortir de sa place de parking. Elle lui jeta un dernier coup d'œil avant de s'en aller, ayant l'impression d'avoir été un peu cruelle en étant aussi hostile.

« Aïe, » dit Bryers.

Elle hocha la tête, toujours énervée. « Oui, j'aurais sûrement pu gérer ça beaucoup mieux. Mais je n'ai vraiment pas de temps à perdre avec… avec des bêtises sans importance. J'ai l'impression que le temps joue contre nous. »

Bryers hocha la tête, en regardant d'un air grave à travers la vitre.

« Je connais très bien ce sentiment. »

CHAPITRE VINGT-CINQ

Les forêts de Virginie pendant la nuit lui faisaient l'effet d'un concert privé de musique classique. Il les écoutait, assis dans une vieille chaise en bois, en sirotant un breuvage que son père appelait autrefois la Foudre Blanche – une recette qui était passée dans sa famille de génération en génération, depuis l'époque où la Prohibition avait presque ruiné ce pays.

Franchement, il se fichait pas mal du goût que ça avait. De toute façon, ça n'avait pas beaucoup de goût. Mais il en aimait la chaleur. Il aimait la manière dont ça le déconnectait presque du monde quand il en avait assez.

En général, il s'en remplissait à ras bord lorsqu'il se mettait à travailler. Capturer les gens pour lui permettre de propager sa joie était facile. Ils lui étaient amenés naturellement, offerts par des mains bien plus tendres que les siennes. Mais quand venait le moment de retirer les graines des personnes qu'il gardait dans le trou creusé dans le sol de sa pièce arrière, il avait besoin de la douce chaleur de ce breuvage. Il avait besoin de se sentir plus léger que tout ce qui l'entourait. Il avait besoin de se sentir détaché. C'était un travail horrible mais nécessaire.

Il regarda la lune au-dessus des arbres. Quelque chose avait survolé la forêt quelques heures plus tôt. Un de ces drones dont il avait lu un article dans un magazine quelques mois plus tôt. Il supposa que ça voulait dire que la police le recherchait. Il savait que ça finirait par arriver. C'était d'ailleurs la raison pour laquelle il avait fait une aussi longue pause après la première victime. Il avait eu peur, certain que la police finirait par découvrir ce qu'il faisait.

Mais au fond, pourquoi ils ne le découvriraient pas ? Quand il avait entendu l'appel pour la première fois, il avait su qu'il devrait finir par se sacrifier. Et ce n'était pas un problème pour lui. Qui était-il ? À part un serviteur de tout ce qu'il avait devant les yeux ? L'obscurité enveloppa les arbres, les rares nuages effleurèrent les rebords de la lune et il entendit le bruit des crickets, des rainettes et même le cri d'un huard au loin.

Oui, il avait été appelé. Il avait été appelé pour faire couler le sang et pour rendre les semences vivantes de la chair humaine à la terre dont elles provenaient.

Il sentait que son oeuvre était presque terminée. Ça voulait dire que soit ce quatrième sacrifice terminerait sa tâche, ou soit que la police allait bientôt le retrouver. Ça, il n'en avait aucune idée. Et ce n'était pas un problème de ne pas savoir car il n'était pas *sensé* savoir.

Avec la tête lourde et l'estomac gargouillant, il rentra dans sa cabane. L'endroit était rempli par l'odeur de la gnôle qu'il était occupé à preparer. Elle fermentait dans deux grands seaux au fond de son espace de vie central. Alors qu'il se dirigeait dans cette direction, il distingua les bruits émis par son prochain sacrifice qui se trouvait dans la pièce d'à côté.

Il avait appris sa leçon avec la dernière victime. Elle avait failli lui échapper, ce qui le força à revoir la manière dont il les maintenait sous contrôle. En étant si près du but, tout devait être parfait.

Il n'était pas encore prêt à tuer celui-ci. Les sacrifices devaient d'abord souffrir. Ils devaient ressentir un réel danger, une réelle faim. Ils devaient apprécier leur mort au moment où elle arrivait. Ça rendait leur chair et leur sang plus adaptés à la terre – plus riches et plus purs.

Il s'avança dans l'annexe à sa petite cabane. Il regarda l'établi, la massue et la hache. Puis il regarda en direction des plaques de contreplaqué qui se trouvaient au sol, contenant le prochain sacrifice. L'homme qui s'y trouvait était silencieux depuis au moins une heure.

Juste pour vérifier, il frappa du pied sur les plaques de contreplaqué. Immédiatement, l'homme dissimulé dans le trou en-dessous d'elles se mit à geindre. Il pleurait, hurlait et suppliait à la fois.

Il hocha la tête et retourna en direction de ses seaux. La gnôle n'était pas encore *tout à fait* prête mais n'en était pas loin. Il en remplit un peu son bocal, en prit une longue gorgée et sentit la chaleur l'envahir.

Un jour.. peut-être deux, tout au plus.

Ce serait aussi le moment où il tuerait cet homme – l'homme qui serait probalement le dernier sacrifice à la forêt – à la nature.

Il se demanda s'il ne devrait pas leur expliquer son œuvre avant de les tuer. Peut-être qu'ils apprendraient alors à l'apprécier un peu plus. Peut-être que ça rendrait la certitude absolue de la mort plus facile à accepter.

Mais au moment où il levait sa hache ou toute autre lame, il avait souvent vu quelque chose dans leurs yeux : une absence d'expression, un vide total, qui semblait les emporter loin de là au moment de leur dernier hurlement. Et en cet instant final, il savait qu'il était impossible de les raisonner. Ils ne comprendraient rien.

Personne ne comprendrait jamais rien – à moins qu'ils aient, eux aussi, entendu l'appel.

Un appel afin d'établir une nouvelle voie pour la nature. Un appel pour remettre les choses à zéro.

Il estimait qu'il faisait le travail de Dieu, en fait. Il transformait la saleté des préoccupations humaines ent quelque chose de divin. Il rendait le sang, la chair et les abats à la terre dont ils provenaient. Et dans ce sens, c'était un saint.

Il entendit le prochain sacrifice gémir faiblement dans la pièce à l'arrière. Le sacrifice avait déjà l'air de savoir que son temps était compté.

Certains devaient juste payer leur dû plus tôt que d'autres.

CHAPITRE VINGT-SIX

Mackenzie se sentait vaincue alors qu'ils roulaient en direction de Quantico le lendemain matin. Elle mangeait un pain saucisse qu'elle avait pris à emporter et elle se demandait pendant combien de temps encore elle pourrait maintenir ce rythme. Il était six heures quarante-cinq quand ils passèrent le panneau leur indiquant qu'ils quittaient Strasburg. Ils partaient sans avoir réussi à trouver une quelconque piste et aucun indice permettant de retrouver une potentielle quatrième victime.

Elle savait qu'il n'y avait pas de raison de se sentir vaincue. Mais quand McGrath les avait appelés et leur avait donné l'ordre de rentrer car il trouvait que c'était inutile pour eux de rester près de Little Hill, qu'était-elle supposé penser d'autre ?

Ce début de matinée fut laborieux. Quand elle arriva finalement chez elle un peu après huit heures du matin, elle prit le temps de prendre une longue douche. Alors qu'elle restait là sous l'eau chaude, relâchant ses muscles au maximum, elle fit de son mieux pour se préparer à une journée remplie de recherches, en sachant qu'un tueur était probablement toujours actif à Strasburg. Il était prévu que l'hélicoptère survole le parc plus tard dans la journée et il y avait un faible espoir que ça aide à l'enquête. Mais elle savait aussi que l'État était avare avec ses ressources et que s'il n'y avait pas de résultats dans un jour ou deux, l'hélicoptère serait renvoyé là d'où il provenait.

Elle quitta son appartement aussi rapidement que possible, ressentant le besoin d'être productive. Elle se rendit aux bureaux et passa plusieurs heures à compiler les différentes biographies des victimes pour en arriver à la conclusion qu'elles n'avaient rien en commun. Elle demanda même à un stagiaire de faire des vérifications afin de savoir si certains des noms repris dans la section des commentaires sur le blog de Brian Woerner pourraient être celui de l'une de leurs victimes. Mais elle n'obtint aucun résultat non plus.

Et si ce n'était pas déjà assez frustrant comme ça, elle avait deux autres obstacles monumentaux en tête : l'annonce de la maladie mortelle de Bryers et l'éventuelle réouverture de l'enquête sur la mort de son père. Elle s'attendait à ce que McGrath l'appelle à tout moment pour l'informer que le FBI allait s'occuper d'une nouvelle affaire au Nebraska, qui était liée à l'enquête sur la mort de son père. Mais pour l'instant, il n'y avait encore rien eu.

Et, dans un sens, ce n'était pas plus mal. Car maintenant elle envisageait l'idée choquante que sa mère puisse avoir été au courant. Et ce serait une piste énorme. Et puis il y aurait beaucoup de questions posées sur le fait qu'elle n'ait pas encore contacté et parlé avec sa mère.

Et ce n'était pas des questions auxquelles elle se sentait prête à répondre.

Et en plus de tout ça, elle savait aussi qu'elle n'avait vraiment pas bien traité Harry. Bien qu'elle sache qu'il s'agisse plutôt d'un mauvais timng de sa part et rien d'autre, elle était plutôt contente que ça se soit terminé. Le pansement avait été arraché d'un coup sec et elle pouvait maintenant éliminer totalement cette partie incertaine de sa vie.

Peu après qu'elle ait fini sa pause déjeuner, cherchant toujours une quelconque connexion dans les entrées du blog de Brian Woerner, elle se retrouva à regarder les copies digitales des photos que Kirk Peterson lui avait fournies. Elle examina les deux côtés de la carte de visite des Antiquités Barker. Voir le nom de son père écrit à l'arrière, c'était comme regarder une sorte de relique hors du temps, une nouvelle découverte qui pourrait permettre de rectifier les convictions passés sur une civilisation disparue.

Cela changeait tout. Ça provoquait toute une nouvelle série de questions concernant la mort de son père. Et plus elle y pensait, plus elle avait l'impression que l'homme qui avait tué Jimmy Scotts non seulement fanfaronnait d'une manière subtile, mais qu'il jouait aussi une sorte de jeu… un jeu dont elle ne connaissait pas les règles. Un jeu dont elle ne connaissait même pas encore le nom.

Elle réfléchissait à tout ça en se dirigeant vers le coin café le plus proche, qui était situé dans une petite alcôve qui faisait office de mini salle de pause. Alors qu'elle se versait sa quatrième tasse de café de la journée, elle entendit une voix familière derrière elle qui la fit sursauter.

« Bienvenue à la maison. »

Elle se retourna et vit Ellington qui lui souriait. Il avait l'air de s'ennuyer et un petit peu fatigué. Il tenait également une tasse de café en main.

« Merci, » dit-elle.

« Strasburg commençait à te plaire ? » demanda-t-il. « J'imagine que c'est bien mieux que toute l'effervescence qu'il y a ici. »

« Ce n'est pas trop mal. »

Ellington jeta un coup d'oeil derrière lui pour s'assurer qu'il n'y avait personne dans le corridor. Il s'avança ensuite dans l'alcôve et s'approcha d'elle. Il n'y avait plus qu'un mètre à peine qui les séparait maintenant.

« Je vais te poser une question. Et si tu penses que ça ne me regarde pas, tu peux me dire de la fermer, OK ? »

« OK, » dit-elle.

« J'ai appris par le téléphone arabe du coin que tu étais partie au Nebraska cette semaine. Pour un truc familial imprévu, c'est bien ça ? »

Elle faillit opter pour l'option qu'il lui avait donnée d'entrée de jeu et lui demander de la fermer. Mais elle était très intéressée de savoir comment il était au courant et pourquoi ça l'intéressait.

« Oui, c'est vrai, » dit-elle.

« Je peux te demander quelle en était la raison ? »

« Je préférerais que tu ne me le demandes pas, » dit-elle.

« Je comprends. Mais la raison pour laquelle je te pose cette question, c'est seulement parce que McGrath recherche actuellement des agents pour travailler sur une affaire dans ce coin-là. Quelque part près de Lincoln, je crois. J'ai lu le résumé de l'affaire et il y a un lien avec une ancienne enquête qui pourrait t'intéresser. Ça te dit vaguement quelque chose ? »

« Tu vas parler vendre la mèche sur ce coup-là ? » demanda-t-elle.

« Pas du tout, » dit-il, d'une voix très calme. « Je me demandais juste si tu étais parvenue à prendre un peu d'avance pendant que tu étais là-bas. »

« De manière officieuse ? »

Il hocha la tête, en jetant un autre coup d'oeil dans le corridor afin de s'assurer qu'ils étaient toujours seuls.

« Le lien vers l'affaire sur la mort de mon père est indéniable, » dit-elle. « Mais pour l'instant, la seule piste semble être un faux pavillon laissé par quelqu'un d'impliqué pour nous embrouiller. Et sans vouloir te vexer, c'est tout ce que je peux te dire. »

« Tu as quelqu'un sur place qui va te maintenir informée ? »

« Peut-être. Pourquoi ? »

« Je peux aussi fouiner pour toi de ce côté-ci, si tu veux. Je me suis rendu compte en lisant le résumé de l'affaire que je ne savais pas grand-chose concernant la mort de ton père. Et c'est un peu dommage. »

« Pourquoi ça ? »

Il pencha la tête de côté et la regarda avec un air curieux. « Parce que tu m'intéresses, » dit-il. « Peut-être même un peu de trop. »

Mackenzie sentit une bouffée de chaleur envahir son corps mais elle garda la tête froide. « Ce ne sont pas des mots qui devraient être prononcés par un homme marié. »

« Tu as raison, » dit-il. « Mais qu'en est-il d'un homme qui a reçu une demande de divorce il y a deux semaines ? »

« Je suis vraiment désolée de l'apprendre, » dit-elle, en le pensant vraiment.

« Moi aussi, je l'étais. Au début. J'aimerais en parler avec toi. En fait, c'est un mensonge. J'ai juste envie d'une excuse pour aller boire un verre avec toi. »

« L'envie d'aller boire un verre devrait suffire. »

« J'imagine. Alors, qu'est-ce que tu en dis ? »

« Je dis que ça me paraît une bonne idée. Mais pas maintenant. Il y a trop de choses sur le feu pour l'instant. Je voudrais vraiment clôturer cette affaire de Little Hill. Et puis, il y a aussi cette affaire au Nebraska… »

Il leva les mains comme s'il capitulait et recula de quelques pas. « N'en dis pas plus. Je comprends tout à fait. La balle est dans ton camp. Appelle-moi quand tu veux. »

Et sur ces mots, il s'éloigna. Mackenzie ne voulait pas se l'admettre mais elle avait envie qu'il reste. Tout ce badinage qu'il y avait entre eux avait l'air tellement normal. Cette connexion la faisait se sentir bien, en sécurité… comme si ça menait quelque part.

Elle retourna dans son box et se remit à fixer des yeux la photo de la carte de visite. Elle savait qu'elle devrait plutôt penser à l'affaire de Little Hill. Elle avait l'impression qu'il y avait quelque chose qui lui échappait… une sorte d'énorme indice qui se trouvait juste devant ses yeux et qui était tellement évident qu'elle passait à côté.

Mais la carte de visite et le nom gribouillé de son père étaient trop tangibles pour être ignorés. Quelqu'un avait écrit son nom de manière très claire, très visible et délibérée. Mais *qui* l'avait écrit ? Et d'ailleurs, qui connaissait même son nom et la manière dont il avait été tué ?

Ma mère, pour commencer, pensa-t-elle.

Elle détourna soudain les yeux des dossiers étalés devant elle. Elle éloigna les informations sur l'affaire du Nebraska et se mit à feuilleter rapidement les photos et documents de l'affaire de Little

Hill. Elle regardait les endroits au sein du parc et se rendit compte qu'ils étaient éloignés les uns des autres. Elle déroula la carte de la région et traça les points qu'elle avait dessinés dessus avec son doigt.

Tout comme le lien entre les cartes de visite avec vingt ans d'intervalle, elle avait l'impression qu'il y avait un lien là… un indice qui attendait juste d'être découvert.

Mais le fait qu'elle ne parvienne pas à le trouver était exaspérant.

Elle referma le dossier et ouvrit le répertoire téléphonique du FBI. Elle avait une idée sur la manière d'éventuellement faire sortir ce qu'il y avait en elle mais ça n'allait pas être agréable. Quand elle s'était retrouvée au Nebraska, elle avait aperçu une partie d'elle qu'elle pensait avoir enterrée. Elle s'était rapprochée du *côté obscur*, un côté qu'elle avait souvent côtoyé durant ses années d'adolescence. Elle avait eu un tempérament emporté et désorienté et elle avait déconné en plusieurs occasions.

Et, afin d'arriver à la conclusion qu'elle cherchait, elle avait bien peur de devoir aller toucher certains des ces côtés obscurs.

Elle trouva le numéro qu'elle cherchait dans le répertoire et appela. Elle se rendit compte qu'elle avait envie d'explorer la colère et l'hostilité qui l'avaient poussée à enfoncer un poing à travers le mur de la maison de son enfance deux jours plus tôt.

Pour être tout à fait honnête, ça lui avait aussi un peu manqué.

Elle avait quelque part envie depuis longtemps de retrouver cette partie d'elle-même.

CHAPITRE VINGT-SEPT

Mackenzie eut un léger mouvement de réticence en voyant le bureau du docteur Madeline Goldsmith. C'était un bureau extrêmement prétentieux qui avait l'air tout droit sorti d'un film du dimanche soir sur une chaîne de grande audience. Elle était venue deux fois en consultation avec le docteur Goldsmith après son arrivée à Quantico. Elle avait dû se plier à ces consultations sur ordre du FBI après sa fulgurante ascension à la célébrité suite à l'affaire du tueur épouvantail – l'affaire qui l'avait plus ou moins mise en évidence et amenée jusqu'au FBI.

Elle était allée à ces deux consultations uniquement parce qu'elles étaient obligatoires mais elle avait évité d'y retourner par la suite. Et le docteur Goldsmith semblait lui en vouloir un peu à ce sujet. Mais elle avait tout de même accepté de voir Mackenzie le jour même, lui donnant rendez-vous à quinze heures, à peine une heure et demie après que Mackenzie l'ait appelée.

Refusant d'être un cliché et de s'allonger sur le divan, Mackenzie se tenait debout devant la fenêtre du docteur Goldsmith et regardait la ville de Washington. Elle vit un groupe d'étudiants de l'académie sortir d'une salle de conférence et elle essaya de se rappeler la sensation que ça faisait. C'était il y a seulement neuf semaines mais ça avait l'air de faire une éternité.

« Pourquoi avez-vous attendu aussi longtemps avant de venir me parler, Mackenzie ? » demanda Goldsmith.

« Je n'en voyais pas la nécessité. Sans vouloir vous offenser. »

« Vous pensez qu'en parlant avez moi, vous pourriez parvenir à éclaircir l'un ou l'autre indice concernant cette affaire sur laquelle vous travaillez, c'est bien ça ? »

« Oui. Je pense qu'avec une série de questions appropriées, je pourrais parvenir à découvrir cet élément qui semble m'échapper. »

« Et vous pensez que je pourrais vous y aider ? » demanda Goldsmith.

« Oui, je le pense. »

« Est-ce à cause de votre réputation d'être capable de vous mettre à la place des gens que vous poursuivez ? Vous croyez que si je parviens à penser comme vous et vous forcer à parler de certaines choses, vous pourriez par hasard découvrir la réponse que vous cherchez ? »

« Oui, » dit Mackenzie, un peu mal à l'aise.

« OK, » dit Goldsmith. « Ce n'est pas vraiment orthodoxe et je ne fais pas ce genre de choses d'habitude, mais faisons un essai. Pourquoi ne commenceriez-vous pas par me mettre au courant de ce qui vous a préoccupée ces derniers jours, en laissant de côté les épreuves normales liées à l'affaire ? »

Mackenzie passa les quinze minutes suivantes à expliquer l'affaire de Little Hill et les tensions entre la police d'État, la police locale et les garde-forestiers. Puis elle parla à Goldsmith de son voyage précipité au Nebraska et comment ça l'avait affectée. La seule chose dont elle évita de parler fut la nouvelle dévastatrice que Bryers lui avait annoncée. Elle gardait ça pour elle pour l'instant.

« Je voudrais reparler avec vous du moment où vous avez enfoncé votre poing dans le mur de la chambre où votre père est mort. Quelle en était la raison ? »

« J'étais frustrée. »

« Vous allez devoir m'en dire plus que ça, Mackenzie. »

Elle regarda la main qu'elle avait enfoncée dans le mur et fronça les sourcils. « Cette fichue chambre m'a hantée toute ma vie. En réalisant ça au moment où je me tenais là, il y a quelques jours… c'était ma manière de lui dire d'aller se faire foutre. Que c'était fini. Que je ne la laisserais plus m'affecter. »

« Mais est-ce *vraiment* fini ? »

« J'aimerais que ce soit le cas. J'aimerais vraiment le penser. » *À part ces soupçons persistants au sujet de ma mère*, pensa-t-elle mais elle n'osa rien dire.

« Et cette connexion entre la nouvelle affaire et l'enquête sur la mort de votre père ? Avez-vous l'impression que, d'une certaine manière, ça fait revivre le sentiment de culpabilité que vous m'avez dit ressentir au sujet de la mort de votre père ? »

« Non. Je ne me sens plus coupable, en fait. Ça fait longtemps que ce n'est plus le cas. Mais il y a ce côté obscur que j'ai ressenti. J'ai replongé dans mes recoins les plus sombres, comme lorsque je n'étais qu'une adolescente stupide et en colère. »

« Un peu comme des pensées noires ? » demanda Goldsmith.

« Oui, mais plus que ça. C'est comme si je voyais le monde à travers un filtre de négativité et de haine. C'est parfois ce qu'il faut que je ressente pour être capable de me mettre dans la peau de certains tueurs – pour penser comme eux. Et je n'ai pas encore été capable de faire ça dans cette affaire. C'est comme s'il y avait un truc qui ne tournait pas rond. »

« Est-ce que vous avez du coup l'impression de ne pas être efficace en tant qu'agent ? »

Mackenzie y réfléchit durant un instant, puis elle secoua lentement la tête. « Non, mais j'ai l'impression d'être faible, par contre. Il y a trop de choses qui me distraient. »

« Oui, mais votre vie ne peut pas se résumer à votre travail, » dit Goldsmith.

« C'est quelque chose que je suis occupée à découvrir petit à petit, » dit Mackenzie. « Mais ce genre de boulot, ça peut très vite prendre toute la place. »

« Est-ce que vous connaissez quelqu'un qui pourrait vous aider à traverser cette passe ? Quelqu'un qui pourrait vous aider à cartographier les méandres de votre vie ? Un membre de votre famille ? Un amoureux ? »

« Non, » dit Mackenzie. « J'ai plus ou moins chassé de ma vie toute personne qui aurait pu remplir ces rôle. Tout ce que j'ai dans ma vie pour l'instant, c'est Bryers et il… »

Elle s'interrompit et se mit à réfléchir. Ce n'était pas seulement pour ne pas dévoiler le secret de santé de Bryers, mais c'était aussi car quelque chose venait de faire tilt. Une idée. L'ombre d'une théorie.

« Quelque chose au sujet de Bryers ? »

« Non, rien, » dit-elle sur un ton absent. Son esprit revenait en arrière, vers quelque chose que Goldsmith venait de dire.

Quelqu'un qui pourrait vous aider à cartographier les méandres de votre vie…

« Mackenzie ? »

« Un instant, » dit-elle, en se mettant à faire les cent pas autour de la pièce.

Peut-être qu'elle avait été incapable de se mettre à la place de ce tueur car ce n'était pas à la place d'un tueur qu'elle devait se mettre. Peut-être qu'il y avait… et bien, peut-être qu'il y avait eu de l'aide.

Mais ce n'était pas le mot *aider* qui avait créé la connexion dans son esprit. C'était un tout autre mot : *cartographier*.

« On y est arrivé ? » demanda Goldsmith. « Est-ce que vous êtes tombée sur ce que vous recherchiez ? »

Mackenzie hocha lentement la tête.

Elle pensa à Brian Woerner. Il était parvenu à entrer dans le parc de Little Hill, malgré les barrages. Et puis il avait apparemment été enlevé sans qu'un drone, des garde-forestiers ou des policiers en service ne le voient. Quelles pouvaient en être les chances ? Bien sûr, il était parvenu à entrer dans le parc car il connaissait bien le terrain mais qui d'autre pouvait savoir par où il était possible d'entrer ? Qui d'autre aurait pu savoir à quel moment un promeneur pouvait être enlevé sans aucun danger ?

Qui d'autre aurait pu *cartographier* aussi parfaitement la région ?

« Merde, » dit Mackenzie. « Il faut que je m'en aille. Merci beaucoup pour votre aide. »

« OK, » dit Goldsmith alors que Mackenzie se dirigeait vers la porte. « Mais, Mackenzie ? »

« Oui ? » dit-elle, d'une voix impatiente.

« N'attendez plus aussi longtemps avant de revenir me voir. »

Mackenzie se contenta de répondre d'un hochement de tête. Avant que la porte ne soit complètement refermée derrière elle, elle avait déjà sorti son téléphone et appelait Bryers. Il décrocha à la deuxième sonnerie. Il avait l'air un peu fatigué. On aurait dit qu'il avait beaucoup toussé dernièrement.

« Tu as dit que tu voulais être utile avant le coup d'envoi, c'est bien ça ? » demanda Mackenzie.

« Oui. Pourquoi ? »

« Je pense que j'ai une idée. Je pense savoir qui a orchestré les morts au parc de Little Hill. »

« Qui ? »

« Tu sais qui était posté le plus près de l'endroit où Brian Woerner est entré dans le parc ? » demanda-t-elle.

« Hum… ouais. Je suis presque sûr qu'il s'agissait de l'un de tes très bons amis, un des garde-forestiers. »

« Tu peux être prêt à partir pour Strasburg dans dix minutes ? » demanda Mackenzie.

« Je peux être prêt dans cinq minutes, » dit-il, d'une voix qui n'avait plus du tout l'air fatiguée.

Mackenzie se précipita jusqu'au garage, confiante qu'il puisse s'agir du dernier voyage qu'elle ferait jusqu'à Strasburg.

CHAPITRE VINGT-HUIT

Quand Mackenzie gara leur voiture sur le petit parking devant le commissariat de police de Strasburg, Clements et Smith les y attendaient déjà. Le crépuscule s'installait silencieusement sur la petite bourgade. Smith leur fit un signe de la main quand ils sortirent de voiture. Clements, d'un autre côté, n'avait pas l'air content du tout. Il s'approcha tel un soldat s'en allant en guerre, la mâchoire serrée et les yeux plissés.

« Êtes-vous *certains* de ce que vous avancez ? » demanda Clements.

« Comme je vous l'ai dit au téléphone, » dit Mackenzie, « je ne suis pas certaine à cent pourcent mais tout indique que ça pourrait être le cas. Le pire qui puisse arriver, de toutes façons, c'est qu'on finisse avec un garde-forestier en colère si on s'est trompé. »

« Holt, » dit Clements, en secouant la tête. « Charlie Holt. Vous pensez vraiment que c'est lui le responsable ? »

« Je ne sais pas, » répéta Mackenzie, comme si elle parlait à un enfant de cinq ans. « mais je pense que ça vaut la peine d'y regarder de plus près. »

« Nous devons tout de même être prudent dans la manière dont nous approcherons la question, » dit Smith. « Vous accusez un garde-forestier d'actes assez atroces. »

« Le fait est, » dit Clements, « que je trouve ça assez crédible. Holt a toujours eu l'air d'un type un peu bizarre, vous savez ? Toujours le regard perdu dans le vide et à murmurer dans sa barbe. Et cette obsession de ramasser les glands, comme un drogué qui a besoin de sa dose pour se calmer. »

« J'avais remarqué ça, » dit Mackenzie. « Cette fixation sur les glands montre que quelque chose le rendait nerveux. En y regardant de plus près, c'était plus qu'un geste compulsif, plus que le fait de prendre une cigarette pour un fumeur quand il est nerveux. C'était plutôt de l'agitation nerveuse, de la bougeotte… il avait besoin d'occuper ses mains, comme s'il craignait de sortir de son propre corps. »

« Avez-vous réussi à obtenir son dossier ? » demanda Bryers à Clements.

« Oui, » dit Clements. Il tendit à Mackenzie un dossier qu'il tenait en main.

Mackenzie le survola rapidement, à la recherche de quoi que ce soit qui attire son attention. Charlie Holt avait vingt-sept ans et il avait obtenu ce boulot de garde-forestier grâce à un diplôme en agriculture de l'Université de Virginie. Il avait commencé deux ans plus tôt en tant que guide pour des programmes juvéniles, puis on lui avait attribué des patrouilles de sécurité avant qu'il ne devienne finalement garde-forestier un an plus tard. Il n'avait pas de casier judiciaire mais il n'y avait pas non plus d'autres références dans le dossier que quelques-unes datant de l'Université.

« Il n'y a rien datant d'avant l'Université ? » demanda-t-elle. « Aucune information concernant le lycée ou autre chose ? » demanda Mackenzie.

« Non, » dit Clements. « Mais en quoi ce serait important ? »

« Est-ce qu'on sait où il a grandi ? Et où est-ce qu'il vivait avant d'aller à l'Université de Virginie ? »

« Je ne sais pas, » dit Clements. « Je pense que les candidatures pour travailler en tant que garde-forestier n'ont pas besoin de contenir grand-chose de plus qu'une vérification de base et des informations concernant les études. Et d'après ce que je peux en voir, il n'y a rien de spécial à signaler. »

Le silence s'installa entre eux – un silence qui ne fut interrompu que lorsque Clements donna un coup de pied dans le pneu de la voiture de police et dit, « Allez, finissons-en. Mais on n'y va pas tous les quatre. S'il s'avère qu'on s'est trompé, je ne veux pas qu'il ait l'impression qu'on a essayé de l'intimider. »

« Juste vous et moi alors, » dit Mackenzie. « On rentre et on sort, on fait ça rapidement, comme si on arrachait un pansement. »

« Pour vous, peut-être, » dit Clements. « Mais si on s'est trompé sur ce coup-ci, c'est moi qui vais devoir en assumer le retour de manivelle. »

Mackenzie comprenait sa préoccupation mais elle avait également l'impression que son intuition était bonne. Pour connaître aussi bien la forêt et pour savoir quand les drones survoleraient les bois… c'était soit un policier local, soit un garde-forestier. Et vu comment Charlie Holt avait réagi quand le FBI avait pris les commandes *et* sa position le long du périmètre le jour où Brian Woerner s'était faufilé dans le parc, ça valait certainement la peine d'y jeter un coup d'œil. Le fait qu'il y ait un tel blanc dans son dossier lui disait aussi qu'il était certainement un candidat idéal.

C'était une certitude qu'elle avait au moment où elle s'installa dans le siège passager de la voiture de patrouille de Clements. Alors qu'ils démarraient, elle vit Bryers entrer dans le commissariat avec Smith et elle eut la sensation qu'ils devaient agir rapidement. Le fait que Bryers lui ait annoncé qu'il n'avait plus qu'un temps limité à vivre lui donnait l'impression que son temps à elle aussi était compté.

***

Charlie Holt vivait dans une maison délabrée à un étage, dans le quartier Est de Strasburg. C'était un quartier de classe moyenne inférieure avec des pelouses non entretenues et des trottoirs crevassés. C'était à moins de vingt minutes de route de Little Hill et quand Clements gara sa voiture, la nuit était complètement tombée. Mackenzie trouvait presque réconfortant le fait qu'ils puissent tout simplement marcher jusqu'à la porte d'entrée de Charlie et y frapper. C'était ce genre de communauté – calme, avec des réverbères à chaque coin de rue et sans sentir la nécessité d'être continuellement rassuré.

Clements frappa à la porte. Mackenzie veilla à rester en arrière afin d'avoir l'air moins intimidante. Elle se rappelait de la réaction de Charlie lorsqu'il la vit sur la première scène de crime. S'il avait l'impression qu'elle dirigeait les opérations, il était possible qu'il ne parle pas du tout. Mais si elle pouvait rester en retrait – si elle pouvait même avoir l'air subordonnée à Clements – ça pourrait sûrement leur servir.

Charlie leur répondit quelques secondes plus tard. Il ouvrit la porte à moitié et Mackenzie observa son expression au moment où il vit qui se trouvait sur son porche. Il eut d'abord l'air surpris, puis légèrement effrayé. Elle observa ses yeux, sachant très bien que des yeux qui bougeaient nerveusement indiquaient généralement la culpabilité ou le fait que le sujet dissimulait quelque chose. Avec Charlie Holt, elle décela tout de suite ce signe révélateur. Elle était sûre qu'il cachait quelque chose et que ça ne lui plaisait pas du tout que le chef de police et un agent du FBI viennent lui rendre visite.

« Charlie, » dit Clements, « j'aimerais te poser quelques questions concernant ce qui se passe à Little Hill. Tu veux bien me consacrer un peu de temps ? »

Charlie ne répondit pas tout de suite. Ses yeux se remirent à bouger nerveusement mais cette fois-ci il les baissa en direction du sol. « Oui, bien sûr, » dit-il sur un ton hésitant. « Rentre, mais… pourquoi elle, *elle* est là ? »

« Parce que c'est une affaire fédérale, » dit Mackenzie. « Le fait que je sois ici nous évite d'avoir recours à un intermédiaire et accélère la communication. Rien de plus. »

« Exactement, » dit Clements. « Nous avons juste quelques questions à te poser. »

Charlie les fit entrer à l'intérieur de chez lui. La télé était allumée sur l'émission *La roue de la Fortune* et un plateau de macaroni au fromage et de hot dogs était posé sur le divan. Mackenzie vit tout ça mais elle remarqua aussi que Charlie s'empara tout de suite de son téléphone qui se trouvait sur la table du salon et qu'il le mit rapidement en poche, comme s'il essayait de le cacher.

« Tu sais qu'un type de la région est maintenant porté disparu, » dit Clements. « Brian Woerner. »

« Oui, je sais. »

« On se demandait comment il avait pu entrer dans le parc avec tous ces policiers et garde-forestiers barrant les routes, » dit Clements. « Tu as une idée ? »

« Non, aucune, » dit Charlie. « Certains des gosses du coin connaissent ces bois aussi bien que moi. Il y allait sûrement avec des filles. Ou pour y fumer de l'herbe, j'imagine. »

« Probablement, » dit Clements. « Charlie, tu sais qui était supposé surveiller la route par laquelle Woerner est parvenu à entrer dans le parc ? »

Mackenzie écoutait la conversation tout en observant le reste du salon. Elle ne voulait pas fouiller la maison sans sa permission. Clements l'interrogeait déjà de manière assez agressive, alors Mackenzie ne voulait pas lui donner une autre raison de flipper de manière prématurée. Il était coupable de *quelque chose* et elle espérait pouvoir découvrir de quoi avant que les choses ne tournent au vinaigre.

« Je ne sais pas, » dit Charlie, répondant finalement à la dernière question. « Andrews, peut-être ? »

« Ce n'était pas toi ? » demanda Clements.

« Non. J'étais… ah, merde, j'avais oublié. J'étais près de la réserve d'eau la majeure partie de la journée, à protéger cette route. »

« Ah, OK; » dit Clements. Il jeta un rapide coup d'oeil en direction de Mackenzie pour lui faire comprendre que c'était un mensonge. Il fronça légèrement les sourcils, en sachant ce qu'ils allaient devoir faire.

Mackenzie fit un pas en avant. Bien qu'elle ne soit pas d'accord avec la manière dont Clements avait mené son interrogatoire, elle savait qu'elle devait rester dans la même ligne. Le truc de jouer au gentil et au méchant policier, ça ne marchait que dans les films. En réalité, c'était la cohérence qui menait à des résultats.

« Charlie, est-ce que je peux voir votre téléphone ? » demanda-t-elle.

« Quel téléphone ? »

« Celui que je vous ai vu glisser dans votre poche comme par magie au moment où nous sommes entrés chez vous. »

« Pourquoi ? » demanda Charlie.

« Juste pour vérifier quelque chose. Vous aviez l'air impatient de le mettre hors de notre vue. »

« Vous avez besoin d'un mandat pour ça. » dit Charlie.

« Allez, Charlie, » dit Clements. « Laisse-la vérifier ton téléphone. »

« Non. Ce n'est pas ses affaires. »

« S'il faut que j'aie un mandat, je l'obtiendrai, » dit Mackenzie. « Ou vous pouvez m'éviter cet effort et, par la même occasion, vous éviter une accusation pour entrave en me le donnant maintenant et… »

Elle fut interrompue au milieu de sa phrase par Charlie qui attrapait le plateau de macaroni et le lançait dans leur direction, tel un Frisbee.

Clements eut à peine le temps de laisser échapper un rapide *« Putain... »* avant que le plateau ne l'atteigne en plein visage.

Mackenzie réagit rapidement mais Charlie avait déjà disparu vers l'arrière de la maison. Ses pas résonnaient tel un troupeau de vaches. Mackenzie le poursuivit, se demandant s'il essayait de s'enfuir ou s'il cherchait à atteindre une arme.

Elle le suivit dans un petit corridor qui menait à une cuisine de petite taille. Au-delà de la cuisine, elle pouvait voir une porte qui donnait sur l'extérieur. Charlie se dirigeait vers cette porte et cherchait apparemment à s'enfuir.

Derrière elle, Mackenzie entendit Clements hurler le nom de Charlie sur un ton rempli de rage. Mais elle l'ignora. Charlie était rapide mais il était également stressé et effrayé. Il parvint jusqu'à la cuisine mais au moment où il se dirigeait vers la porte arrière, Mackenzie se baissa et bondit au niveau de ses genoux.

Elle le heurta de plein fouet, balayant ses jambes sous lui. Il tomba en avant et sa tête heurta le bord du plan de travail de la cuisine. Mackenzie roula sur elle-même et heurta une rangée d'armoires. Puis elle se jeta sur Charlie avant qu'il n'ait eu le temps de réaliser ce qui venait de lui arriver.

Mackenzie lui planta un genou dans le dos et ramena ses bras derrière lui. Un instant plus tard, Clements se ruait dans la cuisine. Il poussa presque Mackenzie du dos de Charlie pour pouvoir lui mettre les menottes.

« Debout, » grommela Clements. Il mit Charlie sur pieds et le poussa violemment contre le plan de travail.

Mackenzie fit de son mieux pour ne pas regarder Clements. Il avait des macaronis et du fromage dans les cheveux et étalé sur le visage. Un morceau de hot dog était coincé entre son cou et l'encolure de sa chemise.

« Charlie, tu es en état d'arrestation, » dit Clements sur un ton furax. Puis il se retourna vers Mackenzie et dit, « si vous parlez à qui que ce soit de ce qui s'est passé ici, je vous tue. Et si je ne parviens pas à vous tuer, je me tuerai moi. »

Il sourit en dépit de lui-même et retira le morceau de hotdog de son cou.

« Votre secret est en sécurité avec moi, » dit-elle. Elle fit un pas en avant et glissa la main dans la poche de Charlie. Elle en sortit le téléphone et le lui montra.

« Quel est le mot de passe ? »

Charlie se contenta de secouer la tête en guise de réponse.

Mackenzie haussa les épaules. « Ça n'a pas d'importance. D'ici une heure, il sera débloqué. En attendant, ce serait bien qu'on ait une petite conversation. »

CHAPITRE VINGT-NEUF

La salle d'interrogation à l'intérieur du commissariat de Strasburg ne ressemblait pas à grand-chose mais elle correspondait bien à l'humeur de Mackenzie. Elle était petite, confinée et faiblement illuminée. Elle sentait la fumée de cigarette et la transpiration. Une seule caméra était installée dans le coin supérieur gauche de la pièce, enregistrant ce qui s'y passait et le relayant à une petite télé dans une salle de visionnage au bout du couloir. Vu que la pièce était si petite – elle n'était pas plus grande qu'un placard, en fait – il y faisait un peu plus chaud que dans le reste de l'édifice.

Charlie Holt était assis à la petite table au centre de la pièce. Il avait l'air nerveux et même un peu effrayé. Il avait essayé de faire le dur pendant le trajet vers le commissariat mais il s'était écroulé dès qu'il s'était retrouvé dans la salle d'interrogation. Mais malgré tout, il continuait à refuser de parler. Il ne daignait même pas répondre aux questions les plus simples et les plus basiques.

Il y avait une seule chaise dans la pièce et Charlie Holt était assis dessus. Mackenzie se tenait debout, dos au mur. Elle l'observait et essayait de comprendre comment il fonctionnait.

« Charlie… jeter ton dîner à la tête d'un officier de police indique soit une sorte de déséquilibre mental, soit un certain degré de culpabilité. Tu comprends que nous ayons des soupçons, n'est-ce pas ? »

Charlie resta silencieux. Il la regardait uniquement de manière fugace, de la même manière qu'il l'avait regardée le jour où elle et Bryers étaient venus travailler sur l'affaire.

« Plus tu restes silencieux, plus tu as l'air suspect, » continua-t-elle. « En plus, si tu ne me donnes pas quelques réponses, je vais devoir abandonner et laisser le shérif Clements prendre ma place pour t'interroger. Et crois-moi… il est toujours furieux et gêné de ce qui s'est passé chez toi. Vu les circonstances, je crois qu'il vaudrait mieux que tu me parles à moi. »

Charlie ouvrit la bouche pour dire quelque chose mais se ravisa au dernier moment. Il secoua la tête et dit : « Je ne dirai rien. »

« Et pourquoi ça, Charlie ? » dit-elle. « De quoi ne veux-tu *pas* parler ? Des meurtres ? »

Il baissa les yeux vers la table et son corps se raidit. Il était clair qu'il avait peur. Mais Mackenzie était sûre qu'il y avait autre chose. Il avait peur… mais pas d'elle. Il avait peur de dire quelque chose qu'il ne devrait pas dire, mais ses réactions et son langage corporel indiquaient aussi que le fait de révéler ses propres secrets n'était pas l'objet de son inquiétude. Elle avait vu ce genre de chose auparavant durant son entraînement à l'académie et quelques fois aussi à plus petite échelle quand elle travaillait comme détective au Nebraska.

« Tu sais où se trouve Brian Woerner, n'est-ce pas ? » dit Mackenzie.

Il resta silencieux.

« Quelle force faut-il pour trancher une jambe au niveau du genou ? » demanda-t-elle, espérant l'amener aux aveux. « Et comment as-tu fait pour effectuer une découpe aussi nette à travers l'os ? »

Il resta silencieux mais se mit à se tortiller de manière inconfortable sur sa chaise. Elle l'observa, examinant son visage et se concentrant sur ses yeux. Il était effrayé, contrarié… mais il y avait aussi autre chose. Il était clair qu'il cachait quelque chose mais elle ne pensait pas qu'il s'agissait de quelque chose qu'il ait fait, *lui*. Sa réaction aux descriptions brutales qu'elle avait faites et son refus total de parler, lui faisaient penser qu'il y avait quelque chose de bizarre qui se tramait.

Une idée lui vint soudain à l'esprit, qui la fit se détacher rapidement du mur.

Les blancs dans son dossier… rien avant l'Université…

Elle s'approcha de la table, en restant silencieuse. Elle examina le visage de Charlie durant un moment et vit tout ce qu'elle avait à y voir. Mais juste au cas où, elle lui posa encore une dernière question.

« Tu n'as pas tué ces gens, n'est-ce pas ? »

Il la regarda durant un instant… à peine une seconde. Mais c'était tout ce dont elle avait besoin. Elle vit du soulagement, de la vérité. Elle y vit aussi… encore autre chose.

Ce n'est pas notre type. Enfin, ce n'est pas le tueur. Si j'ai raison sur ce coup-là… oh mon dieu…

« Je reviens tout de suite, Charlie. »

Mackenzie quitta la salle d'interrogation, en fermant soigneusement la porte derrière elle, et se dirigea vers la pièce de visionnage au bout du couloir. Elle y rejoignit Bryers, Clements et Smith, groupés autour d'une petite télé accrochée au mur.

« Laissez-moi lui parler, » dit Clements.

« Pas encore, » dit Mackenzie. « Smith, vous rappelez-vous des détails concernant l'enlèvement de Will Albrecht ? »

« Oui, de la plupart d'entre eux. Qu'est-ce que vous avez besoin de savoir ? »

« Quel âge avait Will quand il a été enlevé ? »

« Sept ans, » répondit Smith. « Il allait avoir huit ans un mois plus tard. »

« Enlevé il y a dix-neuf ans, donc ? » demanda Mackenzie.

« Oui, » dit Smith. « Pourquoi vous… non. *Ce n'est pas possible.* »

« Will Albrecht aurait vingt-sept ans aujourd'hui. Charlie Holt a vingt-sept ans. Et il a aussi un dossier avec de nombreuses informations manquantes pour les années précédant l'Université. »

« Ça semble quand même peu plausible, » dit Clements.

« Vous croyez ? » demanda Bryers. « On peut en avoir très vite le cœur net. »

Il sortit son téléphone et passa un appel. Il se dirigea vers le fond de la pièce pour parler tranquillement avec la personne qu'il eut à l'autre bout du fil. Il murmurait tout bas pendant qu'une tension palpable se mit à remplir l'atmosphère.

« Alors, pour résumer, » dit Clements. « Vous voudriez que je croie que Will Albrecht a survécu à son enlèvement et qu'il est revenu dans la ville de son enfance sans que personne ne remarque que c'était lui ? Et qu'en plus, il a pris un boulot de garde-forestier et qu'il s'amuse à tuer des gens ? »

« Vous avez en partie raison, » dit-elle. « Vous savez aussi bien que moi que sa famille a déménagé après l'enlèvement. Alors il n'y avait aucun membre de la famille ici qui aurait pu le reconnaître. Je ne pense pas qu'il soit revenu. Je pense qu'il n'est jamais parti, en fait. »

Il la fixa du regard.

« Qu'est-ce que vous voulez dire par là ? » demanda-t-il.

Elle soupira.

« Je ne pense pas qu'il tue ces personnes, » dit-elle. « Mais je pense qu'il *aide.* »

« Il aide qui ? » demanda Clements, qui avait clairement l'air de ne pas comprendre.

Mackenzie le fixa du regard.

« Le taré qui l'a enlevé il y a vingt ans. »

Tous les regards se tournèrent vers elle et le silence s'installa dans la pièce alors qu'ils digéraient l'information.

« Il montre des signes évidents de protection d'autrui, » continua Mackenzie. « Il n'est pas inquiet de révéler certains de ses secrets mais il a l'air plus inquiet de révéler quelque chose qu'il ne devrait pas dire. Et ça veut très certainement dire qu'il y a quelqu'un d'autre d'impliqué. Et quand je pose des questions sur la nature horrible des crimes, il a l'air visiblement mal à l'aise. »

Pendant que Clements et Smith réfléchissaient à ce qu'elle venait de dire (Smith avec un sourire impressionné sur les lèvres), Bryers les rejoignit à nouveau. « Les services de renseignements sont occupés à chercher l'acte de naissance de Charlie Holt, diplômé de l'Université de Virginie et employé actuel du parc de Little Hill. Nous devrions recevoir les résultats très bientôt. »

Clements fixa l'écran de télévision, les mains posées sur les hanches.

« Incroyable, » dit-il. « Si ça s'avère être correct… »

« Je préfère attendre que les renseignements nous rappellent, » dit Mackenzie. « Je veux en être absolument certaine avant de retourner lui parler. Il est effrayé et fragilisé pour l'instant. Si je peux utiliser ça à notre avantage, je pense qu'il s'effondrera assez facilement. »

« Mais si c'est *lui*, le tueur ? » demanda Smith. « Je veux dire par là… on l'a attrapé juste comme ça ? Aussi facilement ? »

C'était une pensée agréable mais Mackenzie était presque certaine que Charlie Holt (si c'était vraiment son nom, chose dont elle doutait fortement) n'était pas un tueur. Avec la manière dont les corps avaient été charcutés et disposés comme en étalage, le tueur serait probablement très fier et se vanterait de son travail…. Il ne serait pas recroquevillé et sur le point de pleurer.

Mackenzie le regarda sur l'écran de télévision. On aurait dit qu'il ne parvenait pas à trouver une position confortable sur sa chaise. À un moment, il se retourna et regarda en direction de la caméra, comme s'il pouvait sentir les yeux qui le regardaient depuis la pièce d'à côté.

Derrière elle, tout le monde se mit à s'affairer nerveusement. Smith sortit pour aller chercher un café. Clements partit gérer quelques détails sur d'autres affaires dans son bureau. Bryers resta silencieusement à ses côtés. Elle sentit sa présence derrière elle, tel un fantôme… et vu son état actuel, c'était une sensation des plus bizarres.

Elle n'était pas totalement sûre du temps qui s'était écoulé mais le téléphone de Bryers se mit à sonner. Il décrocha rapidement et Mackenzie fit de son mieux pour écouter pendant que Bryers répondait par une série de *Ouais* et de *Merci*. Quand il raccrocha une minute plus tard, il avait l'air grave mais résigné.

« Il n'y a aucun dossier sur Charlie Holt avant le collège, » dit-il. « Il est allé au collège et au lycée Barnes en Pennsylvannie. Mais avant ça… il n'y a rien. Pas de dossier et pas d'acte de naissance. Pas de carnet de vaccination avant le collège. Et la seule personne de contact que les renseignements ont pu trouver, c'est un certain Bob White… décédé en 2011. Une autre chose à noter, c'est qu'il y a des doutes quant à l'authenticité des dossiers du collège. »

« C'est des faux ? »

« Je ne suis pas sûr. Les types des renseignements sont occupés à vérifier. Mais je crois qu'il n'y a rien ici qui nous confirme que Charlie Holt soit Will Albrecht. »

Mackenzie n'en était pas aussi sûre.

« Il y a un seul moyen de le savoir, » dit-elle.

CHAPITRE TRENTE

Quand Mackenzie retourna dans la salle d'interrogation, elle était bien consciente que trois paires d'yeux l'observaient à travers la caméra. Elle était également bien consciente du regard méfiant sur le visage de Charlie.

« C'est ta dernière chance, » dit Mackenzie. « Tu parles maintenant ou tu vas passer quelque temps en prison. » Elle savait bien que ce n'était pas vrai, à moins qu'ils trouvent quelque chose sur lui – mais elle était presque certaine qu'il n'en avait aucune idée.

Charlie se contenta de hausser les épaules.

« Pourquoi as-tu essayé de te sauver quand on est venu te poser quelques questions concernant l'affaire ? En tant que garde-forestier, tu aurais dû être plus que disposé à nous aider. »

Il resta silencieux. Mackenzie souhaita presque qu'il le fasse de manière plus insolente. Peut-être avec les bras croisés ou avec une sorte de sourire en coin au bord des lèvres. Mais non… Charlie tremblait, ses lèvres frémissaient et ses yeux étaient sur le point de se remplir de larmes.

« Très bien. Continue à te taire, » dit-elle. « Mais entretemps, je vais te raconter une histoire. C'est OK ? » Sans lui laisser le temps de comprendre où elle voulait en venir, Mackenzie commença à parler : « Bien que les meurtres horribles du parc de Little Hill soient vraiment tragiques, ça vaut la peine de mentionner que ce n'est pas la première fois que quelque chose de terrible se passe dans ce parc. Tu vois… il y a environ vingt ans, un petit garçon a disparu. Il avait sept ans et il a été enlevé sur un sentier du parc, alors qu'il avait légèrement devancé ses parents sur son vélo. La police a mené beaucoup de recherches mais le petit garçon n'a jamais été retrouvé. »

Mackenzie fit une pause et se pencha vers la table en le regardant droit dans les yeux. Une larme finit par couler sur sa joue, suivie d'une autre. Il laissa échapper un gémissement et détourna les yeux d'elle.

« L'histoire continue avec un garde-forestier qui travaille à Little Hill depuis quelques années maintenant. C'est un type qui a l'air assez sympa mais le truc marrant, c'est que quand la police a commencé à fouiller dans son passé, il y avait une grande partie qui manquait. Il n'y a aucun dossier sur son enfance – en tout cas, pas avant le collège en Pennsylvannie. Et puis il y a… »

« Arrêtez, » dit-il. « *Arrêtez*, s'il vous plait ! » Il renifla et leva les yeux vers elle. Il avait l'air perdu, vaincu et brisé.

Mackenzie s'éloigna de la table de quelques pas, pour éviter d'avoir l'air trop menaçante. Puis elle soupira et prit une voix douce et rassurante.

« Où étiez-vous durant toutes ces années, Will ? »

« Il prenait soin de moi. »

« Qui ? »

Will Albrecht hocha de la tête. C'était la première fois qu'il avait l'air totalement réticent à coopérer. Ses mâchoires étaient serrées et ses yeux étaient d'un froid glacial, malgré les larmes.

« Voyons voir si je peux remplir les blancs pour toi, » dit-elle. « Je pense qu'il y a de grandes chances que la personne qui t'ait enlevé ait pris soin de vous. Il est possible que vous ayez quitté la région et vécu une vie secrète quelque part d'autre. En Pennsylvannie, peut-être. Et puis tu es revenu ici avec ton kidnappeur. Tu t'es fait engager comme garde-forestier pour pouvoir… quoi ? L'aider à trouver ses prochaines victimes ? »

Il leva les yeux vers elle avec une expression bizarre, une sorte de rage implorante. « Ça ne se passe pas comme ça. Il… il aide… »

« Qui ? Et pourquoi l'avez-vous aidé ? »

Il secoua de nouveau la tête.

« Comment tu t'y prends, Will ? Comment choisis-tu les personnes que cet homme tue ? Qu'est-ce qui faisait de Brian Woerner un bon candidat ? Will… tu connais le tueur, n'est-ce pas ? Tu l'as aidé jusqu'à maintenant. »

« Je… je devais le faire. C'est important. Ce qu'il fait… est très important. Et il… il m'aurait fait du mal. »

« Will… qu'il pense que ce soit important ou pas, c'est complètement faux. Il tue des gens. Il les *charcute*. Et tu *lui offres ton aide* ! »

Il se contenta de secouer la tête, silencieusement.

« Il faut que tu nous dises qui c'est, » dit Mackenzie. « Il faut que tu nous aides à le trouver. »

Mais il resta silencieux.

Elle sentit la colère monter en elle et le côté obscur qui avait envie de prendre le dessus. Mais elle était enfin parvenue à communiquer avec lui. Elle savait comment fonctionnait ce genre de personne. Il avait été kidnappé et son ravisseur lui avait lavé le cerveau de manière efficace. Si elle perdait son sang froid avec lui, il se fermerait complètement.

« Jetez-moi en prison si vous voulez, » dit-il. Il continuait à sangloter, mais le ton de sa voix était calme, presqu'en paix. « Faites ce que vous avez à faire. Mais je ne dirai pas un mot de plus. »

Elle savait qu'elle ne pouvait rien faire d'autre que s'en aller. Elle avait déjà découvert sa vraie identité et sa vie avait été dévoilée au grand jour. Après un tel traumatisme, elle savait qu'il ne dirait plus rien d'autre. Qu'avait-il d'autre à perdre maintenant ? Une seule chose, apparemment… l'identité du tueur. Et elle était certaine qu'il n'allait la dévoiler sous aucun prétexte.

« Très bien, Will, » dit-elle. « Mais j'aimerais que tu y réfléchisses bien. Je voudrais que tu repenses aux scènes que tu as vues dans les bois… à l'œuvre de l'homme que tu protèges. Le sang qu'il a fait couler et le chagrin qu'il a causé sont également ta responsabilité. Tu peux changer tout ça aujourd'hui en faisant ce qui est correct. »

Will Albrecht se mit de nouveau à hocher de la tête.

Mackenzie se dirigea lentement en direction de la porte. Elle sortit de la salle d'interrogation et quand elle se retrouva dans le corridor, elle se mit à serrer et à desserrer les poings. Elle était partagée entre la colère et la logique et à l'instant présent, peu lui importait celui qui en sortirait vainqueur.

Clements se précipita dans sa direction. Ses yeux étaient pleins d'enthousiasme.

« Merde, » dit-il. « Vous aviez raison. »

« Mais il y a toujours un tueur en liberté, » dit-elle, « et si Will ne parle pas, nous ne sommes pas près de le retrouver. »

À l'intérieur de sa poche, son téléphone se mit à sonner. Elle le sortit et regarda le numéro qui s'affichait.

C'était McGrath.

Son coeur s'arrêta de battre et elle se demanda pourquoi il l'appelait. Tout de suite, elle pensa à son voyage au Nebraska et au fait qu'elle lui avait menti concernant les raisons de son absence.

« Excusez-moi, » dit-elle à Clements. « Il faut que je réponde. »

Elle s'éloigna, prit une profonde inspiration et décrocha. « Agent White. »

« Mackenzie, » dit-il. « Êtes-vous à Strasburg ? »

« Oui, monsieur. Pourquoi ? »

« Je voulais juste m'en assurer vu que vous avez apparemment l'habitude de mentir à vos supérieurs sur les raisons de vos déplacements à certains endroits. »

« Monsieur, je… »

« Taisez-vous. Pour une fois, White, taisez-vous. J'ai un œuf à peler avec vous. »

CHAPITRE TRENTE ET UN

« Je vous écoute, » dit-elle. Elle détesta le fait d'être instantanément nerveuse. Elle avait le sentiment de savoir quelle était la raison de cet appel et elle en méritait probablement toutes les conséquences.

« Votre voyage au Nebraska, » dit-il. « Je sais de source sûre que vous n'avez pas totalement été honnête avec moi. Vous voulez m'expliquer tout de suite ou il va falloir que je vous sermonne et que je vous réprimande ? »

Elle ne voyait pas la raison de mentir ni même d'hésiter. « Quelque chose est arrivé là-bas. Une nouvelle affaire liée à l'enquête sur la mort de mon père. Un détective privé m'a fourni tous les détails. Monsieur… Je ne sais pas si je peux vous expliquer pourquoi, mais il fallait que j'aille y jeter un coup d'oeil moi-même avant que cette affaire ne finisse sur le bureau d'un agent du FBI. »

« Et pourquoi ça ? » demanda McGrath.

« Parce que je savais que les chances étaient très minces que je puisse travailler sur cette affaire. Il fallait que j'aille voir avant que l'accès ne m'en soit littéralement bloqué. »

McGrath resta silencieux pendant un moment et quand il se remit à parler, il prononça ses mots lentement et de manière calculée. « Je comprends votre besoin d'aller y jeter un œil vous-même. Mais si vous me mentez encore une seule fois de cette manière, je veillerai à ce qu'on vous enlève votre badge. »

« Oui, monsieur. »

Il soupira et un long moment de silence s'ensuivit. Mackenzie sentit son coeur battre à tout rompre, se demandant si elle allait perdre son boulot avant même d'avoir commencé.

« Écoutez, » dit-il finalement, sur un ton radouci. « Je suis sûr que je le regretterai plus tard mais voici ce que je vous propose : vous clôturez cette affaire avant qu'un autre cadavre ne soit découvert et je verrai ce que je peux faire pour qu'on vous assigne l'affaire. Elle est officiellement arrivée jusqu'à nous. Et à partir de demain, ce sera une enquête officiellement ouverte. Si je vous assigne cette affaire, vous devrez faire profil bas… alors ne vous enthousiasmez pas encore trop vite. »

« Merci, monsieur. »

« Ne me remerciez pas encore. Pour l'instant, faites votre boulot et attrapez-moi ce tueur du camping. »

Il raccrocha avant qu'elle n'ait le temps de lui dire qu'elle ferait son possible. Elle remit son téléphone en poche et se dirigea rapidement en direction de la petite salle de pause. Smith et Bryers étaient assis à une petite table et ils sirotaient leur café dans des gobelets en polystyrène. Mackenzie se servit un café et les rejoignit.

« Smith, » dit-elle, « Est-ce que ça ne vous dérangerait pas si Bryers et moi parlions en privé ? »

Smith hocha de la tête et se leva. On aurait dit qu'il était assez content de les quitter, en fait. Il avait l'air nerveux et très fatigué au moment où il sortit de la pièce.

« Tout va bien ? » demanda Bryers au moment où Mackenzie s'assit.

« Et bien, je trouve que les choses sont un peu *bizarres*, » dit-elle. « MacGrath vient juste de m'appeler. Je ne sais pas comment mais il a appris la raison pour laquelle je suis retournée au Nebraska. »

« Peut-être que c'est le détective privé que tu as rencontré qui en a parlé ? »

« Je ne pense pas mais je ne peux pas vraiment en être sûre. Je ne sais pas non plus comment il aurait pu l'apprendre d'autre. »

« Il était fâché ? » demanda Bryers.

« C'est ça, le truc bizarre, » dit Mackenzie. « Il n'était certainement pas content de l'apprendre mais il n'était pas non plus aussi fâché qu'il ne l'est d'habitude dans des cas d'insubordinations. Il m'a même dit qu'il m'assignerait à l'affaire si je voulais. Mais que je devais rester discrète. »

« C'est super, » dit Bryers. « Quand est-ce qu'il t'envoie là-bas ? »

Elle haussa les épaules et soupira. « Je ne sais pas si je vais accepter l'affaire. »

« Pourquoi pas ? » demanda-t-il.

« Parce que ça fait partie de mon passé. Un passé que j'ai essayé de fuir durant toute ma vie. Cette affaire va à contre-courant… elle me tire en arrière. Et bien qu'une partie de moi ait vraiment envie d'y aller et de comprendre en quoi consiste ce lien avec la mort de mon père… une autre partie de moi, peut-être la plus sage, me dit de ne pas y mettre mon nez. »

Ce qu'elle évita d'ajouter, c'était la pensée déchirante qu'elle était parvenue à très bien s'en sortir sans la présence ni le soutien du reste de sa famille – en quoi laisser derrière elle le mystère de la mort de son père serait-il différent ?

Et il y avait aussi bien sûr les dernières révélations sur sa mère à prendre en considération.

« C'est très remarquable de ta part, » dit Bryers. « Et si je peux me permettre d'être direct, je pense que c'est la décision la plus sage. Le Nebraska et tout ce qui s'y est passé se trouve maintenant derrière toi. Ce que tu fais aujourd'hui… et bien, c'est ton présent *et* ton futur. Tu es vraiment douée dans ce que tu fais, Mac. Je suis encore sur le cul par la manière dont tu as compris que Charlie Holt était en réalité Will Albrecht. Ne laisse jamais ton passé te retenir ou t'empêcher d'aller de l'avant. » Il s'interrompit et lui décocha un faible sourire. « Et tu en peux croire un moribond qui n'a pas le temps d'apprécier pleinement son futur. »

« Bryers, tu ne peux pas penser comme ça, » dit-elle. « C'est défaitiste. C'est… »

Un coup frappé à la porte l'interrompit. Clements ouvrit la porte et entra. Il avait l'air de s'excuser comme s'il savait qu'il venait d'interrompre une conversation importante.

« Excusez-moi de vous interrompre, » dit-il. « Mais on va mettre Albrecht en cellule pour la nuit. Peut-être qu'il parlera demain. »

« Peut-être, » dit Mackenzie. Elle ne pouvait pas s'empêcher de voir des changements dans le comportement de Clements. Il était totalement différent quatre jours plus tôt quand elle et Bryers étaient arrivés pour la première fois sur l'affaire. Elle se demanda si son changement de comportement avait à voir avec son efficacité ou avec la nature même de l'enquête.

« Alors vous êtes d'accord pour qu'on l'enferme ? » demanda-t-il.

« Je pense que vous avez bien assez de raisons de le faire, » dit Mackenzie. « Je pense aussi que ce serait bien d'envoyer quelques hommes jusque chez lui pour voir s'il y a quoi que ce soit d'intéressant là-bas. Will est notre meilleure chance de trouver ce tueur – et il est peut-être même notre seule chance. »

Clements hocha de la tête, dit un rapide « Merci » sur un ton bourru, puis sortit de la pièce.

Quand il fut parti, Bryers se mit debout et s'étira.

« Du bon boulot ce soir, Mac, » dit-il. « Qu'est-ce que tu penses si on retourne à l'hôtel et qu'on va prendre un peu de repos ? Avec Albrecht en cellule, on ne peut pas faire grand-chose de plus ici, jusqu'à ce qu'il se décide à parler. »

Elle avait envie de rester dans le coin pour peut-être interroger à nouveau Will Albrecht. Il allait sûrement craquer à un moment.

Mais elle pouvait aussi dire à Clements et à ses hommes de l'appeler si ça arrivait. Pour l'instant, Bryers avait raison. Elle avait besoin de dormir. Elle avait besoin de recharger ses batteries.

Bryers fut pris d'une puissante quinte de toux qui secoua Mackenzie au plus profond d'elle-même. Elle fronça les sourcils dans sa direction et, de manière à rendre son élan de sympathie un peu moins visible, sachant que ça le mettrait mal à l'aise, elle secoua la tête.

« Mon dieu, Bryers, » dit-elle. « Ça n'a pas l'air d'être la grande forme. C'est moi qui conduis. »

Elle put voir dans ses yeux qu'il apprécia la petite pointe de légèreté. « C'est probablement une bonne idée, » dit-il.

Elle lui ouvrit la porte mais garda les yeux baissés car elle avait peur que ses émotions la trahissent et qu'elle se mette à pleurer à tout moment.

***

Bien qu'elle soit vraiment fatiguée, Mackenzie était couchée dans l'obscurité de sa chambre d'hôtel et fixait le plafond des yeux, incapable de trouver le sommeil. Elle fit de son mieux pour se concentrer sur l'affaire de Little Hill mais des images de cette fichue carte de visite n'arrêtaient pas de surgir devant ses yeux.

Antiquités Barker, pensa-t-elle. *Un endroit qui apparemment n'existe même pas. C'est quoi ce bordel ?*

À bien des égards, l'inclusion des cartes de visite aux endroits où son père et Jimmy Scotts étaient morts, était très similaire à ce que le tueur faisait à Little Hill. Il charcutait ses victimes, puis il les exhibait. Il *voulait* que les gens voient la forme des corps. Et la personne qui avait laissé les cartes de visite *voulait* laisser les indices d'une manière subtile mais néanmoins osée.

Mais pourquoi ?

En ne voyant aucune réponse à cette question arriver, Mackenzie finit par s'accorder un peu de sommeil. Elle rêva mais ce n'était pas le cauchemar habituel qui la tourmentait. Dans ce rêve, elle se tenait dans une maison où elle n'avait encore jamais été mais qui était remplie de formes et d'angles familiers. Elle tenait une massue en main et elle s'attaquait aux murs. Le plâtre tombait comme de la neige tout autour d'elle. Alors qu'elle traversait un autre mur, elle put voir dans la pièce qui se trouvait au-delà. Dans cette pièce, elle vit Stéphanie. Elle hurlait au téléphone et bien que

Mackenzie ne puisse pas s'en assurer, elle était certaine que c'était leur mère qui se trouvait à l'autre bout du fil.

Stéphanie vit Mackenzie qui la regardait à travers le trou dans le mur et elle se précipita dans sa direction. Elle lui tendit le téléphone, avec des yeux remplis de larmes.

« Elle veut te parler, » dit Stéphanie.

Mackenzie tendit le bras à travers le trou et prit le téléphone.

C'est à ce moment-là qu'elle se réveilla en sursaut dans son lit. Elle entendait un téléphone sonner mais elle avait l'impression que ça faisait encore partie de son rêve. Le son familier de la sonnerie de son téléphone finit par la réveiller complètement.

Au moment où elle attrapa son téléphone portable qui se trouvait sur la table de nuit à côté d'elle, elle vit à travers ses yeux endormis qu'il n'était que trois heures cinquante-six du matin.

Elle répondit à l'appel sans faire beaucoup d'effort pour dissimuler le fait qu'elle venait d'être reveillée. « Allô, » dit-elle sans ouvrir beaucoup la bouche.

« Agent White ? »

« Oui. Qui est-ce ? »

« C'est Clements, » dit la voix du shérif. « Désolé de vous appeler à une telle heure mais je pense qu'il faudrait que vous veniez au commissariat de Strasburg. »

« Pourquoi ? Qu'est-ce qui se passe ? »

« C'est Charlie Holt… ou Will Albrecht, plutôt. »

« Qu'est-ce qui se passe avec lui ? » demanda Mackenzie.

« Il vient de se tuer. »

CHAPITRE TRENTE-DEUX

Elle arriva au commissariat à quatre heures dix-huit, sans s'être maquillée et sans avoir pris de café. Elle savait que Bryers allait lui en vouloir à mort mais elle ne l'avait pas appelé. Elle voulait qu'il se repose. De plus, ils ne pouvaient pas vraiment faire grand-chose, maintenant qu'Albrecht s'était tué. Ça n'avait pas de sens de priver Bryers d'un sommeil dont il avait vraiment besoin.

Une ambulance était garée sur le parking, juste devant les portes d'entrée. La lumière rouge sur le toit clignotait, peignant tout en rouge.

Clements la retrouva à la porte d'entrée. Il avait l'air aussi fatigué qu'elle. Il tenait deux tasses de café en main et en tendit une à Mackenzie.

« Où est votre partenaire ? » demanda-t-il.

« Je l'ai laissé dormir, » dit-elle, en acceptant la tasse de café avec plaisir. « Pas vraiment besoin d'être deux dans un cas pareil. Comment s'y est-il pris ? » demanda-t-elle.

« Il a noué un drap de lit autour de son cou et il s'est pendu. Les secours l'avaient presque ramené à la vie mais nous l'avons définitivement perdu environ deux minutes avant que je ne vous appelle. »

Il l'accompagna vers l'arrière de l'édifice où se trouvaient trois petites cellules. Elles se limitaient à un sol en béton nu, un lit et une petite table près du lit. La première des cellules était occupée par deux secouristes et un cadavre couvert d'un drap sur une civière.

Mackenzie regarda à l'intérieur, l'air surpris. « Comment s'y est-il pris pour se pendre là-dedans ? »

L'un des secouristes secoua la tête et dit, « Il ne s'est pas vraiment *pendu* en soi. Il s'est étranglé. Il a noué un bout du drap autour de son cou avec un noeud solide et l'autre bout au pied du lit. Le lit est boulonné au mur, alors quand il s'est élancé en avant, il n'a pas bougé d'un poil. »

« Ça demande pas mal de détermination, » dit Mackenzie.

« Ça, vous pouvez le dire, » dit le secouriste, en faisant rouler la civière en-dehors de la cellule. « Vous avez besoin du corps pour quoi que ce soit ? »

« Non, » dit Mackenzie, sur un ton déçu. « Ça va comme ça. »

Elle ne pouvait pas s'empêcher de se demander : *Et si c'était lui le tueur ? Et si on avait attrapé le tueur, qu'il s'était donné la mort et que cette affaire était terminée ?*

Elle avait envie de se sentir soulagée à cette idée mais elle n'y parvenait pas. Elle savait que Charlie/Will n'était pas le tueur. Elle espérait juste que c'était quelque chose que Clements et Smith verraient également.

« Désolé pour ce qui est arrivé, » dit Clements. « On n'a pas de caméras de sécurité dans les cellules, ni de gardiens devant les portes. Dans une petite ville comme celle-ci… »

« Je sais, » dit Mackenzie. « Et ne soyez pas désolé. Vous n'auriez pas pu savoir ce qui allait se passer. »

Ils se dirigèrent vers la petite salle de pause où l'odeur de café frais rappela à Mackenzie qu'elle avait presque terminé sa première tasse.

« Et quoi, maintenant ? » demanda Clements. « Si votre théorie est vraie, qu'il ne faisait que travailler pour quelqu'un d'autre et qu'il n'était pas le tueur, c'est un gros contretemps, non ? »

« Oui. Mais écoutez-moi, Clements. Le tueur – à la manière dont il dispose les cadavres – est une personne pleine d'arrogance. Il voulait que nous voyions son œuvre. Si Will Albrecht était vraiment le tueur, il ne se serait pas tué sans se confesser… et même sûrement se vanter. »

« Vous êtes sûre ? » demanda-t-il.

« Presqu'à cent pourcent, » répondit-elle. « Il avait *vraiment* peur de dire quelque chose qu'il ne devait pas… peur de dire quelque chose de compromettant. Est-ce qu'il a dit quoi que ce soit d'autre le reste de la nuit ? »

« Rien, » dit Clements. « Le seul moment où j'ai vu un signe de vie de sa part, c'est quand on lui a enlevé les affaires qu'il avait dans ses poches. Bien sûr, nous l'avions fouillé au moment où on l'avait ramené au commissariat et il n'avait aucune arme sur lui. Mais quand on a essayé de lui retirer les glands de ses poches et de ses mains, juste après que vous ayez quitté le commissariat, il a complètement perdu les pédales. »

Les glands, pensa Mackenzie. Puis elle pensa de nouveau aux cartes de visite dans les enquêtes du Nebraska. Elles avaient été laissées là dans le but de narguer. Mais au final, c'était une sorte d'indicateur.

Peut-être que les glands sont également une sorte d'indicateurs. Il n'y avait aucune empreinte, aucun signe de lutte ou d'enlèvement. Mais peut-être que les glands étaient un indice en eux-mêmes.

« Où avez-vous laissé les glands ? » demanda-t-elle.

Clements haussa les épaules. « Ils ont probablement fini à la poubelle. Je peux vérifier avec l'officier en service qui les lui a retirés. Il est encore là. »

« J'aimerais bien lui parler, si c'est possible. »

« Bien sûr. Venez avec moi. »

Clements la guida vers l'avant du bâtiment où un réceptionniste qui avait vraiment l'air de s'ennuyer, était assis derrière un bureau et feuilletait un magazine. Deux officiers étaient debout contre le mur oppose. L'un d'entre eux lisait un rapport pendant que l'autre lui parlait.

« Hé, Gary, » dit Clements.

Le policier qui tenait le rapport en main leva les yeux et se dirigea vers eux quand Clements lui fit signe d'approcher.

« Quand tu as pris les glands d'Albrecht, est-ce qu'il y avait quoi que ce soit d'autre dans ses poches ? » demanda Clements.

« Non. Juste des peluches et de la crasse. »

« Combien de glands y avait-il ? » demanda Mackenzie.

« Je ne me rappelle pas. Mais ils sont toujours emballés dans le casier à preuves, si vous voulez les voir. »

« Merci, » dit Mackenzie. « Clements, vous pouvez aller me les chercher ? Et vous pouvez me rappeler le nom de cet autre garde-forestier qui était à la première scène de crime ? »

« Joe Andrews. »

« Vous pouvez lui demander de venir ? »

« Je ne pense pas que ce sera un problème, » dit-il. « Vous pensez à quelque chose en particulier ? »

« Juste une intuition, » dit-elle.

Mais la vérité, c'était qu'elle *espérait* vraiment que ce soit bien plus qu'une intuition. Elle espérait que la chance soit de son côté.

Charlie Holt/Will Albrecht ramassait ces glands quelque part dans le parc, pensa-t-elle. *Et si ces glands pouvaient nous indiquer où il était allé... comme une sorte d'empreintes de pas ?*

Alors qu'elle suivait Clements vers l'arrière du commissariat, elle sortit son téléphone de sa poche. Finalement, elle allait devoir réveiller Bryers. Elle l'appela, le reveilla et lui expliqua ce qui s'était passé tout en continuant à suivre Clements. Elle lui dit également que l'un des policiers était en route pour venir le chercher et le ramener au commissariat.

Clements ouvrit le casier à preuves avec une clé qui pendait d'une chaîne à sa ceinture. À l'intérieur, il y avait un sachet en plastique transparent contenant six glands. L'un d'entre eux était complètement pelé. Mackenzie leva le sachet pour le regarder à la lumière. En observant les glands, elle eut l'impression que la chance pourrait finalement se trouver de son côté.

Cinq des glands étaient similaires en apparence (excepté pour celui qui était complètement pelé). Mais le sixième avait l'air différent. Elle ne s'y connaissait pas du tout en arbres mais elle était presque certaine que le sixième était différent car il provenait d'un arbre différent.

Peut-être que ça ne voulait rien dire du tout, mais quelque chose en elle lui disait que ça pourrait être un énorme indice.

Durant la demi-heure qui suivit, Clements s'assura que sa petite salle de conférence soit en ordre et que le café soit prêt. Quelques appels furent passés et Mackenzie fit de son mieux pour se ressaisir. La nuit avait été éprouvante… en fait, les trois ou quatre derniers jours avaient vraiment été des journées de fou. Elle avait l'impression de se décomposer lentement et elle fit de son mieux pour éviter que ça s'empire.

Quand Bryers arriva au commissariat quinze minutes plus tard, il était bien entendu exaspéré mais pas fâché. Il fit un signe de la tête en direction de Mackenzie quand il entra dans la salle de conférence, où une poignée de personnes s'étaient déjà rassemblées. Il s'assit à la gauche de Mackenzie, pendant que Clements prenait place à sa droite, avec le sachet de glands en main. De l'autre côté de la table, Joe Andrews tenait également un sachet en plastique qu'il avait amené avec lui.

Clements avait mis Andrews au courant de la vraie identité de son collègue, mais également de son suicide. Andrews avait l'air en état de choc. Même lorsqu'ils commencèrent leur réunion improvisée, il avait l'air absent.

« Alors, » dit Clements. « Pourquoi les glands sont-ils aussi importants ? »

Mackenzie prit le sachet que Clements tenait en main. À l'intérieur, se trouvaient les six glands qui avaient été retirés de la poche droite du pantalon de Will Albrecht, ainsi que des fragments de coquilles. Puis elle prit le sachet que Joe Andrews avait amené. Il y avait quinze glands dans ce sachet, qu'Andrews était allé chercher dans le casier de Will à son lieu de travail.

Vingt et un glands au total. Elle espérait trouver un indice au moins dans l'un d'entre eux.

« Vous avez dit vous-même qu'il était toujours occupé à les ramasser, à les peler ou à les fourrer dans ses poches, c'est bien ça ? » demanda Mackenzie.

« Oui, » dit Clements. « On aurait dit qu'il avait tout le temps besoin de chipoter à quelque chose. »

« Lui et ses glands, » dit Andrews. « Il était tout le temps occupé à en ramasser. Je pense que parfois il ne réalisait même pas qu'il le faisait. Ses poches en étaient tout le temps pleines. Il les ramassait et les pelait – comme s'il allait les manger. J'ai toujours pensé que c'était un peu bizarre. »

« Un tel comportement compulsif est assez courant chez des gens qui ont un haut niveau d'anxiété ou qui ont vécu une sorte de traumatisme dans leur vie. Mais je me demandais… Monsieur Andrews, vous avez une bonne connaissance des forêts de ce parc ? »

« Je m'y connais assez bien en termes de faune et de rivière. Mais j'ai l'impression que vous voulez en savoir davantage concernant les glands, c'est bien ça ? »

« Oui. Et en particulier, concernant celui qui se trouve dans le sachet à évidences et qui a l'air différent des autres. »

« Attendez une minute, » dit Clements. « On va vraiment se mettre à étudier des glands ? Je continue à penser que c'est terminé. Cette affaire… c'est fini. On a attrapé le type et il s'est tué. Je comprends vos théories et vos déductions, agent White. Vraiment, je comprends, mais c'est une perte de temps. »

« Shérif, il faut que vous pensiez à… »

« Non, » dit Clements. « Je n'ai vraiment pas besoin de faire quoi que ce soit. Vous m'avez maintenu éveillé bien trop longtemps et je n'ai aucune envie de continuer à perdre mon temps avec tout ça. Si vous avez envie d'aller chasser des glands dans les bois, c'est votre choix. Mais je ne perdrai plus une seule minute de mon temps avec ça. » Il se leva et se retourna vers elle au moment où il se dirigeait vers la porte. « Vous pouvez continuer votre étude de glands dans ma salle de conférence. Je vous laisse encore cinq minutes, puis je vous demanderai poliment de vous en aller – et de laisser mes hommes surmenés en-dehors de tout ça. »

Il sortit, laissant Mackenzie, Bryers et Joe Andrews dans un silence gênant.

« Et bien, c'était un peu dramatique, » dit Bryers.

« Ça l'était, » dit Mackenzie. « Monsieur Andrews, qu'est-ce que vous étiez occupé à nous dire ? »

« Je vous disais que je ne pouvais pas vraiment vous aider avec des connaisances approfondies sur les glands, mais que nous avons un expert en agriculture avec une formation en botanique qui travaille au parc. Pour toute question concernant des arbres ou des graines, c'est votre homme. »

« Est-ce qu'il est possible de lui parler ? »

« Je vais l'appeler tout de suite, » dit Andrews, en sortant son téléphone. « Mais il faut que je vous prévienne… il est un peu excentrique. »

« Étant donné ces derniers jours, un peu d'excentricité sera bienvenue, » dit Mackenzie.

CHAPITRE TRENTE-TROIS

Le garde-forestier avec une formation en botanique et en agriculture était un homme plus âgé – d'environ la soixantaine – avec une épaisse moustache et des lunettes dont les verres avaient l'air d'avoir été découpés dans des fonds de bouteilles. Il s'appelait Barry D'Amour et il avait l'air un peu trop content d'avoir été appelé au travail à six heures du matin. Il était déjà occupé à travailler derrière un ordinateur quand Mackenzie et Bryers entrèrent dans son bureau. Mackenzie amenait avec elle le sachet en plastique contenant les glands qu'Andrews avait apportés, ainsi que les six glands qui avaient été retirés des poches de Will Albrecht.

« Ah, agents White et Bryers, j'imagine ? » dit D'Amour au moment où ils entrèrent.

« Oui, » dit Mackenzie. « Merci de nous recevoir aussi tôt. Et au risque d'avoir l'air un peu ingrat, nous espérions que cette visite soit la plus rapide possible. Si nous pouvions obtenir des résultats rapidement, nous pourrions éventuellement découvrir de nouveaux aspects liés à cette affaire. »

« Certainement, » dit D'Amour. Il s'empressa de retirer tout ce qui encombrait son bureau : l'ordinateur portable, quelques cahiers, des stylos et des papiers éparpillés. La seule chose qui resta sur son bureau une fois qu'il eut terminé, fut une petite lampe.

« S'agit-il des glands en question ? » demanda D'Amour.

« Oui, » dit Mackenzie, en les lui tendant.

D'Amour jeta un oeil à l'intérieur du sachet, sourit d'un sourire enfantin et déversa lentement les vingt et un glands sur la table. Une fois qu'ils y furent étalés, il en fit des rangées et des piles. Pendant qu'il les organisait, il regarda Mackenzie et lui demanda : « Qu'est-ce que je dois y trouver, exactement ? »

« Et bien, j'ai remarqué qu'un gland du sachet d'évidences était différent des autres, » dit Mackenzie. « Il avait une autre forme et une couleur légèrement différente. Je me demandais si vous pourriez recouper ces glands avec les zones du parc où les corps ont été retrouvés. Je voudrais également savoir si certains de ces glands se démarquent en étant différent des autres. »

« Votre première question va être impossible à traiter, » dit D'Amour. « La majorité de ces glands semblent provenir de chênes blancs ou de châtaigniers. Ces derniers, avec les lauriers, correspondent à au moins quatre-vingts pourcent des arbres produisant des glands sur le territoire du parc de Little Hill. Je suis quasiment sûr que ces glands peuvent être trouvés sur le sol à chacun des endroits où vous avez retrouvé des corps. »

« OK, » dit Mackenzie. « Vous dites que les chênes blancs, les châtaigniers et les lauriers sont assez courants. Mais est-ce qu'il y a des glands différents ou bizarres dans les piles devant vous ? »

D'Amour montra du doigt une pile où il avait séparé trois glands du reste. Mackenzie était presque sûre que l'un de ces glands était celui qui avait attiré son attention dans le sachet d'évidences.

« L'un de ces glands, comme vous pouvez le voir, est un peu trop abîmé pour faire une bonne estimation, » dit D'Amour. « Mais je pense que c'est le même que les deux autres. Ces glands proviennent d'un châtaignier des marais. Ça se voit à la couleur, au corps rebondi et à la dureté au niveau de la couronnne. Autant que je sache, il n'y a pas de châtaignier des marais dans le parc. Ils poussent mieux dans des endroits humides. Vous pouvez parfois les voir le long des rivières dans le Sud. Ou, comme son nom le suggère, dans des régions marécageuses. »

« Est-ce qu'il y a des glands de ce genre dans le parc ? » demanda Bryers, derrière Mackenzie.

« Non, pas que je sache, » dit D'Amour. « Mais il y en a sûrement quelques-uns le long des frontières du parc – vers le coin Ouest de la propriété. Par là-bas, il y a pas mal d'arbres différents. »

« Est-ce qu'il y a une rivière ou un marécage de ce côté-là ? » demanda Mackenzie.

« Il y a un petit ruisseau qui coule par là mais il ne devient jamais assez gros ou important pour être considéré comme une rivière, » répondit D'Amour. « Il y a quelques années, avant que des lois viennent réguler l'utilisation des parcs naturels, les gens avaient l'habitude d'aller camper là-bas et d'y pêcher des grenouilles. Quand il y a eu ce problème de sans-abris, quelques SDF y sont également restés dans les petites cabanes qui étaient dressées juste à l'extérieur des limites du parc. Ces cabanes avaient été construites par des chasseurs mais n'ont jamais été beaucoup utilisées, à part par quelques SDF et des aventuriers pêcheurs de grenouilles. »

« À quoi ça sert la pêche à la grenouille ? » demanda Bryers.

« Vous avez déjà mangé des cuisses de grenouille ? » demande D'Amour.

« Non, jamais. Mais j'ai entendu qu'il y avait des gens qui en mangeaient. »

« La pêche à la grenouille a lieu en général dans des zones marécageuses ou dans le lit de ruisseaux. La pêche s'effectue à l'aide de fourches. Ce genre d'activités avaient encore lieu dans le Sud profond il y a peu. »

« Vous pensez qu'il pourrait y avoir des châtaigniers des marais dans ce coin-là ? » demanda Mackenzie.

« Oh, j'en suis presque certain. C'est le seul endroit auquel je peux penser qui se trouve à proximité du parc et où ils pourraient pousser. Vous les reconnaîtrez tout de suite car ils ont tendance à être plus petits. Leurs branches poussent en général plus près du sol, comparé aux autres châtaigniers. Et il devrait y avoir beaucoup de glands autour d'eux car les glands des châtaigniers des marais sont mûrs en une seule saison. »

Mackenzie prit les trois glands en question et les mit en poche. « Vous dites que cette zone se trouve vers la limite Ouest du parc, c'est bien ça ? »

« Oui, c'est ça. »

« C'est loin ? »

D'Amour haussa les épaules bien qu'il ait toujours l'air très enthousiaste. Mackenzie supposait qu'un homme ayant une formation de botaniste et passant la majorité de son temps à étudier des arbres, ne se retrouvait probablement pas souvent impliqué dans ce genre de situations. « À environ trente kilomètres d'ici, » répondit-il. « Et à une bonne vingtaine de l'entrée principale du parc. »

« Est-ce que vous pouvez me montrer où ça se trouve sur un plan ? »

D'Amour ouvrit l'un des tiroirs de son bureau et sortit un plan du parc qu'il étala sur la table. Il parcourut le papier des doigts et montra une zone sur le côté gauche de la page. « C'est juste là. »

« Et ces cabanes s'y trouvent toujours ? » demanda Mackenzie.

« Autant que je sache, oui. »

Mackenzie et Bryers échangèrent un regard. Il hocha de la tête. C'était peut-être bien là que se trouvait leur tueur.

CHAPITRE TRENTE-QUATRE

Quand Mackenzie se retrouva dans les bois une demi-heure plus tard, la sensation était bien différente de celle qu'elle avait eue la première fois où elle et Bryers étaient entrés dans le parc de Little Hill. En prenant la route indiquée par D'Amour, elle et Bryers purent rouler le long d'une ancienne route déserte de débardage. La piste en terre battue était un embranchement de la route principale, à cinq kilomètres de la limite Ouest de Little Hill. Alors qu'ils s'avançaient sur cette piste, la lumière du matin commençait à poindre et donnait un air poussiéreux et apocalyptique à tout ce qui les entourait.

La route était difficile mais faisable. Il lui fallut néanmoins dix minutes pour couvrir les deux kilomètres et demi du trajet qui se terminait dans un petit champ desséché. La route de débardage continuait de l'autre côté du champ mais c'était l'endroit où D'Amour et Andrews leur avaient dit de s'arrêter. À partir de là, ils devaient traverser la forêt à pied jusqu'à ce qu'ils arrivent à la limite du parc, à environ deux kilomètres de là.

Après avoir fait quelques pas en forêt avec Bryers à ses côtés, elle se retourna et regarda en direction du vieux champ desséché. Leur voiture qui y était garée avait l'air d'un objet extraterrestre, comme une sorte de vaisseau spatial venu d'ailleurs.

« Ça va ? » lui demanda Bryers.

« Oui. C'est juste que c'est vraiment calme. »

« Tu penses que ce truc avec les glands est la réponse à tout ça, n'est-ce pas ? » demanda-t-il, alors qu'ils s'enfonçaient plus profondément dans les bois.

« Je pense effectivement qu'il y a de grandes chances que ce soit le cas, » dit-elle. « En fait, mon espoir repose sur le fait que, avec son habitude de continuellement ramasser des glands, Albrecht en ait par hasard ramassé au moment où il a été voir celui qu'il aide en cachette. »

« Tu es donc convaincue qu'Albrecht n'était pas le tueur ? »

« Presqu'à cent pourcent. Mais s'il s'avère que j'ai tort, je serai la première à présenter mes excuses à Clements. »

Bryers hocha de la tête pour montrer son accord. Elle remarqua que ses yeux avaient l'air fatigués. C'était peut-être son imagination mais elle avait l'impression qu'il faisait beaucoup d'efforts pour respirer. Il continuait néanmoins à avancer sans se plaindre. Il était juste derrière Mackenzie, à moins de deux pas derrière elle.

Elle regarda attentivement autour d'elle, cherchant des arbres qui correspondraient à la photo qu'elle avait affichée sur l'écran de son téléphone. Mais pour l'instant, elle ne voyait rien qui ressemble à un châtaignier des marais. D'Amour leur avait dit qu'ils devraient probablement marcher au moins deux kilomètres avant d'en voir.

Ils marchèrent en silence. Mackenzie ne put s'empêcher de se demander ce que Kirk Peterson pouvait bien faire en ce moment. À cause du décalage horaire, il était probablement encore occupé à dormir mais elle se demanda ce qu'il avait bien pu découvrir d'autre dans l'affaire Jimmy Scotts. Ce qui l'amena à penser à sa conversation avec McGrath. Elle était encore sous le choc qu'il lui ait subtilement fait savoir qu'elle avait le feu vert pour s'occuper de l'affaire Scotts et dès lors, de l'enquête réouverte sur la mort de son père. Elle se demanda s'il faisait ça parce qu'il commençait à croire en elle ou si c'était dans le but de la mener à l'échec.

Elle interrompit le cheminement de ses pensées quand elle remarqua des glands éparpillés au sol. Elle s'agenouilla et les ramassa, en les triant. Aucun d'entre eux ne ressemblait à un gland de châtaignier des marais.

Alors qu'ils continuaient à marcher, Mackenzie se demanda quel type de tueur avait besoin d'un assistant pour l'aider à kidnapper ses victimes. Car, bien que Will Albrecht ne l'ait jamais clairement admis, elle était certaine que c'était le cas. Même Clements et Smith avaient eu l'air de le croire aussi. Bien sûr, ça avait été durant l'excitation de la découverte que Charlie Holt était en fait Will Albrecht. Dans ce moment de jubilation, ils auraient été d'accord avec à peu près n'importe quoi.

La manière dont cet homme avait pu aussi facilement manipuler le garçon qu'il avait kidnappé, faisait penser à Mackenzie qu'il devait s'agir d'un homme qui possédait un certain charisme – spécialement pour parvenir à corrompre un enfant et lui faire penser que l'acte de tuer faisait partie d'une tâche très importante. Que c'était non seulement acceptable, mais que c'était aussi nécessaire.

Il faut avancer avec prudence, pensa-t-elle. *Le type est bien plus qu'un tueur. Il est aussi très intelligent.*

La brutalité des mises à mort… le fait d'avoir un complice… une très bonne connaissance de cette forêt. C'était quelque chose qu'il planifiait depuis longtemps. Et ça le rendait d'autant plus imprévisible.

Elle fut interrompue dans ses pensées par la voix rauque de Bryers derrière elle.

« Il faut que je m'arrête, » dit-il.

« Ça va ? » Elle se retourna et vit qu'il était pâle et hors d'haleine.

« Ça va aller, » dit-il, en s'asseyant sur une souche à proximité. « Il faut juste que je reprenne mon souffle. Mes poumons n'en peuvent plus et j'ai une douleur dans la poitrine. Ça m'est déjà arrivé auparavant, alors je sais que ça va passer. Mais vas-y toi, continue. Va voir ce que tu peux trouver. Je t'ai dit que je veillerais à ne pas te ralentir. »

« Mais je ne peux pas te laisser ici tout seul, » argumenta Mackenzie.

« Bien sûr que tu peux. Veille seulement à revenir me chercher. Et pour l'amour de dieu… si tu *trouves* quelque chose, ne joue pas au héros. Reviens me chercher et on ira ensemble… ou appelle Clements pour avoir des renforts. »

Mackenzie y réfléchit un moment avant de finir par hocher de la tête et continuer. Elle estimait qu'il ne pouvait rien lui arriver de vraiment grave en restant assis sur une souche. La voiture se trouvait à moins d'un kilomètre derrière eux. Et s'il *s'avérait* qu'elle trouvait quelque chose de suspect, il lui suffirait de faire demi-tour et de le retrouver.

« Appelle si tu as besoin de moi, » dit-elle.

« Oui madame. Mais ne te tracasse pas pour moi, » dit-il, en caressant son avant-bras. « Ça va aller. »

Mackenzie continua à avancer, marchant à travers bois alors que le soleil du matin filtrait à travers les cimes des arbres. Elle devenait de plus en plus anxieuse au fur et à mesure que le temps passait. Elle réalisa alors qu'elle avait mis sa main en poche et qu'elle avait commencé à faire rouler un des glands entre ses doigts. Un frisson lui traversa le corps et elle sortit rapidement la main de sa poche.

Elle regardait les bois devant elle et essaya d'imaginer la scène… comment Will Albrecht avait pu se retrouver avec ces glands de châtaignier des marais. Est-ce qu'il rencontrait le tueur quelque part par ici ? Est-ce qu'il y avait une sorte de cachette quelque part devant elle où Will avait pour habitude de retrouver le tueur ? Est-ce que le tueur lui donnait des instructions ? Quelle victime choisir ? Comment les enlever ? Elle essaya d'imaginer Will quelque part par ici, occupé à parler avec le tueur et ramassant sans s'en rendre compte un gland légèrement différent de ceux qu'il ramassait d'habitude.

Ici, dans le silence de la forêt, c'était assez facile à imaginer.

Elle continua à avancer et elle marchait depuis environ vingt minutes quand elle vit le premier châtaignier des marais. Il ressemblait exactement à la photo que Barry D'Amour lui avait montrée. Il n'avait presque plus de feuilles. Elle vit de sombres protubérances au sol, les formes circulaires des glands et des feuilles éparpillés un peu partout.

Elle s'approcha de l'un des glands et le ramassa. Elle le compara aux glands qu'elle avait en poche et constata que c'était exactement le même. Elle regarda devant elle et vit plusieurs autres châtaigniers des marais. Il n'y en avait pas autant que les autres types d'arbres mais on aurait dit qu'ils devenaient de plus en plus nombreux dans cette partie de forêt qui s'étendait devant elle.

Elle les suivit comme une piste et se rendit compte qu'à un moment elle avait ralenti le rythme. C'était comme si les châtaigniers des marais étaient de mauvaise augure, un signal que quelque chose ne tournait pas rond…

Après quelques minutes, le sol se mit légèrement à descendre. Devant elle, elle vit les rives boueuses du ruisseau sinueux dont D'Amour lui avait parlé. Le long de cette rive, elle vit une vieille cabane délabrée. Elle ressemblait plutôt à une toilette extérieure. Son toit était défoncé et les murs étaient pourris. Elle supposa qu'il s'agissait là de l'une des vieilles cabanes utilisées par les pêcheurs de grenouilles dont D'Amour lui avaient parlé.

Elle avança de quelques pas et avant d'atteindre la cabane, elle repéra une autre structure de l'autre côté du ruisseau. Elle était construite sur un petit lopin directement devant une montée de terre criblée de cailloux. Cette structure était plus grande que la cabane qu'elle venait de voir. On aurait dit une sorte de cabane primitive – le vieil appentis d'un reclus solitaire. Mais il y avait aussi une sorte de petit porche tordu et un seau de vingt litres se trouvait devant.

Et d'après ce que Mackenzie pouvait en voir de loin, il y avait eu des mouvements récents dans le feuillage devant la cabane.

Des châtaigniers des marais entouraient la cabane de toutes parts et le sol était couvert de glands.

La voilà, pensa-t-elle.

Elle tendit instinctivement la main vers la crosse de son arme. Puis elle pensa à Bryers, assis à environ un kilomètre et demi de là. Elle savait qu'elle devrait aller le chercher avant de s'aventurer plus loin.

Mais cette horrible cabane était juste là, à portée de main, à seulement trente mètres de distance d'elle.

Elle ne pouvait pas faire demi-tour. Pas maintenant.

En marchant le plus silencieusement possible sur les feuilles et brindilles qui se trouvaient au sol, Mackenzie s'avança en direction de la structure. Ses yeux restaient rivés sur la cabane, même au moment où elle dut enjamber le ruisseau.

Quand ses pieds se retrouvèrent de l'autre côté, elle eut l'impression d'être arrivée… quelque part. Quelque chose était différent de ce côté-ci du ruisseau. Il y avait quelque chose qui clochait. Son instinct était à l'affût et elle sentit une montée d'adrénaline traverser son corps.

Mais elle continua cependant à avancer.

La forêt était silencieuse autour d'elle – un silence qu'elle ressentait au plus profond d'elle-même.

Mais elle fut incapable d'entendre le léger foulement de pas qui s'approchaient à quelques mètres derrière elle.

CHAPITRE TRENTE-CINQ

Alors que Mackenzie s'approchait de la cabane, elle se mit à sentir une odeur dans l'air. En fait, c'était plusieurs odeurs différentes. Celle qu'elle identifia tout de suite, c'était l'odeur de transpiration humaine. L'autre odeur était celle d'un produit chimique qu'elle ne parvint pas tout de suite à identifier. Ce n'était pas une odeur très forte mais elle s'intensifiait au fur et à mesure qu'elle s'approchait de la cabane.

Elle s'immobilisa devant la structure, se demandant si elle ne devrait pas annoncer sa présence. Elle se rappela les histoires qu'elle avait entendues au sujet des sans-abris qui venaient souvent par ici et elle se demanda si ce n'était pas là un abri qui avait été oublié. Elle regarda le sol devant la cabane et vit que sa première impression avait été la bonne – quelqu'un était passé par ici récemment.

Elle fit un pas en avant et c'est à ce moment-là qu'elle entendit un bruit derrière elle.

Elle se retourna rapidement, la main cherchant à atteindre son arme.

Quand elle vit l'homme s'élancer dans sa direction avec une hache en main, elle dégaina son flingue. Avant qu'elle n'ait le temps de viser, elle vit la hache fendre les airs et elle dut faire un pas de côté pour esquiver le coup. Elle sentit la lame passer à quelques centimètres de son visage. Plutôt que de tirer sur l'homme, elle s'élança sur lui au moment où il se redressa. Elle heurta ses côtes de plein fouet dans un plaquage digne d'un joueur de foot professionnel.

Ils roulèrent tous les deux au sol et la main droite de Mackenzie se retrouva coincée en-dessous de l'homme. Son arme lui glissa des mains au moment où il essaya de la frapper au visage d'un coup de coude. Elle bloqua son attaque et lui retourna le bras en arrière. Il hurla de douleur mais il riposta avec une intensité qui semblait plus importante que sa petite stature.

Ce fut la première fois qu'elle eut l'occasion de bien le voir. Il avait l'air d'avoir presque la soixantaine. Il était grand et avait une apparence défaite, avec un peu de poils gris au menton qui ne pouvaient pas vraiment passer pour de la barbe. Il avait des yeux d'un bleu intense et lumineux, comparé à sa peau sale et foncée. Il y avait quelque chose de féroce dans son regard qui fit penser à Mackenzie qu'elle pourrait ne pas s'en sortir vivante.

Il essaya de se mettre à genoux, en utilisant la tête de la hache pour se relever. Il s'y appuya fermement et de toutes ses forces. Mackenzie se sentit soulevée du sol. L'homme se retourna mais Mackenzie maintint sa prise et tira son bras encore plus loin derrière son dos. L'homme rugit, trébucha en arrière et ils percutèrent tous les deux un arbre. L'arrière du crâne de Mackenzie heurta le tronc de plein fouet et ses oreilles bourdonnèrent pendant un instant.

L'homme se libéra de sa prise et s'empara de la hache pour lui asséner un autre coup. Mais il était tout de même blessé au bras et le coup vint lentement, laissant le temps à Mackenzie de se baisser. Avant qu'il ne revienne à la charge, elle lui assèna deux coups violents dans les côtes. Il se pencha en avant et c'est alors qu'elle pivota sur elle-même, qu'elle serra le poing et le frappa d'un large uppercut qui le heurta de plein fouet à la mâchoire. Il tituba en arrière et s'appuya sur le côté de la cabane. Il cligna quelques fois des yeux, essayant de s'éclaircir les esprits pendant que Mackenzie cherchait son arme du regard.

Elle l'aperçut mais elle était trop loin – elle était plus proche de l'homme avec la hache que d'elle. Elle se rua en avant, essayant de profiter de son état d'hébétement. Le temps qu'il réalise qu'elle revenait à l'attaque, il n'eut pas le temps de se défendre. Elle lui enfonça un genou dans l'estomac et quand il se plia en deux, elle entoura sa nuque avec son bras et serra avec force sa tête contre ses côtes. Puis elle tomba à genoux, le jeta à plat ventre et lui enfonça un coude entre les omoplates.

« Comment oses-tu interrompre mon travail, » grogna-t-il.

Mackenzie l'ignora et essaya d'atteindre son arme qui se trouvait à seulement un mètre d'elle. Elle se pencha et elle parvint à l'atteindre avec sa main droite. Mais alors qu'elle la ramenait vers elle, l'homme parvint à se retourner en-dessous d'elle. Sa force était incroyable. Mackenzie leva le poing pour lui asséner un autre coup au visage mais elle ne fut pas assez rapide.

Le côté plat de la hache la heurta au front avec un léger bruit. L'homme n'avait pas pu y mettre toute sa force et le coup ne fit pas trop de dommages – mais l'envoya tout de même rouler au sol.

Au moment où elle essayait de se relever, les oreilles bourdonnantes, elle vit que l'homme avait laissé tomber la hache et qu'il s'était emparé de son arme. Il se relevait lentement en pointant le canon directement sur elle.

« Lève-toi, » dit l'homme. « Et fais-le lentement. »

Merde, pensa Mackenzie. *J'aurais dû retourner chercher Bryers. Ce n'était pas une bonne idée...*

Elle savait qu'il valait mieux ne pas essayer de négocier avec un homme à qui elle venait juste de mettre une raclée. Alors elle se releva lentement, jetant un œil autour d'elle pour voir s'il y avait une issue possible. Mais pour l'instant, elle ne voyait rien.

L'homme souriait. Il épargnait son côté gauche, le côté où Mackenzie avait fait le plus de dégâts, et se pencha en avant avec un sourire lunatique aux lèvres. La main qui tenait l'arme tremblait, faisant que Mackenzie se sente encore plus en danger.

« Maintenant rentre à l'intérieur, » dit-il, en faisant un geste en direction de la porte d'entrée tordue de la cabane.

« Écoute, » dit Mackenzie. « Je suis un agent du FBI. Si tu fais quelque chose de stupide, tu risques de gros problèmes. »

« Ça n'a pas d'importance, » dit l'homme. « Après ma mort, la terre elle-même me récompensera pour tout ce que j'ai fait. Alors magne ton cul et rentre là-dedans. »

Mackenzie obtempéra. Elle entra dans la cabane et réalisa que la forte odeur de produit chimique provenait de l'intérieur. Elle vit d'autres seaux alignés le long du mur opposé et quelques bocaux posés ici et là.

De la gnôle, pensa-t-elle. *C'était ça, l'autre odeur que je sentais.*

« Va vers l'arrière et vers la droite, » dit l'homme, derrière elle. Il appuya l'arme dans le creux de son dos pour la faire bouger plus rapidement.

Mackenzie suivit les instructions. Il ne fallut que quatre pas pour atteindre l'arrière de la cabane. Là, elle vit ce qui ressemblait à un fragment d'une vieille porte de grange, bloquant l'accès à une autre pièce sur la droite. Elle s'en approcha et l'ouvrit, toujours suivie par l'homme. Lorsqu'elle ouvrit la porte, elle le fit lentement. Elle espérait le déconcentrer pour pouvoir éventuellement se retourner et le frapper quand la porte serait en partie ouverte. Mais l'arme resta dans le creux de son dos et elle n'osa pas tenter le coup.

Quand la porte s'ouvrit, son cœur s'arrêta de battre. Elle vit une autre hache, une massue et ce qui ressemblait à une ancienne batteuse à blé manuelle appuyée contre le mur. Le sol était en terre battue et recouvert de contreplaqué et de vieilles planches. Un vieil établi se trouvait à l'arrière de la pièce. Quelques bocaux y étaient déposés, à côté de deux grosses pierres et de ce qui ressemblait à l'os d'une mâchoire inférieure.

Il y avait des éclaboussures de sang séché un peu partout. La pièce n'était illuminée que par la lumière qui provenait de la porte d'entrée de la cabane.

C'est à ce moment qu'elle remarqua que la plaque de contreplaqué qu'elle avait vue au sol était en fait attachée. Le bout d'une série de cordes était lié au contreplaqué et l'autre bout à l'un des deux petits poteaux qui se trouvaient des deux côtés de la pièce. La plaque de contreplaqué mesurait environ deux mètres de long et semblait dissimuler quelque chose – peut-être une sorte de cave.

Alors qu'elle observait la pièce, elle sentit l'arme s'éloigner de son dos. Mais ce répit ne dura qu'un instant et elle sentit à nouveau le contact froid de l'arme. Mais cette fois-ci, elle la sentit à l'arrière de sa tête. Le contact fut rapide et violent.

Au moment où ses genoux flageollèrent et que des étoiles passèrent devant ses yeux, elle réalisa que l'homme l'avait frappée à l'arrière de la tête avec son Glock.

Elle cligna des yeux pour faire disparaître les étoiles au moment où elle toucha le sol. Elle se concentra pour ne pas perdre connaissance, tout en faisant semblant d'être évanouie.

L'homme s'agenouilla à côté d'elle et vérifia qu'elle respirait encore. Elle sentit ses mains sur sa poitrine et ses doigts sous son nez. Il la poussa du pied et elle choisit délibérément de ne pas réagir. Elle espérait qu'il finisse par déposer l'arme et la laisser à portée de sa main. Elle fit de son mieux pour se concentrer sur cette tâche et pour éviter de perdre connaissance.

Mais il emporta l'arme avec lui jusqu'à l'établi appuyé contre le mur. Elle le vit déposer l'arme sur l'établi et s'affairer autour des cordes qui attachaient le contreplaqué. Alors qu'il commençait à les dénouer, quelqu'un se mit à hurler, quelque part dans la cabane.

Il fallut un moment à Mackenzie pour comprendre que les hurlements venaient d'en-dessous du contreplaqué. Au moment où l'homme enleva les plaques, les hurlements résonnèrent encore plus fort.

L'homme tendit les bras dans le trou creusé dans le sol et y asséna trois coups rapides qui firent taire les hurlements. Ce n'était plus maintenant que des gémissements, des mots étouffés par des pleurs.

« Cette femme a tout foutu en l'air, » dit l'homme, en parlant en direction du trou. « Après toi, ce sera son tour. »

Un gémissement se fit entendre dans le trou au moment où l'homme y tendit les bras. Il se mit à en sortir quelqu'un qu'il tenait par les aisselles. Bien que sa vision soit encore floue du coup qu'elle avait reçu à l'arrière de la tête, Mackenzie était presque certaine qu'il s'agissait de Brian Woerner – enfin, une version plus ensanglantée et terrifiée du jeune homme qu'elle avait vu sur les photos que sa mère et sa sœur lui avaient données.

Vu qu'elle s'était déjà battue avec le tueur, elle savait qu'il avait beaucoup de force et qu'il ne lui faudrait pas beaucoup de temps pour sortir Brian Woerner du trou. Si elle devait se sortir de cette situation, c'était le moment d'agir.

Elle se releva aussi rapidement que possible et bondit sur le tueur. Au moment où elle se retrouva debout, elle réalisa qu'elle avait le vertige et se sentait désorientée. Quand elle se rua vers lui, elle eut l'impression que la pièce se mit à tourner. Mais elle fit tout de même mouche et son épaule s'enfonça violemment dans la poitrine du tueur. Brian Woerner se retrouva coincé entre eux au moment où Mackenzie heurta le sol. Derrière elle, l'établi trembla et elle entendit du verre se briser au moment où quelque chose tomba.

Elle fit de son mieux pour s'éloigner des membres enchevêtrés du tueur et de Brian Woerner. Ce faisant, elle sentit une douleur aigue lui traverser le genou. Elle n'avait aucune idée de ce qui pouvait la causer et elle n'avait pas le temps d'y jeter un œil. Elle se mit sur pieds, encore étourdie par le coup reçu à la tête. Elle replia sa jambe droite, faillit tomber en avant mais parvint à asséner un coup de pied dans la poitrine du tueur. Elle replia à nouveau la même jambe, cherchant à atteindre sa tête, mais cette fois-ci elle perdit l'équilibre.

Quand elle tomba, toute la partie inférieure de son corps chuta dans le trou creusé dans le sol. Elle fut vaguement consciente de voir son genou droit ensanglanté. Apparemment, un des bocaux s'était brisé et elle avait roulé son genou directement dans les éclats de verre.

Le tueur cherchait de nouveau à l'atteindre, trébuchant sur Brian pour parvenir jusqu'à elle. Brian avait apparemment compris ce qui se passait et il essayait de l'arrêter. En réponse, il reçut un coup vicieux du droit sur le côté de la tête.

Mackenzie lutta pour sortir du trou, malgré la douleur lancinante au niveau de son genou et le fait que la pièce ne cessait de tourner. Elle avait de plus en plus la nausée et elle avait l'impression qu'elle pourrait perdre connaissance à tout moment.

Une commotion. Si je m'en sors avec seulement une commotion, je m'estimerai heureuse.

Elle trébucha vers l'établi, tendant la main en direction de son Glock. Le tueur l'atteignit juste avant que ses doigts ne se referment sur l'arme. Il essaya de lui envoyer un coup de genou dans les côtes, mais elle parvint à bloquer l'attaque. Il se rua alors sur elle, essayant de la plaquer au sol. Elle lutta de toutes ses forces mais tout autour d'elle tournait – la pièce, le visage du tueur, *tout*.

Elle tendit la main vers l'établi mais ne trouva son arme nulle part. Par contre, ce qu'elle *trouva* en tâtonnant fut l'un des bocaux qui étaient tombés sans se briser. Elle l'attrapa et le ramena rapidement et de toutes ses forces. Quand il heurta la tête du tueur, le verre explosa. Du sang jaillit directement, venant d'une coupure profonde au niveau de son sourcil.

Il était juste assez étourdi pour qu'elle puisse le repousser. Il tomba au sol et se rua instantanément en direction de l'arme. Mackenzie se jeta sur lui mais il avait déjà le flingue en main. Ils luttèrent pour la possession de l'arme. Elle lui enfonça un coup de coude dans la gorge et il lui donna un coup de genou dans l'estomac. Ils luttèrent durant un moment jusqu'à ce que le tueur lui assène un coup au genou.

Le verre qui l'avait entaillée s'enfonça encore plus profondément dans la plaie. Elle hurla et perdit la possession de l'arme.

Son cri remplit la pièce et fit trembler la cabane.

Le seul autre bruit qui se fit entendre fut le son d'un coup de feu, qui mit rapidement fin à son hurlement.

CHAPITRE TRENTE-SIX

Avec un hurlement de douleur, Mackenzie entendit le coup de feu. Du sang l'éclaboussa. Elle ferma la bouche et tomba au sol, certaine qu'elle avait été touchée, certaine que la douleur allait surgir à tout moment.

Mais au lieu de ça, le tueur lui tomba dessus. Au moment où il s'effondra, elle vit brièvement son visage – et le petit orifice rouge au milieu de son front.

En grognant de frustration et de colère, Mackenzie repoussa l'homme. Elle recula et regarda en direction de la porte.

Bryers se tenait là, appuyé contre l'embrasure avec son Glock en main.

Il observa la pièce avec une expression d'horreur pendant que Mackenzie se rapprochait de Brian Woerner. Il était retombé au sol, son bras gauche pendant au-dessus du trou.

Il était toujours cohérent, ses yeux regardaient frénétiquement autour de lui.

« Brian Woerner ? » demanda-t-elle.

Il hocha la tête puis se mit à pleurer. Il prenait de profondes inspirations et pleurait de manière presqu'hystérique. Puis soudainement, dans un mouvement inattendu et rapide, Brian se jeta sur le tueur. Il se mit à le frapper et à lui arracher la peau. Il hurlait de manière furieuse en l'attaquant encore et encore.

Bryers entra dans la pièce et l'éloigna du tueur. Brian se remit à pleurer mais cette fois-ci, il resta recroquevillé au sol, sans bouger.

Bryers s'approcha de Mackenzie et lui passa un bras autour des épaules. « Ça va ? » demanda-t-il.

« Une commotion, je pense, » dit-elle. « Et je me suis pas mal abîmé le genou droit. »

« Tu as oublié de revenir me chercher, c'est ça ? » demanda-t-il.

Mackenzie ne dit rien. Elle regarda le trou creusé dans le sol. Il mesurait environ un mètre de profond. Elle se demanda combien de personnes avaient fini dans ce trou. Elle espéra qu'il n'y avait que ceux dont ils avaient découvert les cadavres. Elle priait pour qu'il n'y ait pas d'autres parties de corps disséminées un peu partout dans le parc de Little Hill.

Elle essaya de se relever et elle fut soulagée de voir qu'elle pouvait se mettre sur pieds. Elle ne parvenait pas à tendre son genou droit mais ce n'était probablement pas grand-chose de sérieux. Elle aurait peut-être besoin de quelques points de souture mais c'était tout.

« Tu as retrouvé ton souffle assez rapidement, je vois, » dit Mackenzie. « Heureusement pour moi, d'ailleurs. »

« Je ne pouvais pas te laisser t'amuser toute seule, » plaisanta-t-il.

Ils aidèrent Brian à retrouver ses esprits et l'accompagnèrent en-dehors de la cabane. Il ne portait plus que son boxer et ses vêtements n'étaient nulle part. Bryers informa Clements et Smith de la situation, après quelques essais vu la très mauvaise réception en plein milieu des bois.

Mackenzie l'écoutait parler, assise contre un châtaignier des marais. Les dents serrées, elle retirait les morceaux de verre plantés dans son genou et les jetait au sol. Ça faisait très mal et sa tête continuait à bourdonner. Elle savait qu'elle avait de la chance d'être vivante.

Brian Woerner s'assit à côté d'elle, fixant la forêt des yeux. Il avait le regard vide et elle savait qu'il allait probablement passer un peu de temps avec un psy dans un futur proche. Elle avait essayé de lui parler à plusieurs reprises mais lorsqu'il tentait de lui répondre, il se mettait à pleurer.

Bryers s'approcha d'eux quand son appel fut terminé. Il avait l'air très faible au moment où il s'assit à côté d'elle. Il laissa échapper une profonde quinte de toux et fronça les sourcils dans sa direction, comme s'il s'excusait qu'elle ait à l'entendre.

« Alors, dis-moi ce que tu penses qui s'est passé ici, » dit Bryers.

Mackenzie savait qu'il essayait de la distraire de son genou douloureux et de l'étourdissement général qui continuait de l'affecter. Et elle lui en était reconnaissante.

« J'imagine que le tueur a endoctriné Will Albrecht après l'avoir kidnappé il y a des années, » dit-elle. « Il se peut qu'il y ait eu un véritable lien paternal entre eux, au vu du fait que Will est allé à l'école, si les dossiers que tu as mentionnés sont en fait authentiques. Je pense que le tueur l'aimait probablement beaucoup – ou du moins qu'il avait envie qu'il en ait l'impression. Il a certainement fini par le persuader qu'il faisait un travail important. Nous ne saurons jamais vraiment en quoi consistait ce travail... bien qu'il ait mentiionné le fait que la terre le récompenserait. Peut-être qu'il pensait qu'il valorisait la terre à travers les meurtres. »

« Oui, » dit Brian Woerner. Sa voix était tellement inattendue qu'elle surprit un peu Mackenzie. « Je l'ai entendu parler avec quelqu'un à ce sujet. Rendre la chair à la terre avant que la chair ne soit morte. Il était au service de la terre… ou quelque chose dans le genre. »

« Et ce n'est pas lui qui vous a enlevé, n'est-ce pas ? » demanda Mackenzie.

« Non. C'était quelqu'un d'autre. »

« Vous pourriez le reconnaître si on vous montre une photo ? »

Brian hocha la tête et regarda de nouveau en direction de la forêt. Apparemment, il ne comptait plus parler pour l'instant.

Ils restèrent tous les trois assis en silence, attendant que Clements et Smith arrivent. Pendant qu'ils attendaient, Mackenzie tendit la main vers le sol et ramassa un gland. Elle le roula entre ses doigts, le prit dans la paume de sa main et le jeta avec dégoût loin dans la forêt.

CHAPITRE TRENTE-SEPT

Le genou droit de Mackenzie lui faisait mal alors qu'elle était assise devant le bureau de McGrath. Elle avait huit points de souture et plusieurs couches de bandage. Elle attendait pendant que McGrath examinait plusieurs feuilles de papier avec une approche presque mécanique. Ça faisait cinq bonnes minutes qu'il lisait le contenu de son rapport, ainsi que les documents envoyés par Clements et Smith, en ne posant que de brèves questions.

Il écarta finalement les dossiers et regarda Mackenzie avec une expression qu'elle ne parvint pas à déchiffrer. Comme d'habitude, elle n'était pas vraiment sûre de savoir à quoi s'attendre avec lui.

« Je ne sais pas quoi faire de vous, White, » dit-il. « De toute évidence, cette affaire fut une réussite. Malgré vos frasques de cowboy à la fin, vous avez fait ce que je vous ai demandé. Vous avez clôturé cette affaire avant qu'une autre personne ne soit tuée. Mais en plus, vous avez *sauvé* celui qui allait être la prochaine victime et aidé à arrêter un tueur. Au-delà de ça, les hommes avec lesquels vous avez travaillé à Strasburg vous tiennnent en haute estime – bien que ce Clements dise que vous être un peu une dure. »

« Avec tout le respect que je vous dois, ça m'a tout l'air d'être un très bon rapport. »

« Ça l'est. Mais je sais comment vous fonctionnez. Vous avez la mauvaise habitude de travailler en solo. Vous n'auriez pas dû laisser Bryers en arrière. »

« Je le regrette, monsieur. Mais au final, en regardant comment ça s'est passé, je pense que ce n'était pas plus mal. »

Un long silence s'ensuivit.

« C'est quoi la suite, alors ? » demanda Mackenzie.

« La suite, » dit McGrath, « c'est que je vous montre que je suis un homme de parole. Si vous souhaitez avoir une présence discrète sur l'affaire Jimmy Scotts au Nebraska, vous avez mon feu vert. »

Elle y réfléchit un moment, puis laissa échapper un profond soupir. « Est-ce que je peux y réfléchir pendant un jour ou deux ? »

« Vous avez une semaine pour y penser, » dit-il. « Si je n'ai pas votre réponse dans une semaine, l'opportunité aura définitivement disparu. »

« Merci, monsieur. »

« Vous pouvez vous retirer, » dit McGrath.

Elle se leva de sa chaise en s'aidant de la béquille qu'elle commençait à vraiment détester et se dirigea vers la porte du bureau.

« Agent White ? »

« Oui, monsieur ? » demanda-t-elle, en se retournant vers lui.

« C'était du très bon boulot. Continuez comme ça – mais pas en solo. »

Elle sourit. Ça lui faisait du bien d'entendre ces mots. D'une certaine façon, ça lui donnait la sensation d'avoir un futur devant elle.

Elle hocha la tête et sortit, les douleurs dans le genou soulignant ce dernier commentaire.

***

Exactement seize jours après avoir sauvé Brian Woerner dans la petite cabane dans les bois à proximité de Little Hill, Mackenzie sortit dans la rue en boitant sur ses béquilles et prit un taxi pour l'hôpital.

À l'arrière du taxi, elle se mit à pleurer même si elle essayait de se retenir.

Finalement, Bryers avait été trop généreux avec le temps qu'il pensait encore avoir devant lui.

Il souffrait actuellement de complications et les médecins ne savaient pas combien de temps il allait encore tenir. Ils avaient suggéré que les conditions pénibles liées à l'affaire de Little Hill avaient peut-être empiré son état.

Elle se débarrassa de son chagrin, sécha ses larmes et régla intérieurement toute question liée à l'injustice de ce qui lui arrivait, avant d'atteindre l'hôpital. Elle prit l'ascennseur jusqu'au deuxième étage et frappa à la porte de Bryers avec le bout de sa béquille.

Il était dans son lit, appuyé sur des oreillers et avec des tubes transparent sortant de son nez. Étonnamment, il était de très bonne humeur. Elle l'avait maintenu informé des suites de l'affaire via email. Ça avait été un bon exercice pour eux durant ces trois semaines. Ce fut grâce à ça qu'ils purent facilement entamer une conversation au moment où elle entra.

« Pendant combien de temps encore tu vas devoir boitiller sur ces trucs ? » lui demanda-t-il.

« Jusqu'à ce que ça ne me fasse plus mal quand je plie le genou, » répondit-elle. « Les médecins étaient préoccupés qu'il y ait des dommages au nerf mais on dirait que j'ai échappé à ça. »

« Tant mieux. Est-ce que McGrath t'a parlé ? »

« Oui, » dit-elle. « Et il m'a même fait des compliments. »

« C'est bien ce que je disais, » dit Bryers, en lui prenant la main. « Tu es faite pour ça. »

Elle essuya une larme.

« Qu'est-ce que tu dirais de terrasser ce truc et de revenir te mettre au travail, vieil homme ? »

Il secoua la tête tristement.

« Non, » dit Bryers. « Même si je sortais d'ici, c'est fini pour moi. J'ai tout dit à McGrath cette fois-ci. Je n'avais pas vraiment le choix. Si un jour je ne venais pas bosser parce que j'étais mort… et bien, il aurait fini par savoir ce qui s'était passé. »

Ils se mirent tous les deux à rire à cette idée puis le silence s'installa entre eux. C'était le même genre de silence qui les avait maintenus soudés lorsqu'ils étaient dans les bois de Little Hill. Un silence qui leur avait permis de traverser cette mauvaise passe et qui le faisait aussi aujourd'hui.

Dix minutes plus tard, elle lui serra la main. Il ne réagit pas tout de suite alors elle le regarda. Il dormait, respirant lentement, aidé certainement par tout l'équipement auquel il était branché.

Un léger sourire se dessinait sur ses lèvres. Mackenzie se leva avec l'aide de la béquille, se pencha et l'embrassa sur le front.

Elle regarda une dernière fois ce fin sourire avant de s'en aller.

Ce fut la dernière fois qu'elle vit Bryers vivant.

Blake Pierce

Blake Pierce est l'auteur de la série à succès mystère RILEY PAIGE, qui comprend six volumes (pour l'instant). Black Pierce est également l'auteur de la série mystère MACKENZIE WHITE, comprenant trois volumes (pour l'instant) ; de la série mystère AVERY BLACK, comprenant trois volumes (pour l'instant) ; et de la nouvelle série mystère KERI LOCKE.

Lecteur avide et admirateur de longue date des genres mystère et thriller, Blake aimerait connaître votre avis. N'hésitez pas à consulter son site www.blakepierceauthor.com afin d'en apprendre davantage et rester en contact.

LIVRES PAR BLAKE PIERCE

SÉRIE MYSTÈRE RILEY PAIGE
UNE FOIS PARTIE (Volume 1)
UNE FOIS PRISE (Volume 2)
UNE FOIS DÉSIRÉE (Volume 3)
UNE FOIS ATTIRÉE (Volume 4)
UNE FOIS TRAQUÉE (Volume 5)
UNE FOIS ÉPINGLÉE (Volume 6)

SÉRIE MYSTÈRE MACKENZIE WHITE
AVANT QU'IL NE TUE (Volume 1)
AVANT QU'IL NE VOIE (Volume 2)
AVANT QU'IL NE CONVOITE (Volume 3)

SÉRIE MYSTÈRE AVERY BLACK
MOTIF POUR TUER (Volume 1)
MOTIF POUR S'ENFUIR (Volume 2)
MOTIF POUR SE CACHER (Volume 3)

SÉRIE MYSTÈRE KERI LOCKE
UNE EMPREINTE DE MORT (Volume 1)

www.ingramcontent.com/pod-product-compliance
Lightning Source LLC
LaVergne TN
LVHW021947220826
846091LV00015B/4121

9781640297265